別讓你的劇本遜斃了！

Your Screenplay Sucks!

100 Ways to Make It Great

搶救你的故事100法則。

William.M.Akers

著——威廉·M·艾克斯

譯——周舟

獻給我的老師

鮑勃・鮑德溫（Bob Baldwin）、吉姆・波伊爾（Jim Boyle）、
肯・羅賓遜（Ken Robinson）、約翰・特魯比（John Truby）。

還有我的學生，我甚至從他們身上學到更多。

沒有你們，就不會有這本書。

好萊塢影劇界讚譽

「威廉・M・艾克斯博才多學，他是大製片廠的編劇，是獨立製作的編劇、導演，還是對學生充滿關懷、洞察深刻的好老師。他深諳修改劇本的所有方法與訣竅，全都慷慨地寫在這本書裡了！本書是每個面對『劇本黑夜』的作者不可或缺的寶典。」

——布萊克・史奈德（Blake Snyder），《別讓先讓英雄救貓咪》（Save the Cat!）、《救救貓咪電影篇》（Save the Cat! Goes to the Movie）作者

「俗話說：做不成大事的人才會去教書，威廉・M・艾克斯顯然是個反證。他既是優秀的作家，又是難得的良師。在我看來，這種複合型人才就像能跑、能跳、能吃、能拉的木馬一樣罕見。眾多編劇歷經九九八十一難才學會，恨不得你一輩子都別知道的業內真經，《別讓你的劇本遜斃了！》竟然傾囊相授，最難得的是以極其簡潔易懂的語言寫成，絕不故弄玄虛。你憑什麼能得來全不費功夫？你他媽的真夠走運！讀這本書就像上了一堂令人終生受益的電影專業課，主講人既有發現的智慧、理解的天賦，還有分享的慷慨——他是天生的說書人，輕鬆自在、娓娓道來，卻能循循善誘，引人入勝。如果馬克・吐溫也寫劇本的話，我想他筆下的編劇指南應該就是這樣。」

——強・艾米爾（Jon Amiel），《歌舞神探》（The Singing Detcetive）、《將計就計》（Entrapment）導演

「如果你需要充滿讚揚、鼓勵，讓你自我感覺良好的寫作書，我建議

你讀《作家的心靈雞湯》，如果你需要一個傢伙迎面給你狠狠一拳，讓你徹底清醒，再對你和盤托出為好萊塢寫劇本的那些赤裸裸、髒兮兮的事實，讀《別讓你的劇本遜斃了！》就對了。」

——琳達・麥卡洛（Linda McCullough），芝加哥哥倫比亞大學

「這本關於劇本寫作的書，本身就像一個好劇本，充滿了上選的故事、範例、建議，讓我不忍釋卷。」

——湯姆・舒曼（Tom Schulman），奧斯卡最佳編劇，《春風化雨》（*Dead Poets Society*）、《親愛的，我把孩子縮小了》（*Honey, I Shrunk the Kids*）、《天生一對寶》（*What About Bob?*）編劇

「這本書宛如一位體貼周到的嚮導，幫助你擺脫形式的困擾，在創作的死胡同中找到一條出路。」

——約翰・瑞卡（John Requa），《聖誕壞公公》（*Bad Santa*）、《少棒闖天下》（*Bad News Bears*）共同編劇

「這是一本高水準的食譜，遵照它就能避免年輕或缺乏經驗的編劇常犯的許多錯誤……它是一座閃閃發光的燈塔，而光，正是我們尋尋覓覓、孜孜以求的。」

——班尼迪克・費茲傑羅（Benedict Fitzgerald），《好血統》（*Wise Blood*）、《受難記：最後的激情》（*The Passion of the Christ*）編劇

「不針對個人，只就事論事，你的劇本確實很爛，幾乎所有劇本在錘鍊成形之前都很爛。威廉・M・艾克斯的這本書是出色的嚮導，帶領初次試筆的編劇穿越陷阱和常見錯誤。他的建議誠實而簡單，卻能讓你的劇本不那麼爛——只要你願意朝這個目標去努力。」

——萊瑞・卡拉蘇斯基（Larry Karaszewski），《大眼睛》（*Big Eyes*）、《艾德伍德》（*Ed Wood*）、《情色風暴1997》（*The People vs. Larry Flynt*）、《月亮上的男人》（*Man on the Moon*）編劇

「威廉‧M‧艾克斯用坦率直接、實事求是的方式告訴你怎麼寫、怎麼改你的劇本。沒有任何廢話,直接殺向你所犯的錯誤,再簡單明瞭地告訴你怎麼修改。一本不可多得的好書。」

——馬修‧特里(Matthew Terry),編劇、教師、www.hollywoodlistales.com 專欄作家

「論及劇本寫作的書林林總總,威廉‧M‧艾克斯的《別讓你的劇本遜斃了!》無疑是其中的佼佼者。他提出的這 100 種方法所涉甚廣,從靈感、步驟,再到最細緻的實踐,都相當實用。不管你的書架上已經有哪些關於編劇技藝的書,這一本絕對應該成為其中一員。」

——羅伯特‧奧倫‧巴特勒(Robert Olen Butler),普立茲獎得主,《從夢之地》(From Where You Dream)作者

「我發現你所說的話,正是我一直對我認識的編劇們所說的話。當然,它也提供了我非常有益的提醒,在寫劇本的時候雖然很多道理我都知道,但有時還是會忘了付諸實踐。加上全書態度直接明瞭,舉例合理有力。一個字:讚!」

——格瑞格‧比曼(Greg Beeman),電視劇《超異能英雄》(Heroes)、《超人首部曲》(Smallville)執行製作

「威廉‧M‧艾克斯的書是編劇新手的必備寶典,它不僅能幫助初學者寫出更好、更有商業價值的劇本,讓他們筆下的作品更有可能引起電影製片人(和為他們挑選劇本的審稿人)的興趣;即使是經驗豐富的編劇老手,也能從這本諄諄教誨卻趣味盎然的書中獲得頗有助益的小祕訣。」

——彼得‧海勒(Peter Heller),羅耀拉瑪麗蒙特大學(Loyola Marymount University)

「本書就像一本為作者之旅撰寫的神奇旅遊手冊。目光如炬,時時刻

刻提醒你不要踏入劇本寫作的地雷區。」

  ——凱文・韋德（Kevin Wade），《上班女郎》（*Working Girl*）、《第六
  感生死緣》（*Meet Joe Black*）編劇

  「偉大的編劇書始於、也終於威廉・M・艾克斯的《別讓你的劇本遜
斃了！》。它不僅充滿劇本寫作的海量資訊，還具有異乎尋常的閱讀樂趣。
我讀這本書的過程都是邊學邊笑，是職業編劇必備的案頭書。」

  ——凱萊・貝克（Kelley Baker），《憤怒的電影人生存指導手冊》（*The
  Angry Filmmaker Survival Guide*）作者

目　錄

【第一幕　關於故事本身】

第一場　構思

第二場　人物

第三場　架構

第四場　場景

第五場　對白

【第二幕　動筆之後】

第一場　歡迎進入寫作的世界

第二場　格式

第三場　人物

第四場　場景描述

第五場　改寫

第六場　吹毛求疵

【第三幕：接下來該做什麼？】

第一場　別當傻瓜，當專家

第二場　電影業

第三場　杞人憂天

前言

忠言逆耳，誠實中肯的批評總是很難被接受，不管它是來自你的親戚、朋友、熟人或是陌生人。

—— 佛蘭克林・P・瓊斯（Franklin P. Jones）

《別讓你的劇本遜斃了！》源自我在幫別人看劇本時突然萌生的一個念頭。

我有三個劇本拍成了劇情片。我是編劇工會（Writers Guild）的終生會員，從事劇本寫作已有二十年，多年來我一直協助朋友改劇本。在過去七年多裡，這項業務是有償的，更不用說我在劇本寫作的課堂上還指導過數以百計的劇本。

看劇本、改劇本，讓我發現剛著手寫劇本的人總是犯同樣的錯誤。而這些錯誤，在好萊塢會直接讓審稿人倒抽一口氣（呃……），然後扔下不看了……

是的，他們還真的會這樣做。

我發現自己一遍又一遍告訴作者同樣的事情：「別把角色的名字取得那麼詩情畫意」、「每個人物說的話聽起來都不像他，反而像另一個人」、「你的主角沒有明確的目標」。一遍一遍又一遍，重複得我都想吐了。於是我決定要製作一份簡單的劇本檢查表，讓作者在把劇本送到我這裡之前，就可以對照這張表做改寫的工作，清除掉基本的細節問題，這樣我們就可以直接進入討論情節、人物和架構，而不是把時間都浪費在雞毛蒜皮的小事上，比如「別忘了檢查該死的錯字」。這份檢查表最後就變成了這本書。

「我只讀到第一個錯字。」

——好萊塢經紀人

歡迎來到好萊塢。

「如果這件事很容易，那誰都可以去做了。」

——所有洛杉磯的製片人

理論上，審稿人應該要讀完全文——有些人會，有些人不會。製片人沒有對你友善親切的義務，即使他們滿心希望找到下一個《法櫃奇兵》（*Raiders of the Lost Ark*），他們照樣能隨便找一個藉口讀到第10頁就扔下。所以千萬別給他們這個藉口！本書就是希望能排除你劇本裡那些可能導致審稿人把它扔進垃圾桶的地雷。

別不信，他們扔進垃圾桶的劇本還會少嗎？

讀你劇本的人當中百分之九十都沒有權力說「yes」，但是每一個都能說「No」，而且他們可能正迫不及待地想動用這個權力。

「挑戰權威！」

——蘿西·培瑞茲[1]《為所應為》（*Do the Right Thing*）

洛杉磯某個陽光明媚的怡人午後，我坐在一位助理的辦公室等製片人。製片人辦公室的門關著，也許此時此刻她正在那過度裝潢又庸俗的辦公室裡盡情玩著乒乓球——誰知道。為了打發時間，我抬頭看向助理辦公

---

1 蘿西·培瑞茲（Rosie Perez, 1964-），美國演員、舞者、舞蹈指導、導演、社運份子。上世紀八〇年代，在為歌手珍娜·傑克森（Janet Jackson）、鮑伯·布朗（Bob Brown）等人擔任錄影帶舞蹈編排期間，蘿西被導演斯史派克·李（Spike Lee）發掘，在他所執導的影片《為所應為》中首次擔任女主角。1993年曾因演出彼得·威爾（Peter Weir）導演的影片《劫後生死戀》（*Fearless*）獲奧斯卡最佳女配角提名。——譯注

桌的上方，有兩個書架堆著劇本，滿到都快堆不下了。房間的三面牆都是劇本。反正閒著也是閒著，我開始估算大概有多少本。1400。一千四百本劇本，而且這些還都是有經紀人的劇本。

對洛杉磯以外遠離經紀人辦公桌或製片人辦公室、成天坐在打字機或電腦前的業外人士來說，這簡直不可思議。該如何與這麼海量的人及劇本競爭，簡直沒辦法想像！劇本多到都快溢出每個製片人、經紀人或主管辦公室的天窗了，而且是每週都有這麼多，真令人頭大！而你，只是一個坐在家中、公園或咖啡館裡寫自己劇本的作者，在這片廣袤的土地上同時還有數以千計的坐在公園裡的人，也在寫他們的劇本。所以，你必須寫得超級棒，才有一丁點殺出重圍的勝算。

誠然，你所面對的競爭宛如一頭龐然巨獸，但也不是鐵板一塊。在它的盔甲裡藏著罅隙和裂縫，一個優秀的劇本就能在這縫隙中蜿蜒前進，但必須是寫得相當好的劇本才行。如果你的劇本並不完美，或者只是接近你所能達到的完美，倖存的機率幾乎為零。至於你在幾星期裡草草寫就且一字不改的玩意兒，已經不是浪費時間那麼簡單了，而是極度的無知和傲慢。

當你在製片人辦公室裡，看一眼那用劇本堆成的馬特洪峰[2]，想想每一本都是跟你一樣的某人寫的。很顯然，劇本寫作不適合脆弱的心靈。

寫一個待售劇本[3]（就是指你在寫的時候就抱著投機的心理，目的就是為了能賣掉），就必須一切為了審稿人——這個審稿人不是你老媽，也不是對你的劇本品頭論足的損友，而是專門拿薪水看劇本的某人。你要知道這種審稿人每個人每週末必須咬牙啃完十五個劇本。你還沒有真正踏入這一行，不知道要找到一個業內的「實權人物」來讀你寫的東西有多困難，如果有一天你得到這個機會，你可不想搞砸吧？！

2　馬特洪峰（Matterhorn），阿爾卑斯山脈中的著名山峰，位於義大利和瑞士邊境，海拔4478公尺，群峰聳立，終年積雪。作者在此用馬特洪峰比喻製片人辦公室裡堆積如山的劇本。——譯注

3　這裡所說的待售劇本（speculation），是用來區別受製片人、導演或製片公司之邀，就確定主題或意向從事的劇本創作。它是一般劇本創作者根據自己的意願或對市場的預測所寫的劇本，寫成後再投稿給製片人、投資人或製作公司，希望對方能夠買下自己的劇本。這裡的speculation（投機）並不是貶義詞，而是借用自美國經濟術語的「投機交易」之意。——譯注

儘管審稿人真的、真的想發掘一個精采的劇本，打開每一本劇本的時候，他的心中都燃起挖到寶的希望，但是別忘了他同樣也渴望別再看了，趕緊躺到游泳池邊，來杯振奮精神的美妙雞尾酒。所以，如果你給他任何一個扔下你的劇本的藉口，他可是巴不得往躺椅一歪，然後你所有的努力就像吹蠟燭一樣「呼」一聲，全泡湯了！你六個月的生命，或者整整一年，甚至像我認識的某個傢伙花了七年──結果等於零，多浪費啊！

你們之中的某些人，可能會接到一些令人心碎的消息：唯一想讀你作品的人只有你的父母，和你的男朋友或女朋友，當然後者還取決於你們的關係開始了多久。還記得雞尾酒嗎？對於真正的審稿人來說，讀你寫的東西遠不如來杯雞尾酒？審稿人想要的是那種讀起來像是一道閃電的東西，一頁有很多空白的那種──他們不用費力就能明白你想說的到底是什麼的那種。

你要求別人為你的作品掏至少10萬美元；你要求別人花10萬到1億美元來生產你虛構的東西──你當然要把你的東西做好。場景描述要寫得引人入勝，配角都要栩栩如生，好好校對不能有錯字。就這樣，我說的這些很容易做到，這跟天賦、神話般的故事架構、立體人物（round character）統統無關。我不是要告訴你怎麼寫一個偉大的劇本，有不少好書都已經談了。我只想提供你一些指引，以確保你的審稿人能繼續讀下去。

有次在飛機上，我坐在一個製片人隔壁，看見她在讀一個劇本，只讀到第六頁就放下了。這個作者花了好幾個月寫出這個劇本，但是出於某些原因，他的機會在第六頁就化為泡影。當然也許把原因列出來是一長串。

我將幫助你一一檢查本書羅列出來的100個失敗原因。

「如果故事混亂，那是因為作者自己也亂了。」

──小柯區朗[4]（其實不是他說的）

4　小柯區朗（Johnnie L. Cochran, Jr., 1937-2005），美國律師，因在美國球星辛普森殺妻案中的精采辯護表現聞名於世；他還處理過吹牛老爹、麥克·傑克森等明星的案子。──譯注

對審稿人來說，讀一個劇本就像奮力快跑、穿越過黑暗的沼澤，只能踩著漂浮在沼澤上一百碼的睡蓮葉過去，還得躲避後方野人的射擊。最後一頁就是審稿人拚命想抵達的幸福彼岸。如果有什麼干擾了他的注意力，哪怕只是一點點，他都會絆倒，失去平衡，落入食人魚之口。竭盡你所能，用一切辦法讓他一直留在睡蓮葉上！

就像《爵士春秋》（*All That Jazz*）（編劇：羅伯特‧艾倫‧亞瑟〔Robert Alan Aurthur〕和鮑伯‧佛西〔Bob Fosse〕）裡的角色喬伊‧吉德安（Joe Gideon）所言：

喬伊‧吉德安：聽著，我沒辦法讓你成為偉大的舞者，我甚至不知道能不能讓你成為好舞者。但是如果努力不懈，永不放棄，我知道我能讓你成為一個更好的舞者。

如果你遵照本書的劇本檢查表，一一核對改進，讀完本書之後，你也會成為更好的編劇。這個我敢打包票。

希望你覺得本書好用到不行。

威廉‧M‧艾克斯
於珠華譚耶海灘[5]
2008年8月

---

5 原註：不是真的，只是聽起來還挺不賴的吧，或許我能多賣幾本書……

【編按──關於本書劇本格式】

本書內含大量劇本片段，做為改寫的說明與示範，由於原本的英文格式較不適於中文閱讀，易造成讀者的困擾，因此，針對故事與人物對話、場景敘述等文意、文字說明，略做調整為中文劇本格式，以便讀者了解作者語意。

然而，書中在第51、65、68、69、70、72則對策中，作者進一步詳細說明了正確英文劇本的標準格式，為了讓讀者理解英文書寫，因此保留原文書格式。

此外，本書P182～P191中提及，審稿人的閱讀速度，劇本的閱讀感是否俐落，或者綿長？可以從每一頁文字鋪排的所展現的視覺效果窺見。作者特別羅列了9頁劇本，以線條代替人名、對話、場景描述行，做為圖示範例。

為了方便讀者理解各範例中各線條的代表意義，特別挑出一例，標示並說明。

範例標示：人類之子（參見 P186）

①人名 ②對話 ③場景描述

第一幕

關於故事本身

你就靠這個賺錢，其餘的都是技巧

「如果一個人能用二十五個字，甚至更少的字，告訴我一部電影的構想，那麼它可能會拍成一部好電影。我喜歡那種盡在掌握的構想——尤其是電影的構想。」

——史蒂芬・史匹柏[6]

「所謂作家，就是比起其他人，寫作對他們來說更難的那種人。」

——托瑪斯・曼[7]

「作家的任務是讓你去聆聽、去感受，但是首先，是讓你去看。沒別的了，這就是一切。」

——康拉德[8]

「寫那些讓你恐懼的事。」

——唐納德・巴塞爾姆[9]

6 史蒂芬・史匹柏（Steven Spielberg, 1946-），美國著名電影導演、編劇和電影製作人。四十年的電影生涯中，史蒂芬・史匹柏涉獵多種主題與類型，創造多次票房紀錄，兩度榮獲奧斯卡最佳導演獎。截至2009年，史蒂芬・史匹柏的電影創造了近80億美元的國際總票房，榮登有史以來電影總票房最高的導演。——譯注

7 托瑪斯・曼（Thomas Mann, 1875-1955），德國作家。1901年，他的第一部小說《布登勃洛克家族：一個家族的衰落》（*Buddenbrooks: Verfall einer Familie*）出版，旋即在審稿人和文學評論界引起了巨大的迴響和共鳴。28年後，就是因為這本書，瑞典皇家科學院授予托瑪斯・曼諾貝爾文學獎。——譯注

8 康拉德（Joseph Conrad, 1857-1924），有「海洋小說大師」之稱，生於波蘭，後入英國籍，共寫了13部長篇小說、28篇短篇小說和兩篇回憶錄，其中較著名的有長篇小說《「水仙號」上的黑水手》（*The Niggar of "the Narcissus", 1897*）、《吉姆爺》（*Lord Jim, 1900*）等。中篇小說《黑暗之心》（*1902*）後來被導演科波拉（Francis Ford Coppola）改編成影史名作《現代啟示錄》（*Apocalypse Now*）。——譯注

9 唐納德・巴塞爾姆（Donald Barthelme, 1931-1989），美國後現代主義小說家。一生創作大量短篇小說，曾從事新聞記者、雜誌編輯等工作，並在紐約城市大學任教。代表作為中篇小說《白雪公主》（*Snow White*）。——譯注

接下來要講的是這本書最重要的一課，也可能是所有劇本課中最重要的一課。事實上，我是無意中偷聽到的：

兩個人排隊買《心靈訪客》（*Finding Forrester*）的票，一個傢伙問：「這部電影在講什麼？」他的朋友回答：「史恩‧康納萊（Sean Connery）。」

永遠別忘記這一點。

也許這跟你心中的信念正好相反——你並不是要努力寫出一個偉大的故事，也不是要設法描繪出一張藍圖、讓製片廠能把它拍成電影，你寫的東西更無法治癒癌症或贏得諾貝爾文學獎——你寫的只是演員的誘餌。

電影業剛開始時，演員的名字根本不會在銀幕上出現。這並不是因為那個時代的製片人是笨蛋，正好相反，那很可能是他們精明的小算盤。不過很快地，公眾發現演員能抓住他們的眼球，承載他們的想像。影迷們開始寫信給「比奧格拉夫女郎」（Biograph Girl），而接到粉絲來信的女演員們則告訴比奧格拉夫公司[11]，在下一個合約裡她要加上一條：自己的名字必須出現在銀幕上。製片人被迫讓步，然後觀眾終於在銀幕上看到了這個演員的名字：瑪麗‧碧克馥[12]。接下來發生的一切都已經寫入電影史冊了。

製片人老早就知道公眾只對電影明星感興趣。不是故事，不是導

---

10 歐朵拉‧韋爾蒂（Eudora Welty, 1909-2001），美國當代小說家，善於描寫美國南方生活，《*The Optimist's Daughter*》一書獲1973年普立茲獎。——譯注

11 比奧格拉夫電影公司（Biograph Pictures），美國早期知名電影公司，1895由威廉‧甘迺迪‧迪克森（Willian Kennedy Dickson）創立，結束於1928年；它也是美國第一家專業電影製片、放映公司，也是最多產的電影公司之一，出品了超過三千部短片和十二部故事長片。知名導演大衛‧格里菲斯（David Llewelyn Wark Griffith），著名明星瑪麗‧碧克馥（Mary Pickford）、麗蓮‧吉許（Lillian Diana Gish）都曾簽約於比沃格拉夫公司。——譯注

12 瑪麗‧碧克馥（1892-1979），美國早期電影明星，第一位在中國劇院門前的星光大道留下印記的女明星，聯藝影業公司、美國影藝學院（AMPAS）的創始人之一。16歲進入美國電影界，逐漸在D‧W‧格里菲斯等人的影片中成為美國默片時代最受歡迎的女演員之一，1929年因主演《貴婦人》（*Coquette*）獲奧斯卡最佳女主角獎。1916年創立碧克馥製片公司，1919年與卓別林等人的公司聯合組成聯美影片公司。1933年退出影壇。——譯注

演——看在上帝的分上——也不是編劇。只有演員。當某人說，「我們正把這個劇本送去給一個天才」，這個「天才」就是演員。

如果你的故事構想不能讓一個演員興奮，如果他們不覺得這個角色和對白能幫他們贏得一座奧斯卡小金人，或是讓他們看起來酷斃了，或者讓觀眾淚腺噴發、春心蕩漾，那麼你的電影就不會被拍出來。為了讓演員興奮，你必須讓製片人興奮，為了讓製片人興奮，你必須讓劇本開發部主管[13]興奮，而為了讓劇本開發部主管興奮，你必須先讓一個審稿人興奮。

為了讓這個審稿人把你的劇本推薦給他的老闆，你必須先得讓他讀這個該死的東西。對，這就是全部流程。

所以，你要竭盡所能讓每個審稿人都讀到你劇本的最後一頁。當然如果你的劇本很爛，他們肯定就不會如此自虐了。

好了，接下來讓我們捲起袖子大幹一場吧，找出讓你的劇本遜斃了的原因。先告訴你一個好消息：絕大多數劇本都需要改寫、重寫或者修修補補。今天遜的不代表永遠遜。

——除非，你有一個很爛的構想。那你死定了。

一旦選定了故事構想，你就要全心投入。看過吃早餐的豬是什麼樣子吧，找找全心投入的感覺。

「投入」與「全心投入」的區別是什麼？小雞吃早餐那叫投入，而小豬吃早餐則叫全心投入。

——無名氏

牢牢記在這一點，以下要進入「你的劇本遜斃了的100個原因」，同場加映一大堆「亡羊補牢」的好法子！

13　劇本開發部主管（Development Executive，簡稱 DE）在電影製片行業的主要任務就是讀劇本，發現能夠拍成電影（電視劇、電視電影）的素材。——譯注

第一場
構思

1・你寫的並不是你真正感興趣的東西！

寫那些讓你深深著迷、欲罷不能的東西，那些讓你熱血沸騰，讓你午夜難以入眠，讓你在雞尾酒會上不顧場合激烈爭論，甚至不惜和老友鬧翻的東西。

「寫劇本將改變你的人生，就算你沒辦法賣掉它，最起碼你改變了自己的人生。」

——約翰・特魯比[14]

我們應該讀懂「好萊塢傳奇劇本教師」約翰・特魯比這句話中的暗示：你現在寫的東西在深深吸引別人之前，是否深深吸引著你自己？雖然那可能深藏於表面之下的十七層底，不過你筆下的故事是不是真的有料？

如果你有什麼想「說」，那你的劇本就值得一讀。即使你寫的是一齣光屁股銀行搶匪的歌舞片，一樣有可能贏得投資。

---

14 約翰・特魯比（John Truby），美國編劇、導演、劇本教師。過去的三十年間，他為超過1000個電影劇本做過劇本顧問，此外他也以編劇軟體計畫「票房炸彈」（Blockbuster，原「故事序列」〔Storyline Pro〕計畫）而聞名。——譯注

寫作不適合懦夫，它需要投入巨大的心力和精力，艱苦卓絕。從事這項工作一段時日，你就會痔瘡加背痛纏身。如果你一心只想著撈錢，絕對沒辦法捱過這漫長過程中深入骨髓的艱苦。所以，看在上帝的分上，你得確實有什麼想說才行。

　　你為什麼想要寫作？你為什麼充滿激情？對你來說什麼東西很重要？什麼是你能寫的、你關心的、你知道的、審稿人有興趣看的？有什麼故事你比其他任何人更有資格說？如果因為之前七部衝浪驚悚片都賺了一筆，所以你也要寫一部，那從一開始你寫作的目的就是錯的，而精明的觀眾也能聞到這種從內而外散發出來的腐臭味。你可以寫這個世界上最愚蠢的電影（如果其中確實有什麼迷住了你）——那你終於有機會寫點與眾不同的東西了！

　　想想《婚禮終結者》（*The Wedding Crashers*），乍看之下似乎愚蠢到家：兩個傢伙偷偷溜進婚禮，就為了騙吃騙喝泡馬子。我打光棍那陣子怎麼就沒想出這麼絕的點子？要是我之前就想到，然後坐下來理清思緒、把這個劇本寫出來就好了！言歸正傳，讓我們看看這個蠢故事，它還真的有料呢。對，一些深邃的東西：兩個朋友之間的友誼。這是一個就像《絕命終結者》（*Tombstone*）、《男孩我最壞》（*Superbad*）那樣發生在在兩個可愛傢伙之間、表現兄弟情深的故事；而且《婚禮終結者》的內容真實感人，它不是一齣腦殘喜劇，而是一個討喜溫暖的故事。

「王八蛋才知道哪個會紅。」

——雷·查爾斯[15]

15　雷·查爾斯（Ray Charles, 1930-2004），著名黑人盲人歌手、靈魂歌王，將福音音樂的靈性與藍調音樂結合起來，首開「靈魂樂」先河，被尊為「靈魂樂之父」。《滾石》雜誌將他列為史上最偉大的音樂家之一，名列第10。他的歌聲曾啟發披頭四（Beatles）、艾爾頓·強（Elton John）、諾拉·瓊絲（Norah Jones）等眾多流行歌手。一生曾獲13座葛萊美獎，1986年入選搖滾名人堂，1988年獲頒葛萊美終生成就獎。2004年去世後，好萊塢據其生平拍攝了傳記影片《雷之心靈傳奇》（*Ray*）。——譯注

你沒辦法知道哪個劇本能賣出去。根本不可能。沒人辦得到。寫你真正感興趣的內容的原因之二，就是你根本就不知道觀眾到底愛讀哪種故事。製片人總是會告訴你他覺得自己想要什麼，但其實他心裡一樣沒底。他只是盡力表現得好像他知道一樣，而且他的理由似乎很有說服力。但記住，他還相信他的孩子不會偷喝他的酒呢——所以為什麼要聽他的？對經紀人和演員也一樣——還有地球上任何一個會喘氣的活人。

　　你必須寫那些對你真正有意義的東西，因為：

「不管他們說什麼，那並不是他們真正想要的。」

——貝爾菲爾德[16]定律

　　若回到 1976 年，你在路上隨便找人，問他們想看哪一類電影，他們會回答：「老兄，還用問嗎？當然是《大白鯊》（*Jaws*）那種電影啊。天啊，那鯊魚真是酷斃了！」話雖如此，其實他只是因為喜歡《大白鯊》，就想當然耳認為自己想看《大白鯊》那樣的電影。但他真正想看的是驚異、精采、新穎，而且一點都不像《大白鯊》的片子，但他沒辦法清楚說出來——因為在觀眾還沒親眼看到之前，他根本不知道自己想看什麼！觀眾真正想看、紅到發紫的電影終於在 1977 年出現，那部片子叫作《星際大戰》（*Star Wars*）。

　　製片人也跟觀眾一樣，只有等到你給他們東西的時候，他們才知道他們想要什麼——那就把你的東西給他們吧！

　　如果他們相信什麼能大賣，就會竭盡全力去叫賣——所以寫點你認為能讓別人賣出去的東西吧。即使它可能找不到買主，最起碼你寫了自己真正想寫的東西！

　　強力推薦唐納德・戴維斯[17]寫的《說出你自己的故事》（*Telling Your*

16　貝爾菲爾德（Barefield），愛爾蘭克雷爾郡的一個小鎮，位於愛爾蘭 N18 國道上恩尼斯和戈特之間，距都柏林 224 公里，距利默里克 33 公里。——譯注

17　唐納德・戴維斯（Donald Davis, 1944-），美國故事大師、作家、牧師。在成為專業說故事人之前，

Own Stories），這本書應該可以幫你找到你的故事。

對於選擇要寫什麼，有個方法是看有沒有某個想法總是固執地一再冒出來，而且對你說：「聽著，老兄，我就是你必須說的那個故事。」你有沒有對某樣特定事物長期保持興趣？也許就可以把這份狂熱變成一部電影。如果它長久以來一直啃嚙著你的五臟六腑，那就拿起筆桿來搔癢吧！寫你真正想寫的東西比較容易，因為審稿人能感受到你發自內心如假包換的熱情。

有很多種方法可以幫你找到創作的題材：你可以想到什麼就寫什麼；一個原創的想法⋯⋯你擁有完全的自由，可以創造世界、人物、事件，甚至你故事中的歷史都可以任你撰寫。你掌管一切，放手去做，好好享受吧。或者，你可以剽竊歷史，寫出《特洛伊：木馬屠城》（*Troy*）或《300壯士：斯巴達的逆襲》（*300*）。你可以把一本公版小說改頭換面，比如珍・奧斯汀的《艾瑪》（*Emma*）——嘿，然後你就變出了《獨領風騷》（*Clueless*）！你也可以花錢買下一個短篇故事、某人的傳記、一本書或者雜誌上的一篇文章，怎樣都行。

不管你選擇寫什麼，你筆下的人物都必須能夠吸引我們的注意。所有好的寫作都是寫人的狀態。電影越耽於情節、動作、特效而疏於人物的刻畫與呈現，就越容易陷入困境，迷途難返。看看《終極警探》（*Die Hard*），你會為約翰・麥克連（John McClane）和他的妻子憂心，還擔心外面的警員，另外還記掛著汽車修理廠豪華轎車裡的孩子。如果我們對你的人物根本就漠不關心，那就完了；相反地，只要我們與你的人物建立了某種聯繫，你就萬事大吉、勝利在望了。

你是你的故事構想的第一個觀眾，它必須先讓你感興趣。

如果你真的動手去寫了，你對這個故事構想的興趣能維持數年不墜嗎？你當然不想眼見火花漸漸熄滅，然後摸黑撞進岔路口的花園裡。你的

戴維斯當了二十年的牧師。他一共錄了二十五張故事專輯，根據這些故事還寫了好幾本書，並長年在研習班、大師班授課。戴維斯因其高超的說故事技巧和對文化推廣的貢獻，被尊稱為「故事泰斗」。——譯注

故事構想有這麼偉大、讓人興奮、不可抗拒嗎？你能吸引審稿人從頭讀到尾嗎？你覺得自己能賣掉它嗎？你寫的方式有任何出奇之處嗎？

會有製片人願意冒著光腳踩過玻璃屑的風險去拍你的電影嗎？

2·你的構想原創性還不夠令人激賞！

去看電影！看看那些已經被拍出來的電影，看看那些有趣而具原創性的影片，像是《王牌冤家》（*Eternal Sunshine of the Spotless Mind*），還有《奪寶大作戰》（*Three Kings*），一開始看起來好像是個簡單的小型戰爭故事，但是漸漸卻變成了更引人入勝的東西！

「人類最古老也最強大的情感是恐懼，而最古老也最強大的恐懼，則是對未知的恐懼。」

——H‧P‧洛夫克萊夫特[18]

帶我們去一個從未去過的世界，給我們一次意外之旅。《口白人生》（*Stranger Than Fiction*）是一部特別的喜劇，而《2001太空漫遊》（*2001:A Space Odyssey*）剛問世時，真的是橫空出世、空前絕後的一部巨作——見鬼了，直到今天它依然是！還有《蹺課天才》（*Ferris Bueller's Day Off*）、《無法無天》（*City of God*）、《變腦》（*Being John Malkovich*）、《狗臉的歲月》（*My Life as a Dog*）……

每一個都是精采的原創。如果你不能帶審稿人到一個他們不曾去過的世界，憑什麼要求他們讀完第一頁？

嘿，我有個禮物要送給你，一個你在電影裡從未見過的世界！這個世

---

18 H‧P‧洛夫克萊夫特（H. P. Lovecraft, 1890-1937），美國恐怖、幻想、科幻作家，尤其以其怪奇小說（weird fiction）聞名。美國暢銷作家史蒂芬‧金（Stephen King）稱洛夫克萊夫特為二十世紀經典恐怖故事最偉大的創造者。——譯注

界離你所在之地不過幾哩遠，且迄今為止還是一片電影處女地。問自己這個很難的問題：「你如何才能帶我們踏上一段某種程度上新穎而又吸引人的旅程？」約翰・巴里（John Barry）的《洪濤駭流》（*Rising Tide*）是一本令人震驚的紀實文學，描寫19世紀中葉一位潛水鐘的臨時代理工程師伊茲行走於密西西比河之底：

> 沒有光，伊茲沒辦法看到河流，卻能感受到。黑暗靜謐之中，水流擁抱著他，河底吸吮著他，水流也會猛擊、拍打、凌虐、拖曳著他，只能時而順著水流，時而逆流前行。與風不同，水流永不停歇。之後他寫道：「有時我得下沉到河底，但水流很急，需要非常手段才能使潛水鐘下沉……河底漂移的沙子就像厚重的暴風雪……在水面下六十五呎處，我發現了河床，至少三呎厚，一整塊在移動，很不穩定。為了在河床上尋找潛水鐘的放置處，我拚命把腳插進河床裡，直到腳下有踏實的感覺。等到能夠站直，像水面上一樣迅疾的水流驅動著沙子沖過我的手。我能判定沙子在河床表面兩呎之下運動，移動速度隨深度成比例降低。」

哇，一個多麼神奇的世界啊！如果你在那裡拍電影，那將是一個我們任何人都不曾去過的世界。還有，《希德姐妹幫》（*Heathers*）裡的西城高中也是我們不曾去過的世界。

只因為你覺得這個構想妙不可言，並不意味著它就是應該寫的東西。不是你腦子裡蹦出的所有點子都是驚世神作。

花點時間拍拍它的頭，把它從裡往外翻、任意扭轉，讓它更有趣些。問自己：我要怎麼做才能讓它更好？它像我看過的某部電影嗎？有沒有什麼是我們沒看過的？別人憑什麼要對這個故事感興趣？裡面有沒有什麼東西能讓人們迫不及待想告訴朋友的？它能引起強烈的情緒反應嗎？我們以前看過嗎？我可以怎樣改變開頭的類型？怎麼樣才能讓它更酷、更俏皮、更絕妙？我是不是只把別人的電影又老調重彈了一遍？還是灌注了自己的一部分靈魂？我要怎麼做才能讓這個構想變成超棒的東西？

「競爭是醜陋的。」

──李察・席伯特[19]《唐人街》(*Chinatown*)、《狄克崔西》(*Dick Tracy*) 製作設計

你最好相信這句話。而且當你在外四處奔走、籌錢拍攝傳說中的劇情片時，最好有上等貨在手。不可思議的詭異事件確實時常發生，人們會為一個爛劇本籌募資金，把它搬上銀幕，但這並不意味著他們就應該把爛劇本拍成電影。把大量的時間、金錢浪費在無聊、平庸的素材上，簡直就是犯罪。根據經驗，牙醫幾乎什麼鬼東西都投資──可是為什麼你要去浪費他們的錢和時間，還有舞臺工作人員、燈光師、演員、剪接和你自己並不太充裕的寶貴時間呢？就為了你寫得並不怎麼樣的鬼東西？再寫十份初稿，確保你的劇本是百分之百原創、純粹（毫無雜質）、像是鍍了鈦那樣刀槍不入。人們看到它時不會再問，能做點什麼來幫你改善、完成它；而你也已經殫精竭慮、絞盡腦汁，再也沒辦法寫出更新穎的作品。只有這樣，才算完成。

你拍了一部電影給哥兒們、給親戚看，或者給滿屋子腦袋發熱、意識不清的投資者看，並不等於你拍了一部成功的電影。只有當某人買了你的電影，然後能在ipad、手機，甚至在電影院裡看到它，才叫成功。牢記那句古老的廣告名言：「只有賣出去，才算有創意。」

現在，你只操心寫的事。不過，也許你也得操心一下別人準備怎麼把它賣出去，畢竟，這還是一樁生意。

當你坐下來構思一部電影的時候，應該要考慮到，「哪部分能讓它賣出去？」有什麼能拿過去讓發行商一看，就讓他精神為之一振？有他們能

---

19 李察・席伯特（Richard Sylbert, 1928-2002），曾獲奧斯卡最佳美術設計、藝術指導，多次與名導羅曼・波蘭斯基、伊力・卡山（Elia Kazan）、邁克・尼可斯（Mike Nichols）、華倫・比提等人合作。代表作有《戰略迷魂》(*The Manchurian Candidate*)、《靈慾春宵》(*Who's Afraid of Virginia Woolf?*)、《畢業生》(*The Graduate*)、《失嬰記》(*Rosemary's Baby*)、《唐人街》、《棉花俱樂部》(*The Cotton Club*)、《狄克崔西》等。──譯注

用來秀在預告片裡的爆炸或香豔鏡頭嗎？對我來說，劇情片（drama）是最有趣的說故事方式，但也是最難賣出去的，因為沒有「可利用的成分」。你只能讓人和人說話，或者有時讓他們提高嗓門互相吼兩句。除非他們互丟家具，你找不到更多動作可以放進預告片裡。恐怖片有「可利用的成分」，因為裡面有黏液和血污。你的電影呢？你的劇本有能讓它賣出去、讓人驚呼「哇！」的畫面嗎？

問自己一個問題：你看過的電影中，有哪些前所未見的場景讓你過目難忘？——然後也在你的劇本裡創造一些這樣強烈的場景。以下列舉一些我心目中的經典場景：

《情到深處》（*Say Anything*）中，約翰・庫薩克（John Cusack）高舉著答錄機為心儀的女孩播放歌曲時，浪漫得一塌糊塗；《動物屋》（*Animal House*）中的食物大戰；《新天堂樂園》（*Cinema Paradiso*）裡，阿佛烈多打開電影放映機的鏡頭，影像從放映室穿牆而過；《小鹿斑比》（*BAMBI*）的媽媽死了；《黑色追緝令》（*Pulp Fiction*）中，山繆・傑克森（*Samuel L. Jackson*）一邊幹掉毒販一邊背誦《聖經》；《梅崗城故事》（*To Kill a Mockingbird*）中，一直躲在杰姆臥室門背後的阿布走了出來；《阿拉伯的勞倫斯》（*Lawrence of Arabia*）中，勞倫斯不得不處死他九死一生從沙漠中救回來的嘉西姆；《34街的奇蹟》（*Miracle on 34th Street*）中，聖誕老人用荷蘭語跟一個小女孩說話。

在《一路到底：脫線舞男》（*The Full Monty*）的高潮，蓋茲（整部電影一直發起脫衣舞男秀的傢伙）承認他很害怕上臺，然後他的兒子鼓勵他。在電影院裡看到這一幕時，我一邊大笑不止，一邊熱淚盈眶。

你創作的故事拍成電影能做到這樣嗎？

3・你選錯了類型！

類型是個大命題。很多書都在討論類型，它也確實值得做系統而深入

的專門大型研究。

你需要知道的是，你的影片類型是什麼，而且必須清晰、迅速、及早地傳達給觀眾。如果你正在寫一個你根本就不了解的類型，顯然要困難許多。

它是一個清晰的、已經確立的，簡單易懂的類型嗎？它是西部片？犯罪喜劇片（caper film）？愛情片？劇情片？粗俗喜劇（gross out movie）？科幻片？恐怖片？成長故事？到底是什麼？如果你不能確定，而到第十頁我們發現你還是不太確定，你就完了。審稿人必須馬上知道自己在看的到底是哪一類故事。

你寫的是自己喜歡的類型嗎？是你擅長的類型嗎？如果你一直都看警匪片，但你現在寫的卻是一個1700年發生在英格蘭荒原的浪漫愛情故事，也許你是在浪費天賦。如果你發現自己在奈飛[20]（www.netflix.com）租的西部片比其他類型都要多，這就說明你想寫西部片已經很久了。

你抓住某種類型，是因為這個月劇院裡正流行這個類型？那你肯定死翹翹。

你要花六個月甚至是一年的時間來寫一個劇本，再花一年去找一個願意買它的人——這還是在你足夠幸運的前提下——到那時今日特別推薦的最愛早已是明日黃花。所以你只是在浪費自己的時間。你的時間精力有限，能寫的只有那麼些劇本，所以請慎重選擇，把你一去不復返的寶貴時間花在正確的選擇上。

有時你會成為衰運的犧牲品。從前，我的大學密友羅勃·羅達特[21]決定寫一部黑幫片。他確實寫了，但是他的運氣確實也衰到家了，就在他把劇本寄給經紀人的那個星期，居然就有三部黑幫片上映而且都鎩羽而歸。

---

20 世界最大的線上影片租賃提供商，向670萬名顧客提供超過85000部以上DVD電影的租賃服務，還提供4000多部影片或電視劇的線上觀看服務。公司的成功源自能提供超大數量的DVD，還能夠讓顧客快速方便地挑選影片，同時免費遞送。——譯注

21 羅勃·羅達特（Robert Rodat, 1953-），美國編劇，代表作為《搶救雷恩大兵》、《決戰時刻》（The Patriot）、《基地》（Foundation）、《雷神索爾2：黑暗世界》（Thor:The Dark World）等。——譯注

可想而知，避之唯恐不及的經紀人直接扔掉了他的劇本。但是羅勃沒有放棄，之後沒多久，他寫出了《搶救雷恩大兵》（*Saving Private Ryan*）。

選擇類型時，最好不要因為它現在很紅，或者因為它能讓你賺錢。挑選讓你感覺從容自在、如魚得水的類型，選擇你真正鍾愛的類型。但是也要知道外面有很多人在做跟你一樣的工作……

4 · 你的故事只有你自己感興趣！

不要讓審稿人無聊！

不要讓審稿人無聊！

不要讓審稿人無聊！

「你奔向電影院的時候，應該像騎著火箭一樣 High！」

—— 蓋瑞 · 歐德曼[22]

你大可抱持懷疑的態度看這本書。只要你願意，可以隨時對我說的話提出反駁。如果我說了什麼你覺得低能白癡的話，儘管吐我槽。不管你做什麼，只求別乏味無聊，這是唯一神聖不可侵犯的規則。如果一個場景、你的故事構思或你的主角很無聊，那就請你直接停筆吧，除非你能找到方法讓它不那麼乏味。

如果你的故事是自傳性的，這問題尤其棘手。

你告訴人們：「看，它就發生在我身上，是如此強烈！」我很遺憾得

---

22 蓋瑞 · 歐德曼（Gary Oldman, 1958- ），知名英國演員，1986 年在搖滾影片《席德與南西》（*Sid and Nancy*）中飾演席德而在影壇嶄露頭角，之後演出《誰殺了甘迺迪》（*JFK*）、《吸血鬼：真愛不死》（*Bram Stoker's Dracula*）、《終極追殺令》（*Leon*）、《空軍一號》（*Air Force One*）等知名影片，近年來最受關注的作品則是《哈利波特》系列、《蝙蝠俠：開戰時刻》（*Batman Begins*），以及《黑暗騎士》（*The Dark Knight*）系列。——譯注

通知你，這實在不夠。你覺得興奮，只是因為你自己經歷過而已，不代表它也能讓審稿人興奮。你的狗狗去世了你痛哭流涕，不代表審稿人也會。尤其是故事裡的狗狗之所以會掛掉，只是因為保險箱倒下壓死了牠。

你的人生可能並不是上好的電影題材，所以把它改編成戲劇時一定要很小心，然後應該深深挖掘你的內心，掘出深埋的情緒。你可以就自己的感受寫一部了不起的電影，強烈的情感是全宇宙通吃的，也會像流沙一樣深深吸住你的審稿人，讓他們沉溺其中，不可自拔。

我們也許不會關心你九歲時做了什麼，但是我們一定會關心你的感受是什麼。我寫的一個關於西貢淪陷的故事，源自孩提時觀賞《真善美》（*The Sound of Music*）時，看到一家人為了逃避納粹的追捕努力逃出這個國家時的恐懼。我陷入自己深深的恐懼之中，寫出了這個劇本。結果證明，它也引起了其他人的共鳴，我賣出了我的劇本。

比利・鮑伯・松頓（Billy Bob Thornton）還在當演員的時候，時運不濟，處境堪憐。因為精神極度苦悶，他躲在他的露營拖車裡對著鏡子做鬼臉，向自己傾訴內心的感受。而他就是從自己支離破碎的靈魂深處、撕心裂肺的對鏡惡罵之中，榨出了一個驚人的角色——《彈簧刀》（*Sling Blade*）中的卡爾。卡爾不是比利・鮑伯，但是他們分享了相同的情感。因為對這種深刻悲哀的真切了解與細緻描繪，他得到了一座金光閃閃的奧斯卡小金人。

你對競爭激烈的國標舞有任何了解嗎？一無所知，對嗎？看《舞國英雄》（*Strictly Ballroom*）的頭十分鐘，導演就能讓你確信充滿競爭的國標舞是世界上最重要的事情！

「不被人理解，並不代表你就是藝術家。」

——汽車貼紙

你發掘了它，並不代表其他人也會在乎；你認為這是個偉大的構想，並不意味著它確實就是偉大的構想。如果你的構想根本就不偉大，你就是

在浪費時間。我說的是一個偉大的構想。《X檔案》（*The X Flies*）的作者有時得連續六個月每天工作十小時才提得出一個構想，成為電視劇集中的一集。這可不是一件輕鬆的事。

　　好消息是在這個階段你浪費的只是你自己的時間。對了，你還浪費了本來若是出去打工可以賺到的錢，可惜你卻呆坐在咖啡館裡，根據一個只有你自己關心的構想寫著劇本。

　　就因為你花時間寫了，就會有人想讀？或者想去看這部電影？真的？真的嗎？別浪費你自己或者別人的時間了。

　　「寫你知道的東西。」

──每個啟發想像力的寫作老師

　　「他寫他知道的，但這維持不了多久。」

──霍華・聶麥諾夫[23]

　　美國桂冠詩人聶麥諾夫深知寫作箇中真諦！從某種意義上說，如果你是個真正的作家，你不能只是寫你知道的東西。你必須蒙上雙眼、站在跳板末端勇敢地跳出去，向前延伸、再延伸……寫作時你可以運用你所知道的，這是當然，但是也得走出你得心應手的舒適圈。你認為那個創作電視劇《越獄風雲》（*Prison Break*）的傢伙坐過牢嗎？《黑道家族》（*The Sopranos*）的創作者既不是臨床醫師，也不是黑手黨頭目。馬里歐・普佐（Mario Puzo）是義大利人沒錯，所以他明白義大利麵、家庭、名聲對美裔義大利人意味著什麼，但其他都出自他的虛構，這才有了《教父》（*Godfather*）。

　　「寫你知道的東西」最大的作用在於：把你心中翻江倒海的東西拿出

23　霍華・聶麥諾夫（Howard Nemerov, 1920-1991），美國詩人，胞妹為知名攝影師狄安・阿勃絲（Diane Arbus）。1963-1964、1988-1990兩度榮膺桂冠詩人，曾獲美國國家圖書獎、普立茲獎和波林根詩歌獎。──譯注

來，用在你的作品裡。這並不是說如果你是一個二年級教師，你就只能寫二年級老師的事；但如果你是一名二年級老師，你寫的也確實是一位二年級老師，一定要確保他是一個動人故事的中心，而這個故事能深深吸引住所有人。

5・你的故事寫的是悲慘的傢伙，一路悲慘到底，結局依然很慘，甚至更慘！

告訴你寫什麼不是我的工作。什麼讓你清早不再賴床，什麼讓你半夜難以入眠，什麼讓你開車自言自語，什麼讓你寧願被伴侶臭罵不在家照顧孩子、要去躲在公園裡振筆疾書——就寫那個。

寫你想寫的。但是作為主題，我不推薦苦難，特別是苦海無邊、看不見盡頭的苦難。這也許是你人生的真實寫照，但是抱歉，我們需要的是「故事」。

苦難真的很難很難被拍成電影。如果你的電影是關於漫無止境、令人生畏的苦難，那麼就更難——簡直是難上加難——被拍成電影。如果最後連一絲精神振奮都欠缺的話，審稿人會直接把你的劇本扔進壁爐，映著那燃燒的火焰高聲談笑。為什麼觀眾要跟人物一起咬牙苦捱，撐到最後居然一切都是徒勞？

派區・馬柏[24]把卓伊・海勒[25]的小說《她在想什麼》（*What Was She Thinking*）改編成了電影《醜聞筆記》（*Notes on a Scandal*）。小說結束於人

---

24 派區・馬柏（Patrick Marber, 1964-），英國喜劇演員、劇作家、電影演員、導演、編劇。1997年，他的舞台劇《偷情》在英國國家劇院上演，贏得一片喝彩，之後親自操刀，擔任由茱莉亞・羅勃茲（Julia Roberts）、克里夫・歐文（Clive Owen）等主演的電影版《偷情》（*Closer*）編劇。2006年，因《醜聞筆記》獲奧斯卡最佳改編劇本獎提名。——譯注

25 卓伊・海勒（Zoe Heller, 1965-），英國記者、小說家。曾擔任過英國《星期日獨立報》記者，後為美國《名利場》、《紐約客》撰稿，出版了三本小說，其中2003年的《醜聞筆記》被好萊塢搬上銀幕，由茱蒂・丹契（Judi Dench）、凱特・布蘭琪（Cate Blanchett）主演。——譯注

物審判和磨難，她們身處低俗、黑暗、醜惡之地，沒有一絲一毫救贖的希望。這種自殺區，顯然不適合當電影的結局。聰明的馬柏改寫了結局，給了主角也給了我們希望。不是很多，但已經足夠觀眾去想：「哦，她已經歷了這所有不幸，至少她學到了點什麼，也許能拯救她的婚姻。」哇！

結束時要給審稿人希望或救贖。《登峰造擊》（*Million Dollar Baby*）的編劇保羅・海吉斯[26]有個冷酷而殘忍的結局，不過緊接著主角做了他一直想做的事。我們還是帶著一絲微薄的振奮感，離開電影院。儘管我們很難過，但也為主角感到高興，因為他正努力從悲傷中尋找快樂。這是編劇先生的上乘良策！

給審稿人一個快樂結局，或者指出一條路給審稿人希望！

6・你的片名不夠棒！

你有一個好片名，還是一個蠢片名？從你的片名是不是壓根兒就看不出這是什麼故事？是不是根本沒人看懂，也沒人關注？是不是怪得惹人討厭？是不是主角的名字？是不是不好唸或不好寫？

如果你的片名不夠棒，換掉它。

如果片名讓你莞爾或開懷，或者感到一陣莫名的暖意，那就留著。如果它能透露給審稿人一些影片的資訊，那就留著。片名是觀眾了解你的電影的首要途徑，如果你的片名很蠢，他們就會以為這是個愚蠢的劇本。不管再怎麼強調這一點，我總是覺得不夠。

有次我跟以前的學生通電話，他在洛杉磯擔任某經紀人的助理，要在

26　保羅・海吉斯（Paul Haggis, 1953-），出生於加拿大的海吉斯很輕易就在好萊塢找到了自己的立足之地，與克林・伊斯威特合作的《登峰造擊》一舉拿下當年的最佳原創劇本獎，2005年海吉斯自編自導的《衝擊效應》（*Crash*）一舉擊敗當年的大片《斷背山》（*Brokeback Mountain*），獲得奧斯卡最佳影片大獎。近年來海吉斯已晉升為好萊塢最貴的編劇之一，編劇的作品也多為商業大片，如《007首部曲：皇家夜總會》（*Casino Royale*）、《魔鬼終結者Ⅳ》（*Terminator Salvation: The Future Begins*）等。——譯注

兩個劇本之中選一個看。他選了那個片名很酷的，理由是如果一個人能想出好的片名，也許劇本也會不錯。有時，我都懷疑他還會不會讀另外那個劇本。

我最喜歡的片名是《Blade Runner》（銀翼殺手），又酷又炫，讓我立馬產生想讀這個劇本或看這部影片的衝動。我恨不得替自己寫的每部影片都取名叫《Blade Runner》。噢耶！

還有一些片名也很棒：《Alien》（異形）、《Rich and Famous》（江湖情）、《Gone with the Wind》（亂世佳人）、《Trouble in Paradise》（天堂無計）、《Gladiator》（神鬼戰士）、《A Beautiful Mind》（美麗境界）、《Tremors》（從地心竄出）、《Used Cars》（爾虞我詐）、《Herbie: Fully Loaded》（金龜車賀比）、《The Madness of King George》（瘋狂喬治王）、《Speed》（捍衛戰警）、《Oldest Living Confederate Widow Tells All》（往日情懷[1994]）、《Robocop》（機器戰警）、《His Girl Friday》（女友禮拜五）、《Ernest Saves Christmas》（聖誕驚魂夜）、《Dog Day Afternoon》（熱天午後）。

以下這些片名就不怎麼樣了，因為你無法從原文片名中得到電影的有效資訊：《The Island》（絕地再生）、《K-Pax》（K星異客）、《SwimFan》（惡女上身）、《She's the Man》（足球尤物）、《The Man》（芭樂拍檔）、《Monsters》（異獸禁區）、《Signs》（靈異象限）、《Tomorrow Never Dies》（明日帝國）、《Go》（狗男女）、《The Grudge》（咒怨）、《Fur》（皮相獵影）、《The Neverending Story》（大魔域）、《Music and Lyrics》（K歌情人）、《Freddy Got Fingered》（哈拉小子）、《Gigli》（絕配殺手）、《Manos: The Hands of Fate》（命運之手馬諾斯）、《Jeeper's Creepers》（毛骨悚然）、《August Rush》（把愛找回來）。

《Wedding Crashers》（婚禮終結者）、《The 40-Year-Old Virgin》（40處男）、《Knocked Up》（好孕臨門）怎麼樣？全都是片名中的上等極品啊！討人喜歡、吊人胃口，而且開宗明義，讓你一下子就明白這部電影在說什麼。不幸的是，這些都有人用過了。

你的片名是你能想出的最好片名嗎？為你的影片想至少50個片名，

發電子郵件給你的朋友，請他們給建議，選出最好的10個；走進唱片行，看看那些歌名；上IMDB網站偷個1934年老片的片名——總之，想盡一切方法，利用一切手段，為你的影片找到一個好名字。

片名好壞會直接影響它之後的命運。

第二場
人物

7 · 你選錯主角了！

　　說起來不可思議，但是是真的，人們常常把一整個劇本都寫完了，才發現選錯了人當主角。一旦你發現自己犯了如此巨大而根本性的錯誤，難免意志消沉，要一切推倒重來回到正確的路確實很不容易。但是在這個階段扔掉之前所寫的一切，圍繞正確的人物重新開始，總好過你就這麼把它遞給那個關鍵人，白白糟蹋掉他今生今世可能給你的唯一一次機會。

　　怎樣才能確定你選對了主角？

主角鑑別測試：

（1）你的主角必須主動

　　他必須牢牢抓住掌控權，掌控他的行為、他的問題、他的命運，永不放棄戰鬥，直到他戰勝了那個壞蛋。一個消極被動的主角永遠不能吸引觀眾或審稿人。《絕命追殺令》（*The Fugitive*）裡的逃亡者金波醫生從來未曾放棄，不管什麼問題落在他身上，他都堅持戰鬥、戰鬥，直到找到結果，然後繼續戰鬥。

　　是由他發起行動，還是讓他人想出下一步該怎麼做？當然，你可以寫

一個人物安靜坐著，不採取行動，也不做出決定，至始自終都是靜默消極的劇本──但娜塔莉‧波曼（Natalie Portman）是不會演的！

被動的主角就像一張飛往幻想之城的單程機票，有去無回，毫無指望。

（2）你的主角必須有一個清晰明確的問題

展現出一個對於審稿人來說簡單而清晰的問題，而且前十頁審稿人就得知道這個問題。不能是好幾個問題，只能有一個主要問題，也就是這個故事要說的那個。電影更接近短篇故事而不是長篇小說。一定要簡單。

就一個問題。

（3）主角的問題要引起觀眾的興趣

光吸引你沒用。光吸引我也沒用。你必須要吸引我們。問題必須足夠強烈到牽著我們一路狂奔到110頁。不要想那些太雞毛蒜皮的東西，要想重量級的大問題。

主角的問題越大，對審稿人的吸引力可能就越大。這當然不是說每部電影都要寫一個傢伙炸掉了一顆調皮的小行星，以阻止它撞擊地球──你知道的，以免它摧毀我們這些地球人。但這個問題必須是你的人物有史以來所面對的最困難的問題。在《告別昨日》（Breaking Away）中，主角一直在掙扎自己究竟要當自行車車手還是鑿石匠；在《男孩我最壞》裡，主角只想弄到一點酒，這樣就可以帶正妹出去。

對全宇宙來說，那也許不算什麼大問題，但是對電影裡的人來說最好是。

（4）主角必須自己解決他／她的問題

關鍵時刻沒有人能夠拯救他。他必須自己搞定。他可以擁有盟友，但在最後的戰役中，你的主角必須自己擊敗邪惡力量。

是他想出一個好主意，最後拯救了自己，還是其他什麼人救了他？若是後者，那位「其他什麼人」就是主角的最佳候選人了！

在《埃及王子》（*Prince of Egypt*）裡，以色列人連夜逃出埃及，逃到紅海岸邊，前有汪洋後有追兵，他們上天無路入地無門。突然，從碧藍的大海中央，一根火柱款款而來，阻止了一直追趕摩西的壞蛋，還告訴摩西如何分開紅海，保護大家安全渡海。摩西並沒有自己解決問題。這是一個惡名昭彰的「機器神」[27]範例，我為此專門去翻了《聖經》，看上頭是不是真的就是這麼寫的，因為這是夢工場（Dreamworks）容忍這種低劣寫作的唯一理由。果不其然，《聖經》裡就是這麼寫的，火柱確實出現了，搞定了摩西的所有問題。儘管典出《聖經》，作為劇本寫作這仍然是讓人髮指的低劣敗筆。

還有《木偶奇遇記》（*Pinocchio*），每次小木偶皮諾丘遇上麻煩，藍仙女都會從半空中衝下來，給他一些他自己找不到的線索。「機器神」是推動故事前進的下下之選，最好不要用。

如果以上的四條標準都亮起紅燈，那麼你需要認真重新考慮你的主角了。

問問自己：你的女主角一直都像困在碎紙機裡嗎？是不是不停地有越來越大的問題越來越快地襲向她？她的情緒是不是強烈到足以支撐整個故事？

你感興趣的是她的問題，還是在廚房裡修了一架戰鬥機的她姑媽的問題，究竟哪個才是你的心頭好？這個故事真的是關於她的故事嗎？或者其實是關於其他某某人的故事，比如說主角的弟弟。這就是為什麼你把粗糙的第一稿給朋友讀了之後會傻傻地問一句：「你覺得主角是貝蒂，還是薇若妮卡？」

她是不是絕大多數時間都出現在銀幕上？她是不是奮勇前進、穿越炎熱灼人的火焰山，並最終得到了改變？做出改變的女演員往往能得到奧斯

---

27 機器神（deus ex machina，或譯為「機械神」、「天外救星」、「天神解圍法」），古希臘人發明的一種舞臺裝置，意思是乘機械來去的神，是出現在一些劇碼結尾的升降設備。當故事中的神靈在最後時刻決定從高處下凡拯救即將身陷絕境的主角時，便由它負責承載飾演神靈的演員。後用來指代所有小說戲劇情節中牽強扯入的解圍人物（或事件）。──譯注

卡大叔的垂青。

如果你真的選錯了主角，應該高興才對！你已經做了大量的工作，這些都會為你的新故事效力。你可以一路放心向前航行，因為你已經確信自己行駛在正確的航線上。當然最好的消息是，你還沒有把你的劇本遞出去。若是那樣的話，你所有辛苦的海量工作都會變成浪費時間。

你真該慶幸自己現在就發現了，而不是等你手拿創新藝人經紀公司[28]的保險專案時才發現。

8 · 你的主角塑造得不對！

千萬別忘了《心靈訪客》最重要的一課：你寫的是演員的誘餌。

只要演員對你塑造的人物動了心，他們就會加入，甚至努力促成將你的劇本拍成電影。所以一定要把好好把握人物塑造！

情節來自人物。所有發生的事情歸根究柢都源於自身。《法櫃奇兵》一開始，我們就得到一個資訊：哈里遜·福特怕蛇，這是他性格裡的一部分。所以，在高潮部分，就必須有蛇！《阿拉伯的勞倫斯》裡，勞倫斯滿懷熱情、努力避免流血傷亡，而最後，他變了，自己也迷上了殺戮遊戲。《北非諜影》（*Casablanca*）中，李克信誓旦旦表示不會為任何人出頭，但最後他卻偏偏為人出了頭。

接下來說說人物的變化，也就是「角色轉變弧線」[29]。「影片開始時的他

28　創新藝人經紀公司（Creative Artists Agency），簡稱CAA，美國知名經紀公司，創立於1975年，是當今好萊塢當之無愧的王者，好萊塢⅔左右的一線明星都簽在CAA旗下，包括湯姆·漢克斯（Tom Hanks）、湯姆·克魯斯（Tom Cruise）、茱莉亞·羅勃茲、妮可·基嫚（Nicole Kidman）等巨星均出自CAA旗下，全明星陣容多達幾百位，若再加上音樂人、作家等，CAA簽約藝人總數過千。《首映》（*Premiere*）雜誌稱之為「好萊塢最有影響力的機構」之一。——譯注

29　羅伯特·麥基（Robert McKee）在《故事的解剖》（*Story: Substance, Structure, Style, and the Principles of Screenwriting*）中這樣定義「角色轉變弧線」（character's arc）：最優秀的作品不但揭示人物真相，而且在講述過程中表現人物本性的發展軌跡或變化，無論是變好還是變壞，這種人物的變化就是角色轉變弧線。——譯注

們」vs.「影片結束時的他們」。有時演員會先看頭10頁,然後翻到最後10頁,看看人物有沒有巨大的變化。如果沒有,他們就直接把這劇本摺下了。

人物轉變很重要。我們希望仁慈和公正最終勝利,我們希望人物能自己發現點什麼,變得跟影片開頭有所不同,正因為這些在真實生活中都很少發生,在故事裡才愈發顯得彌足珍貴。

記得《鬼靈精》(*How the Grinch Stole Christmas*)嗎?故事開始的時候,陰森恐怖、鬱鬱寡歡的鬼靈精心臟太小了,到最後,他的心臟變成了以前的兩倍,他笑容滿面,與胡谷鎮的居民和睦相處。巨大的轉變。《意外的人生》(*Regarding Henry*)裡,哈里遜·福特一開始是個性情古怪的混蛋,但是被槍擊後他重新發現了人生,最後變成了一個好人。《綠野仙蹤》(*The Wizard of Oz*)裡的桃樂絲討厭堪薩斯,結尾時卻因為能夠回家而欣喜若狂。《窈窕淑女》(*My Fair Lady*)裡的伊莉莎原本是個舉止粗俗、出身寒微的女子,最後變成了一位高貴優雅的上流淑女。《摩登大聖》(*The Mask*)裡,史丹利一開始是個可憐兮兮、卑躬屈膝的失敗者,而那個神奇面具釋放了他真正的自我,影片結束時,他完全變成了另一個人!

當然也有例外,不是所有電影的主角都會發生轉變,比如《荒野大鏢客》(*A Fistful of Dollars*)中那位無名俠客,他有角色轉變弧線嗎?沒——有。

在比利·懷德[30]和I·A·L·戴蒙德[31]的《公寓春光》(*The Apartment*)裡,傑克·李蒙(Jack Lemmon)是廢物一個!(他的鄰居就是這麼叫他的!),

---

30　比利·懷德(Billy Wilder, 1906-2002),猶太裔美國導演、製作人與編劇,美國史上最重要的導演之一。曾兩度奪得奧斯卡最佳導演獎,八次獲最佳導演獎提名。導演作品:《雙重保險》(*Double Indemnity*, 1944)、《璇宮豔舞》(*The Emperor Waltz*, 1948)、《日落大道》(*Sunset Blvd*, 1950)、《七年之癢》(*The Seven Year Itch*, 1955)、《熱情如火》(*Some Like It Hot*, 1959)、《公寓春光》(1960)等。——譯注

31　I·A·L·戴蒙德(I. A. L. Diamond, 1920-1988),著名好萊塢喜劇編劇,職業生涯從上世紀四〇年代一直持續到八〇年代,1957年開始與傳奇名導比利·懷德合作,《熱情如火》、《公寓春光》獲得巨大成功,《公寓春光》還獲得奧斯卡最佳編劇大獎。懷德與戴蒙德合作的許多影片中都有兩個男主角不停鬥嘴卻無損友誼的情節,戴蒙德的遺孀稱:這就是「懷德和戴蒙德」的真實寫照。——譯注

但到影片最後他學會了做一個受人尊敬的人。（他是這麼叫自己的！）

影片一開始：

傑克非常希望能在任職的保險公司裡得到晉升，出於這個目的，他忍辱負重，為用他的公寓泡妞的副總經理們買點心和酒討好他們的情婦，自己一個人卻躲起來吃冷凍食品。別人酒足飯飽，他負責刷鍋洗碗。為了實現野心，他淪為一個受氣包。

大雨裡，他讓出自己的公寓，供他的老闆和他的傻大姊寶貝顛鸞倒鳳，他滿腹怨氣，但還是憋著不敢發作，因為他很清楚如果不讓他們使用公寓，他的飯碗就可能不保。

隨後：

他把公寓鑰匙給了佛瑞德·麥克默里，他來這兒是為了和電梯女孩親熱，偏偏這個女孩正是傑克心儀已久的夢中女孩！可是，傑克必須得到他夢寐以求的晉升。

然後，沿著這條路繼續深入：

傑克忍無可忍，告訴佛瑞德他不能再用自己的公寓了。在決定做個有尊嚴的人之後，傑克放棄了他的工作。他整個人都變了，連他說話的語氣都跟以前不同了。正因為他發生了轉變，迷人的雪麗·麥克萊恩最後才會跟他一起玩紙牌。瞧！

傑克發生了變化，很大的變化。你的主角也應該如此。

一旦你想清楚你的主角為什麼是這個樣子之後，就該按照以下程式製作這個多層次蛋糕：

一言以蔽之，你的主角是怎樣的一個人？他是專偷高檔藝術品的雅賊，還是篤信主的牧師？他是芝加哥的潛水焊接員、古羅馬神鬼戰士，還是長著一雙剪刀手的怪雞小子？她是會飛的修女，還是嗜賭的生意人？

他們有沒有內心衝突？莎莉是不是既脆弱又堅強？內心是不是善惡共存，是不是一個肩膀上站著天使，另一個肩膀上站著魔鬼？莎莉既想成為返校節（home coming）舞會上與人為善的好女孩，但同時也想幹掉對手。

他們有沒有一些與眾不同的特徵？個性特點、文化背景、經濟條件、過往，還有職業？這些都會影響他的談吐、動作和舉止。他們信仰什麼？品行如何？他們對父母、孩子或工作夥伴的感受是什麼？她是不是很容易激動？他是不是討厭說謊的人？他是不是騙子？他是一萬年前被冰凍在冰塊裡的古人，所以看到鋼筆就大驚小怪？她是不是園藝狂？等等等等。

審稿人喜歡細節，演員也是。你的主角親吻妻子的玉頸時，是不是喜歡賣弄兩句法文？他是不是隨身帶著聖・克里斯多夫勳章？左撇子對她的生活有什麼影響？她會把自己拔掉的眉毛在水槽邊上排成一排嗎？當她必須叫「爸爸」的時候，她是不是會結巴？

最後，你的主角在整個故事中是不是始終如一？千萬不要為了讓人意外而故意不按常理出牌。一旦你確定了主角的主要個性，那麼他所做的一切都必須符合他的性格。他不能是一個嚴格的素食主義者，卻突然開始大嚼燻肉。

每個人物都想得到點什麼，很想很想得到。但是他們想要的卻往往不是他們真正需要的，當然他們直到最後才會恍然大悟。（關於這個我會在「架構」的章節做更多闡述。）

這種渴望一定要強烈到能夠驅動整部電影，但又必須簡單到讓觀眾一目了然。《豐富之旅》（The Trip to Bountiful）裡，那個老婦人想要回家；《溫馨接送情》（Driving Miss Daisy）裡那個老太太想要自己搞定一切，但是他的兒子卻不讓她開車，非要給她請一個司機。

千萬別讓人物做太小兒科的決定，比如「我是應該娶一個校園舞會皇

后，還是該去坐牢」之類的。給他們一個令人粉身碎骨的道德抉擇：①我愛我的丈夫，但是我又想和我的學生同居；②一個好人殺了一個壞人，我應該吊死他嗎？③如果我告訴我的客戶真相，他們就能庭外和解；如果我對他們撒謊，那麼我在法庭上的精采表現會讓我的律師生涯攀上巔峰。

鬼魂（就像《哈姆雷特》裡那樣！）就是頂在你主角背後的矛尖，驅使他不得不前進。《唐人街》裡，私家偵探傑克·吉特斯（Jake Gittes）想保護一個女人，但最後她還是受到了傷害，他拚命不讓這悲劇再度發生。《紫苑草》（Ironweed）中，主角意外摔死了自己剛出生不久的孩子，這個孩子的鬼魂一直纏著他。《日落黃沙》（The Wild Bunch）中，勞勃·雷恩（Robert Ryan）背叛了他最好的朋友威廉·荷頓（William Holden），成為執法者。《北非諜影》中，李克的鬼魂是他在巴黎的過去，在那裡，他曾經擁有愛又失去愛，這驅使著他一有機會就要緊緊抓住愛。《凡夫俗子》（Ordinary People）開場之前，一個兒子死去，另一個兒子也想殺掉自己，陰魂不散的幽靈就是那個死去的、得到寵愛的兒子，他驅使所有人物走向懸崖邊緣。

背景故事和這裡所說的鬼魂不同。背景故事解釋的是人物之所以成為現在這個樣子，是因為過去發生的某些特定事件。可以是十件事，也可以是六件或者兩件。它不是鬼魂（英雄鞋裡的石子），而是他生長在新澤西州、養鴿子、來自碼頭裝卸工人的家庭；他是個拳擊手，因輸錢而日漸墮落，可能變成冠軍挑戰者。

鬼魂則是更大的背景故事的一部分，這裡就不花費太多筆墨討論兩者的區別了。總之，我們看見的是冰山一角，但你知道水面之下有什麼。

《雨人》（Rain Man）中，湯姆·克魯斯曾經是個好孩子。有次他考試所有科目都得了A，便向爸爸要最寶貝的別克車（Buick）的鑰匙。老人說不。湯姆不管三七二十一和朋友一塊把車開了出去，而他父親報警說車被偷了。湯姆和朋友都進了監獄。其他孩子的父親都把他們接走了，只有湯姆的父親沒來。他把湯姆扔在監獄整整兩天。有個傢伙想要雞姦湯姆，還用刀刺傷了他。當湯姆終於出獄，他離開了家，從此再也沒有回去過。

湯姆對過去所發生的一切的感受，影響了他現在的每個舉動。

關於人物，最後再補充幾點：

你的主角是百分之百的好人嗎？沒有人是這樣的。他們應該要有一到兩個缺點。

有什麼人物是你不需要的？或者應該把那兩個或三個人物合併成一個人物？

別讓你的主角離開觀眾視線太久。

我們是通過你的人物的行為了解他的嗎？還是通過對白？一個男人揍了他老婆，然後痛哭流涕、道歉，但是之後他還是繼續揍她。人物一定要是可見的，即使把聲音關掉也一樣。眼見一個傢伙把蔬菜罐頭洗了再洗才放進儲藏室，效果遠勝於聽他說：「我有潔癖。」

如果你的場景裡有兩個人，要讓這兩個人天差地別。讓他們的性格形成強烈反差，這樣你寫起來會輕鬆許多。一個崇拜柯林頓，另一個臥室裡貼滿布希的貼紙。想想他們兩個共進午餐，再來點酒，想不妙筆生花都難！

你有盡可能給你的人物機會去採取行動嗎？在小說《情迷四月天》（*Enchanted April*）裡，威爾克斯夫人（Mrs. Wilkins）是在教堂裡認識愛博索特夫人（Mrs. Arbothnot），然後邀請她和自己在義大利合租一棟別墅；到了電影劇本裡，則變成威爾克斯夫人在報上登了一則廣告尋找願意跟她合租別墅的人。這樣一來，尋找同租的冒險率就大大提高，編劇這一改，無疑讓威爾克斯夫人的性格變得有趣得多了。

再一次，但絕不是我最後一次問：你的人物有變化嗎？變化越大，就可能越好寫。在114頁的劇本裡，如果托比是從A一路變成Z，想想其中有多少步你可以寫；但是如果他只是從A變到F，變化沒那麼大，寫作難度也增加了。

當然，吸引演員上鉤的難度也增加了！

9・你塑造的人物不夠具體！

以下是我和一個學生的對話。她筆下的人物琳達是醫院裡的病人，而羅蘋是照顧她的護士。

「好，跟我介紹一下琳達吧。」

「她生病了。」

「怎麼生病的？」

「因為感染。」

「什麼感染？」

「她體內有根管子，因為那個感染了。」

「她體內為什麼會有一根管子？」

「她得了癌症。」

「什麼癌。」

「這有關係嗎？」

「當然有關係啊。她得的是什麼癌，會直接影響她的外表、感受，和我們對她的感受。如果她得的是乳癌，你會因此得到粉紅絲帶[32]、成為公眾議題，但若說她得了胰腺癌就不會。」

「真的？」

「如果她得了胰腺癌，那就註定一死了，而且死亡會來得迅速且不那麼痛苦。」

長長的停頓。

我說：「你看看這多有關係啊，如果她病了，你必須清楚知道她為什

---

32 「粉紅絲帶」是全球乳癌防治活動的通用標識，用於宣傳「及早預防，及早發現，及早治療」這一資訊，遍布全球數十個國家。各國政府亦將每年的10月訂為「乳癌防治月」。——譯注

麼生病，因為那會影響所有事情。」

「沒錯，的確是，現在我知道了。」

「現在再跟我說說羅蘋，那個護士。」

「她對自己的生活感到挫折。」

「我們如何看出這一點？」

「她偷醫院的藥。」

「哪種藥？」

「我不知道，就是藥。」

「興奮劑？」

「也許，應該是吧。」

「鎮定劑怎麼樣？一個偷興奮劑的人會有完全不同的個人問題，那是跟一個偷巴比妥酸鹽[33]的人完全不同的人物。或者她偷的是止痛藥？可是為什麼呢？她哪部分的性格會導致她去偷奧施康定[34]或嗎啡？偷的藥不同，她的故事也會大不相同。」

「哦，是的，沒錯！」

一切從這繼續發展下去，談話結束時，她對自己要寫什麼有了更清晰的認識。當我說「你不夠具體」時，她也立刻領會了我的意思。

你需要問自己同樣的問題，如果你描述一個人物時說「他很難過」，這顯然不夠，他到底是「悲傷」還是「痛不欲生」，除此之外你當然還要知道他為什麼會這樣。

說故事時碰到任何事情、涉及任何細節，都要時刻提醒自己，要想辦法讓它具體。別說什麼「他畢業於一所名校」，告訴我們究竟是哪所名校，

---

33 巴比妥酸鹽（barbiturates）發明於1903年，在20世紀初逐漸成為主要的安眠藥物。到20世紀60年代以後，巴比妥類藥物作為安眠藥使用已逐漸減少，迄今可說基本上已經不用了。最主要的原因有兩點：一是當時已經有了更好的安眠藥，完全可以取代巴比妥類藥物；二是巴比妥類藥物在應用的過程中出現了不少副反應，使醫師與病人都望而生畏。——譯注

34 奧施康定（Oxycontin）：解熱和鎮痛藥，藥效是嗎啡的兩倍，適用於中重度疼痛。——譯注

此名校和彼名校的差別可大著呢。

演員想知道這些事，審稿人也想知道。要具體。要非常具體。

10・你沒有把你的人物放進具體的地點！

以下是要引以為戒的負面示範：

> 淡入：
> 日景　普通的居民區　外景
> 　　一棟中等城市裡的好房子。

你得拿出壓箱底的本事來幫助自己踏上成功之路，寫出這種常見的貨色顯然幫不上什麼忙。

沒有所謂的「一個普通小鎮」，沒有所謂的「一個中等城市」，真實生活中也許沒有，電影裡更是肯定沒有。如果你在選擇地點的時候不能做到真正的具體，具體到鄉村、城市或別墅裡的某個房間，你就無法發揮最佳的寫作水準。

地點應該作為一個獨立的特徵來處理。你的故事是發生在正確的時間、正確的地點嗎？把人物安置在哪裡很重要。當你為你的故事選擇地點的時候，別說「郊區」，你應該說密西根州哈姆川克（Hamtramck）。選擇一個城市或小鎮，並讓它成為故事中的一個重要部分，這樣住在底特律城外的人就會和住在基韋斯特城外的人完全不同。如果你想進一步體會地點是如何與故事切實相關、密不可分的話，我建議你看看帝姆・高特羅[35]的小說。

35　帝姆・高特羅（Tim Gautreaux, 1961-），美國小說家，小說《下一個舞步》（*The Next Step in the Dance*）獲1999年度美國東南部書商協會獎。——譯注

「所處地點的不同，人們的行為也會不同。想像一對夫妻在他們家前院爭吵，現在把這場爭吵搬到後院。地點不同，爭吵的性質是不是也隨之發生了改變？當他們知道沒有鄰居看著的時候，行為舉止肯定是另一種樣子。」

——瓊・圖基貝利[36]

　　我為《保送入學》（*Risky Business*）的製片人寫過一個劇本，故事源自他大學一年級的羅曼史。他女朋友去費城上大學，她的父母住在紐約，而他在長島擔任救生員。不知怎麼搞的，故事進行不下去了，我們反覆琢磨、推敲原因究竟何在，最後我發現（幾個月之後！）我們太忠於真實生活了。我對故事做了一些改變，讓女孩和她的父母都住在紐約，他們住在那裡，而她在那兒上學。小小的改動改變了一切，就只因為我決定讓她待在紐約，故事才得以成立。

　　你的故事發生在哪一年最合適？哪個季節最合適？想像一下如果你的故事發生在羅馬，和發生在冬日裡積雪三呎厚、一片死寂的阿拉斯加，或者發生在加州的海灘上會多麼截然不同？觀眾對發生在內布拉斯加州或阿拉巴馬州塞爾瑪的事，又會有怎樣不同的反應？

　　地點的選擇不僅會影響整個故事，還會影響單一的場景。

　　儘管以下這個取自《洛基》的例子並不源於劇本，但我們姑且當作它是：席維斯・史特龍（Sylvester Stallone）的劇本讓洛基和艾黛麗安最後去約會，他約她出去，一開始她拒絕了，但最終還是心軟赴約。他們去了一家餐館，在那裡有一場親密對話。完美的初次約會？可是當史特龍著手拍攝這個場景的時候，錢出了問題，他們租不起餐館，更負擔不起一切額外開支。他們只租得起一個便宜的大頂蓬。他們拿它來做什麼用呢？變出了一個夜間關門後空蕩蕩的溜冰場。

---

36 瓊・圖基貝利（Joan Tewkesbury, 1936-），美國影視導演、編劇、製片人、女演員。瓊長年與美國著名導演勞伯・阿特曼（Robert Altman）合作，也是《沒有明天的人》（*Thieves Like Us*, 1974）和《納許維爾》（*Nashville*, 1975）的編劇。——譯注

剩下的就是電影史上的著名事件了：艾黛麗安搖搖晃晃地踩著溜冰鞋，洛基走在她身邊，他們就這麼進行了一場甜蜜又吞吞吐吐的對話——就是他們本來應該用在餐館裡的對話——這比原劇本裡的安排妙多了。中途還有一個小小的衝突：磨冰機司機過來告訴他們必須馬上離開，那是我最喜歡的電影場景之一。看，場景一變，一切都變了。

仔細檢查你的劇本，一個場景一個場景檢查，看你能不能把一個無聊的地點變成奇妙的所在。

11・我們對你的主角沒興趣！

我們並不希望你的主角去摘下天上的月亮，能常人所不能。

「吸引觀眾最簡單的方法，就是讓他們知道在限定的時間、限定的地點，某人必須嘗試某事，而如果失敗，就會招致殺身之禍。」

——哈利・胡迪尼[37]

你得讓我們一心希望你的主角贏。但這並不代表「要有一個有同情心的主角」，你的主角不一定要有同情心，不一定要是個好人。劇本開發部的傢伙或者寫作老師說你的主角應該討人喜歡，但你沒必要對他們唯命是從，如果你所有的朋友都從懸崖跳下去，你也要跟著跳嗎？

看看傑克・尼克遜（Jack Nicholson）的《愛在心裡口難開》(*As Good as It Gets*)，他有同情心嗎？他出場做的第一件事就是把一隻可愛的小狗扔進了大樓的垃圾通道！這可一點都不可愛！當他被攆出餐館的時候，所有的老顧客都鼓掌稱快，看來他已經混帳到人神共憤了。

37　哈利・胡迪尼（Harry Houdini, 1874-1926），匈牙利裔美國魔術師，脫逃大師、特技演員、演員和電影製片人。——譯注

這就是這個故事的主角嗎？

他毫無同情心，一點都沒有，但我們還是會對他的處境產生共鳴。我們認同他的感受，理解他的問題，我們打從心底裡想要他去戰勝它。

我們全力挺他，我們為他加油。

傑克‧尼克遜的角色同情心欠奉，魅力卻爆棚，我們希望他最終贏得海倫‧杭特（Helen Hunt）的芳心。我們希望他贏！

如果你的主角沒把審稿人迷得七葷八素，你就只剩下抱頭痛哭的分了。他可以是全宇宙無敵的超級混蛋，但只要他有趣，我們照樣會被吸引。看看莎士比亞的《理查三世》，乖乖，那可是世界級、24克拉的邪惡混蛋，和可愛完全沾不上邊，但我們的視線卻一秒鐘都沒辦法離開他。想想《霸道橫行》（Reservoir Dogs）裡的粉紅先生，他連小費都不給；或者金先生切下了好警察先生的耳朵。這些傢伙都與同情心絕緣，他們都很可怕！你永遠不會邀請他們到你家吃千層麵，但是你絕對樂意在電影裡看到他們。

又好比亞倫‧阿金（Alan Arkin），就是《小太陽的願望》（Little Miss Sunshine）裡那個猥褻又性情乖戾的怪爺爺，但是他愛他的外孫女，花了大把時間來幫助她排練選美的舞蹈，所以我們想要他贏。

我們想要《告別昨日》（Breaking Away）裡的男孩贏得賽跑；我們想要《麻辣女王》（Miss Congeniality）裡的珊卓‧布拉克（Sandra Bullock）抓住壞蛋；我們想要《一樹梨花壓海棠》裡的杭伯特跟羅麗塔上床；我們想要《雨人》裡的湯姆‧克魯斯和達斯汀‧霍夫曼（Dustin Hoffman）解決各自的問題；我們想要《終極警探》裡的布魯斯‧威利（Bruce Willis）打敗漢斯（Hans Gruber）那幫人；我們想要《梅崗城故事》裡的湯姆被證明無罪，思葛逃出艾薇先生的魔掌。

我們希望你筆下的人物得到他想要的，但是我們不必喜歡他，我覺得最好是：「我們最討厭的傢伙，卻偏偏仍希望他贏。」

陶德‧索朗茲（Todd Solondz）的《幸福》（Happiness）中，狄倫‧貝克（Dylan Baker）飾演一個極度自閉的戀童癖。在孩子們的睡衣派對上，他居然用安眠藥片裝飾冰淇淋。同情心跟他扯不上半點關係，他想做的既

不合法也不道德，我們無法對他的所作所為鼓掌贊同。但當他奔向目標的路上出現障礙，他越拚命追求，我們越希望他得到，即使我們心知肚明他想要的是錯的！錯的！錯的！但是，我們依然想要他贏，真是不可思議。

我們必須為你的主角打氣，一心希望他能取勝，要是做不到，你的故事就沒人關心。

12 · 你的壞蛋不是人！

「邪惡的紐約城」對電影來說可不是個稱職的壞蛋；「人對同類的殘暴」不是堅韌頑固的奧克拉荷馬城私人調查員約翰·登曼（John Deman）的對手；「黑暗、壓迫的存在」也不是《異形》中威脅雪歌·妮薇佛（Sigourney Weaver）的對手，她的對手是個怪物，一個長著尖牙、滴著涎液的龐大生物——就像《開放的美國學府》（*Fast Times at Ridgemont High*）裡的韓德先生，斯皮考利（Jeff Spicoli〔西恩潘 Sean Penn 飾演〕）必須跟一個人作戰。

你的英雄也應該如此。

你劇本裡的壞蛋不能是疾病、體制、負疚或者天氣，這些可以作為主角問題的一部分，但是他必須和某一個人對峙。只有人才會制定計畫，擁有複雜的欲望、需求、一套與主角截然對立的信仰體系，而且還能同處一個房間對他大吼大叫！

你會反駁說《活人牲吃》（*Shaun of the Dead*）中的壞蛋就是殭屍，但是我會反擊說早在活死人襲擊夜店之前，諸多人類的衝突已經把那一小撮人撕成了碎片。

如果你選擇的邪惡壞蛋是「醫療行業」，也得創造一個醫生或護士來體現大型醫療機構令人憎惡、生畏的集體性犯罪。看看《飛越杜鵑窩》（*One Flew Over the Cuckoo's Nest*）中的護士長拉契特，路易絲·弗萊徹（Louise Fletcher）與傑克·尼克遜一直處於道德衝突之中，她對付傑克和他的夥伴的卑鄙手段讓觀眾毛骨悚然；當傑克最後好不容易終於擊敗她，

觀眾得到的滿足也是巨大的，因為她是一個人。

你必須幫你的主角找到一個人來對抗。如果你沒有，趕快找一個。

還有，你無法為那個「黑暗而殘酷的存在」寫俏皮的對白，但演員最想說的就是酷酷的台詞，如果演員不想演你的戲，製片人也不會想拍。

13．你的壞蛋不夠強！

你的主角有不有趣，取決於他的對手。

「在科幻電影中，怪物永遠要比女主角強大。」

——羅傑・考曼[38]

我印象中《怪物奇兵》（*Space Jam*）的海報是這樣的：麥可・喬丹在前，那個巨大、猙獰、呲牙咧嘴的怪物在他身後窺伺著他。

38　羅傑・考曼（Roger Corman, 1926-），美國電影製片人、導演，被譽為「B 級片之王」。考曼製作的影片大多是低成本影片，且極度量產，曾在一年裡推出七部影片，最快的速度是用兩天一夜拍完一部電影。改編自愛倫坡故事的系列影片為他贏得評論界的肯定。作為演員，考曼演過《沉默的羔羊》、《教父 II》、《費城故事》等。2009 年，考曼獲得奧斯卡終生成就獎。——譯注

瞧！主角是世界一等一的籃球巨星，聰明、壯碩，還很好看，完美的電影英雄。他的對手是誰？可不是對街那頭的小提米，一個喬丹可以拿他拖地板的不知天高地厚的愣小子，而是身形巨大、尖牙利爪的太空異形，它們擁有超強的力量和狡猾的手段，還能兇猛地灌籃。這才是旗鼓相當的對手！

對手、壞蛋或者敵人，不管你怎麼稱呼他，反正他必須比好人強大，否則你的電影就不存在了。如果你的電影一開始面對壞蛋時沒把我們嚇住，你就得重寫。這並不是說她必須手拿雷射槍殺人如麻，也可以是《凡夫俗子》中的瑪麗‧泰勒‧摩兒（Mary Tyler Moore），那個媽媽就是個強大、執拗、冷酷的對手。

你的壞蛋必須一直在採取行動，他總是在算計、謀畫、偷盜、殺戮、傷害、貶損或者敲碎你披薩上的乳酪。如果這個壞蛋不是一直在採取行動（而且是越來越聰明的行動），那他就不是一個稱職的壞蛋。

你是不是盡可能地讓英雄和壞蛋共處一室？想辦法讓他們面對面，讓他們放下電話擠進同一輛車。如果有辦法把英雄和壞蛋的關係從僅僅是同城的競爭者，改成事業上的搭檔，那就改吧。

別把他弄成一個百分百的壞蛋，就像你的英雄也不是百分百的好人一樣，你的反派角色也不應該是一個徹底的混蛋。如果他是一個恐怖分子，讓他對酒有非凡的品味。《北非諜影》裡，司特拉斯少校也不是一個流著口水的次等壞蛋，他有充分的理由做他所做的。教父的行為動機是他對家庭的愛；葛登‧葛克[39]是為了追求成功和實現抱負；虎克船長[40]則是因為「沒有小孩愛我」而痛苦。

你有把壞蛋設定得招招戳中好人的心臟嗎？如果好人正因為在享有盛

---

39 葛登‧葛克（Gordon Gekko），奧利佛‧史東導演的影片《華爾街》、《華爾街II》中，由好萊塢明星麥克‧道格拉斯（Michael Pouglas）所飾演的角色，身為華爾街證券經紀的他，為達到成功的目的，可以不惜一切代價和手段。——譯注

40 虎克船長（Captain Hook），在史蒂芬‧史匹柏執導的影片《虎克船長》中，由達斯汀‧霍夫曼飾演的角色。身為小飛俠彼得潘的宿敵，他總是愛綁架孩子；在《虎克船長》中，他綁架了長大後的彼得潘的兒子，迫使成年彼得潘再次踏上歷險旅程。——譯注

名的大學任教賺不了幾個錢而煩惱，那麼住在對街的壞蛋幹一樣活賺的卻是他的兩倍多。

沒有好的對手，你的主角也就不能成為主角了。如果拳王阿里面對的是摩西奶奶，誰還會掏錢去看這部電影？是佛雷澤（Joe Frazier）讓阿里成為了今天的冠軍，沒有佛雷澤，也就沒有阿里。

14 · 你的對手沒有讓你的主角產生變化！

沒有壞蛋，你的主角永遠也不可能進化到他需要變成的樣子。

絕大多數主角都會發生轉變。演員都曉得，如果人物不能展現出某種成長，他們就沒希望捧得奧斯卡。你的主角將如何企及「人物變化」這金光閃閃、夢寐以求的聖杯？

你的故事一開頭，主角就身處人生中的困境，他對人怠慢，心底彷彿有個黑洞，大到能扔進一輛麥克貨車[41]。到了影片結尾，他會變得更好、更樂觀，他之後的人生會充滿生機和活力。

這一切，都是因為他的對手。

《終極警探》中，麥克連的婚姻岌岌可危，無法與妻子好好相處，他已經絕望了，兩人的關係正無可救藥地滑向崩潰。這時，漢斯出場了。

漢斯綁架了視線所及的所有人，其中也包括麥克連的妻子，而且他準備把人質全部殺掉。麥克連被迫開始行動，從這個絕頂聰明的劫匪手中解救妻子的過程中，麥克連逐漸意識到自己有多愛她。電影最後，兩人重歸於好，安然度過感情危機，麥克連變成了他需要成為的樣子。漢斯，出色

---

41 麥克貨車（Mark Truck），美國一家重型貨車製造廠商，也是全球最大型的廠商之一。一戰時，有超過5000輛麥克AC型貨車在英國和美國部隊中服役。當其他卡車陷入泥沼時，英美士兵總是調來麥克AC型把它們拉出來。由於這種卡車所具有的超強動力和扁平的鼻形發動機罩，讓人很容易聯想到牛頭犬，英國士兵便稱之為「牛頭犬」。1932年，4吋高、採用鉻合金製作的牛頭犬成為麥克貨車公司的標識。——譯注

的婚姻顧問！

隨便挑一部片子。

《北非諜影》一開始，李克是個自私的傢伙，結尾時卻完全變成了另一個人，為了抵抗納粹，居然能放棄心愛的女人——多麼恢弘的角色轉變弧線！因為這是一個愛情故事，李克的對手是伊爾莎。如果不是她徹底翻轉了李克的人生，他也許會一直是個自私自利的混蛋，就這樣在卡薩布蘭加終老。

《衝擊效應》中，為一個成功的黑人如何處理種族主義的麻煩，如何對待自己在白人世界的位置，讓泰倫斯·霍華（Terrence Howard）一籌莫展，而他從不願與妻子聊起這所謂的「工作事務」。是麥特·狄倫（Matt Dillon）按下了他轉變的按鈕。在差點被烤成漢堡之後，從絞肉機裡爬出來的泰倫斯變成一個更好、更強的人。沒有麥特·狄倫，就沒有幸福。

《灰姑娘的愛情手套》（Shopgirl）中，克萊兒·丹妮絲（Claire Danes）對傑森·薛茲曼（Jason Schwartzman）一點也不感興趣（其實她應該和這個人在一起），直到她經歷過史提夫·馬丁（Steve Martin）那段情的折磨——她不得不改變。也只有在這之後，她才有了與傑森在一起的自信。

現在，看看你的劇本，是什麼引起主角產生變化。

最好是他的對手。

15 · 你的壞蛋不覺得自己是電影裡的英雄！

壞蛋有充分的理由為自己的所作所為辯護。

《非常手段》（Extreme Measures）中，休·葛蘭（Hugh Grant）的對手金·哈克曼（Gene Hackman）算得上是肆無忌憚、不擇手段，但他絕不是連環殺手，而是一位知名的外科醫生，多年來致力於尋求治療癱瘓的方法。因為深知在有生之年等不到FDA（食品及藥物管理局）批准他的治療提案，他只能訴諸於自己堅信不移的非傳統療法。多麼高尚的目標啊！

除了他為了達到目的，在一些無家可歸的流浪漢身上做實驗，而有些實驗品死掉了！他覺得這無可非議，因為這個療法將會拯救眾人，而無家可歸的流浪漢沒有人會記得他們，甚至沒有理由活在這個世界上。他做了壞事，卻出於一個可以理解（或者令人同情）的原因。

　　壞人的欲求應該能引起觀眾的情緒反應。

　　《刺激1995》（*The Shawshank Redemption*）中，那個篤信《聖經》的典獄長希望在監獄裡建立秩序。值得讚賞，但是只有一個問題——他是個虐待狂。

　　《蹺課天才》中，壞人則想在學校裡建立秩序——完全能引起共鳴，令人理解。「這次我一定要抓住他殺一儆百，讓那些孩子知道像他這樣是死路一條。」魯尼（Rooney）做的事情完全正確，不幸的是，如果他成功了，就會毀掉法瑞斯的一生。

　　即使是西方壞女巫[42]也有充分的理由為非作歹。如果有人用房子砸死了你的姊姊，偷走了妳滿心期盼從母親手中繼承的魔鞋，你做何感想？在她的世界、她的電影裡，西方壞女巫就是女英雄。

16・你沒為壞蛋準備壞蛋演說！

　　我們是通過壞蛋演說，來知道壞蛋是他自己電影裡的英雄的，所以你才會在電影裡如此頻繁地聽到壞人娓娓道來他的感受，以及他為何做這些事的理由。

42　西方壞女巫（the Wicked Witch of the West），美國作家法蘭克‧鮑姆（Frank Baum）創作的奇幻冒險童話故事《綠野仙蹤》（*The Wizard of Oz*）中的反派角色。她因為桃樂絲從空中墜落的房子砸死了她的姊姊東方女巫，還拿走了本該屬於她的銀鞋，而對桃樂絲懷恨在心。──譯注

在麥可‧曼恩[43]（Michael Mann）和克利夫‧考耳[44]（Christopher Crowe）根據詹姆斯‧庫柏[45]小說改編的《大地英豪》（*The Last of the Mohicans*）中，馬瓜是個迷人的壞蛋！他精明、恐怖、卑鄙，對孟羅和他的兩個女兒恨之入骨，這仇恨的火焰熊熊燃燒、永不熄滅。我們被馬瓜嚇死了。他想要做的就是將那兩個粉嫩孱弱的女孩剁成碎片，但是這就是他唯一的特徵，就像《大白鯊》中的鯊魚，他就是一台殺戮機器。

馬瓜一直保持這種單一面向，直到他終於有機會去講述自己的故事。首先，他嚇到我們了。（順便說一下，這是DVD的第12章，馬瓜的仇恨。）當蒙卡姆侯爵問馬瓜為什麼恨灰髮，他回答說想要殺死灰髮，吃掉他的心，不過在他死前，馬瓜還要做一件事。「馬瓜要先在灰髮面前殺死他的孩子，這樣灰髮就能親眼看見自己的種子被徹底消滅。」

太精采了！我不得不停下來，為這生花妙筆鼓掌。有趣的是，馬瓜並沒有回答：「為什麼？」我們只知道馬瓜要殺死那兩個女孩，吃掉她們父親的心，又回到傑森和佛萊迪[46]之流的殺人狂魔。

這個壞蛋演說最妙之處，在於麥可‧曼恩和克利夫‧考耳把它切成了

43　麥可‧曼恩（Michael Mann, 1943- ），美國著名導演，1979年執導了首部影片《天牢勇士》（*The Jericho Mile*），1984年，麥可創作、執導的電視連續劇《邁阿密風雲》（*Miami Vice*）獲得了巨大的成功，1992年麥可轉而製作劇情片，並執導了由丹尼爾‧戴–路易斯（Daniel Day-Lewis）和麥德琳‧史道威（Madeleine Stowe）主演的影片《大地英豪》。麥可執導的其他影片有：《烈火悍將》（*Heat*）、《驚爆內幕》（*The Insider*）、《威爾史密斯之叱吒風雲》（*Ali*）、《落日殺神》（*Collateral*）、《邁阿密風雲》（*Miami Vice, 2006*）等。——譯注

44　克利夫‧考耳（Christopher Crowe, 1948- ），美國編劇、製片人、導演。編劇作品：《大地英豪》、《惡夜情癡》（*Whispers in the Dark*）等。——譯注

45　詹姆斯‧庫柏（James Fenimore Cooper, 1879- ），美國作家，童年故鄉殘存的印第安人及印第安人的傳說，在庫柏腦中留下了深刻的印象，並促使他日後第一個在長篇小說中採用印第安題材。最受歡迎的是他描寫邊疆生活的小說《皮襪子故事集》（「皮襪子」是主角納蒂‧班波〔Natty Bumppo〕的綽號）五部曲：《拓荒者》、《大地英豪》、《草原》、《探路者》、《殺鹿人》，以及反映航海生活的《舵手》。——譯注

46　傑森和佛萊迪（Jason and Freddy），佛萊迪是美國經典恐怖片《半夜鬼上床》（*A Nightmare On Elm Street*）的男主角，而傑森是經典恐怖片《十三號星期五》（*Friday the 13th*）的男主角。2003年，《佛萊迪大戰傑森之開膛破肚》（*Freddy vs. Jason*）則將這兩大連環恐怖殺手融於一片。——譯注

兩半，前半段我們得到了一些興奮、一點點死亡和陰謀的資訊，卻淺嘗輒止——我們見識了馬瓜那顆殘酷的心，但我們還只是把他當作嗜血成性的野獸而已。

然後在第21章「馬瓜的傷痛」中，蒙卡姆和審稿人終於得知為什麼馬瓜會對灰髮恨之入骨，最酷的是聽完之後，你立刻就會認定他完全有理由這麼做，1000%的理由。

蒙卡姆看到馬瓜背後有一道巨大的傷疤，問是誰幹的。馬瓜慢慢告訴他自己的村莊被摧毀，孩子被英國人殺死，馬瓜淪為為灰髮而戰的印第安人的奴隸；最後，也是最糟的——馬瓜的妻子以為他死了，嫁給了別的男人。所有這一切，都是馬瓜的敵人灰髮一手造成的。

哇！怪不得馬瓜想要殺死灰髮和他可愛的女兒。我們完完全全同情這個人，他變成了一個迷人的傢伙，而他與主角之間的衝突也更加豐富、更加吸引我們。

壞蛋演說立奇功！

17·你的人物只能做蠢事推動故事前進，換句話說，他們所做的一切，只是因為你要他們那樣做！

如果你的人物在做一些他們在真實生活中根本不可能做的事，你就需要重新斟酌一下。

如果莉莉是你的女主角，她聰明、時尚、狀態良好，尚恩讓她懷了孕，而且他是一個徹徹底底的混蛋——那麼她為什麼想跟他在一起？

> 尚恩：（故意地）莉莉，我站在這是為了接你回來。
>
> 莉莉：尚恩，我很抱歉我沒有告訴你我懷孕的事，但是我——
>
> 尚恩：為了你放棄和參議員共進晚餐。

> 莉莉：我保證你能和我一起照顧孩子，而且——
>
> 尚恩：我不想分享監護權！你應該拿掉這個孩子。你無法獨自撫養他！

　　如果他對她就像對一塊破抹布（而她居然接受了），審稿人就會覺得她是一個白癡，而一個白癡的故事根本不值得再浪費他們的時間。

　　如果你寫了一個有超高智商的連環殺手，他接近、跟蹤、殺死受害者時都展示了惡魔般的智慧，但是每一次他都會在衣櫥抽屜裡留下一個極好的線索讓偵探很容易找到，以便於他們解開罪案之謎，這可不像一個聰明人會幹的事——不過，如果他是個自視甚高、徹頭徹尾的壞蛋，認為警察跟偵探都是傻瓜，那你就可以這麼做。

　　你是否已經封鎖了所有道路，除了他選擇的那條路之外，別無選擇？

　　如果瑪菲特小姐獨自在黑暗房間裡的矮凳上瑟瑟發抖，擔心殺手正要在她的煉乳裡下毒——而她的旁邊就有一台電話——你腦子裡就會蹦出一堆問號。如果在現實生活中她會打110求救，那麼在電影裡她也會打110求救，得讓殺手切斷電話線或者讓當地治安官員在三十哩之外喝貓尿鞭長莫及才行。你是個編劇，要有創意一點。

　　《愛與罪》（*Crimes and Misdemeanors*）中，伍迪・艾倫需要馬丁・蘭道（Martin Landau）殺死他的情婦，故事的關鍵就在於此。伍迪・艾倫知道，要讓他的英雄選擇鋌而走險，就必須關上這條街上所有的門，讓主角只有這一條出路。蘭道不能告訴他的老婆，不能跑到警察局報警，不能跟他那比廁所裡的老鼠還要瘋狂的女朋友講道理，最後唯一的選擇只有謀殺。所以他殺了她，故事得以向前推進，觀眾也完全能理解並相信這個好人要謀殺那個可怕的女人。

　　尚–皮爾・梅爾維爾（Jean–Pierre Melville）的《午後七點零七分》（*Le Samourai*）開頭，職業殺手亞蘭・德倫走出公寓大樓，偷了一輛車。兔子不吃窩邊草，為什麼這個聰明人要偷一輛可能是他鄰居的車呢？他回家停

車的時候，即使已經換過車牌，原車主還是可能認出自己的車。這事幹得還真不專業，幹嘛不到別的街區去偷輛車？

《終極證人》（*The Client*）中，小孩爬進掛在船倉天花板的遊艇裡。壞人走進船倉，孩子能聽到他們的罪惡對話。在那裡根本就沒人看得見他，即使被嚇傻了，他只要靜靜躺在那裡，就沒有人能看到他。可是他怎麼做？他拚命爬出來，上了天花板。看到這裡，我想尖叫著從電影院裡跑出去，還想讓他們開槍打死他，因為他實在太蠢了。

《神鬼奇航3：世界的盡頭》（*Pirates of the Caribbean 3*）裡一個高潮段落，有個人也夠笨的，貝克特爵士的船被兩面夾擊，他是壞蛋不是笨蛋，但是當兩個好人的船炸毀時，他居然愣在當地而不下令開炮。他為什麼會這樣？當他咕噥這將是「對生意有利」的時候，他的船被炸成一根根在空中亂飛的牙籤。他盯著半空，就像是變成了石像，什麼也不做，但平常他可是瞬間就能蹦出壞主意的人，突然間卻變成了服用催眠劑的膽小鬼卡斯帕[47]。這個人物之前從來沒有這樣過。從來沒有。

這種處理應該會激怒，至少，某些人。

你可以去這個網站朝聖：www.moviecliches.com，學學有哪些俗套，盡量避免。隨便舉幾個例子：比如巴黎的任何一個房間都能看到艾菲爾鐵塔；如果一個主要角色在戰爭中陣亡，那麼他死去的那個晚上，他的愛人總會從噩夢中驚醒。

另外一個超級網站：如果我是大魔頭（www.eviloverlord.com）。我個人的心頭好是：「通風管道太窄，爬不過去」，呵呵，誰說通風管道就是英雄的專用通道？

世界冠軍祖師爺級的經典影片《異形》，裡頭的人物也會犯蠢。面目猙獰的怪物（世界冠軍祖師爺級的經典壞蛋）以令人反胃的濕答答、黏糊糊的方式一個個吃掉飛船上的船員，剩餘船員約定「集體行動」，然後發

---

47 膽小鬼卡斯帕（Caspar Milquetoast）：韋伯斯特（H. T. Webster）在漫畫集《膽小的靈魂》（*The Timid Soul*）創造的卡通人物，他說話慢條斯理，輕聲細語，怯懦怕事，卻總是遭到棒子的襲擊。——譯注

生了什麼事？耶佛‧哥圖（Yaphet Kotto）脫隊，走進一間巨大的黑暗房間——就為了找一隻貓咪，就他一個人，還摸黑不開燈！嗯，結果呢？他被吃掉了。活該嘛。

至於那隻貓咪，還用說嗎？當然活得好好的。

18‧你筆下的小角色沒個性！

所有角色，哪怕是一個很小很小的小角色，都要具有吸引觀眾、令人難忘的特定性格，這將大大提升你劇本的整體水準。

想想泰德‧丹森（Ted Panson），《體熱》（*Body Heat*）中那個地方助理檢察官。勞倫士‧卡斯丹[48]賦予了他一些很不錯的小特色：他老是把自己當作舞王佛雷‧亞斯坦（Fred Astaire），時不時秀出點小舞步，時而猛甩胳膊，時而滑步穿門。很怪，但也很酷，就是這個小特色讓這個角色比我們在電影看到的99%的地方助理檢察官都要有趣得多。

在這方面，《潛艇總動員》（*Down Periscope*）無疑是最優秀的範例，找來看看，學習一下大衛‧華德[49]是如何迅速而出色地塑造次要人物。創造這群完美的蠢蛋來跟艦長道奇少校對戲，作者一定是邊寫邊笑！這裡挑幾個「活寶」來說說：

軍紀官「馬丁」帕斯科——嚴格照章行事的軍人，愛管閒事，喜歡對下級亂發脾氣。他是潛艇上個頭最矮的一個，總是以巨大的聲勢來彌補這

---

48 勞倫士‧卡斯丹（Lawrence Kasdan, 1949-），美國製片人、導演、編劇。編劇作品：《終極保鏢》（*The Bodyguard*）、《帝國大反擊》（*The Empire Strikes Back*）、《星際大戰六：絕地大反攻》（*Return of the Jedi*）、《法櫃奇兵》、《體熱》等。——譯注

49 大衛‧華德（David Ward, 1945-），美國導演、編劇。1974年憑《刺激》（*The Sting*）獲奧斯卡最佳原創劇本獎，一舉成名。但隨後由他編劇、麥可‧西米諾（Michael Cimino）導演的《天堂之門》（*Heaven's Gate*），則讓他的事業陷入低谷。1993年由他編劇、諾拉‧艾芙倫（Nora Ephron）導演的《西雅圖夜未眠》（*Sleepless in Seattle*）則再次為他迎來成功。——譯注

一劣勢，每當道奇少校發布一道命令，馬丁就會用最大的嗓門對著士兵將命令再嚷嚷一遍。他請求調到別的艇上，理由是這艘艇上的人都是「一群笨蛋」。

水手，二等E.T.「聲納」拉維切利——忠誠、笨拙，擁有驚人的聽力。他有一盤錄有鯨魚叫聲的磁帶，面對敵艦時，他就播放鯨魚交配時的叫聲來轉移敵人的注意力。

大管輪斯特普納克——好戰、粗暴、懶散、強硬且滿身都是紋身的傢伙。他憎恨海軍，但因為父親就是艦隊司令，不得不留在海軍。道奇少校問他，當他們被敵人追擊時為什麼不洩露他們的位置，他回答：「那樣缺乏職業道德。我只想玩死我自己，這樣我就可以離開這鬼地方，但我可不想對別人這樣。」

電工尼特羅——蠢得不可思議，而且古怪，但相當盡忠職守。由於多年來的電擊，他好像已經失去了智力。為了讓道奇少校與上級聯繫，尼特羅用電擊自己來保持連線。

潛水上尉艾蜜麗・雷克，出類拔萃、勤奮堅毅卻過於自信，隱瞞自己真實人生經驗不足的事實，全體船員都對魅力十足的艾蜜麗垂涎三尺。在模擬訓練中，她洋洋得意地告訴道奇少校她的分數比他高，但是當被要求完成船上的真實生活任務時，她立即不知所措、憂心忡忡。

輪機長霍華德・艾爾德——經驗超級豐富的水手，有點乖僻。他穿著一件髒兮兮的夏威夷襯衫，似乎從不刮鬍子，看起來就像在珍珠港受了傷之後就再也沒換過衣服。

所有配角都特色各異，很容易就能把他們區別開來。

完成第一稿後，抽出次要人物的對話，加工打磨，讓他們更真實、生動，更像活生生的人，別只是讓他們具有推動故事的作用，讓他們引人注目，給他們一個態度，再做點有趣的事。

如果一個女侍者的台詞是：「這是您的咖啡。」太平淡了，最少得讓她打翻咖啡，然後抱怨：「笨蛋，這是你該死的咖啡！」如果有抄水表的

角色，給他一點滑稽個性和精采對話。記住，即使再小的角色，製片人也得找到人願意演，如果是一部低預算的影片，往往可能是無酬演出；但如果你能給他世界級的對白，說不定他會付錢給你，求你讓他演！

第三場
架構

19 · 構思故事時，你卻在操心架構！

如果你在構思故事的時候卻為架構操心，我真替你難過，因為你錯過了寫作中最愉悅的時刻。人物和故事優先，先於任何事情，當然也優先於所謂的第一幕、第二幕和第三幕這些鬼話。

當你梳理出故事的時候，記得做大量的筆記。把你的想法大聲說出來，對著錄音筆大聲說出來，然後繼續做筆記，把像海洋一樣浩瀚的卡片都填滿。在黃色便條紙上寫，在白色便條紙上寫，在餐巾紙上、啤酒杯墊上鬼畫符，為人物們寫下那些在電影裡前所未見的酷東西。記筆記，記筆記，不斷地做筆記，但是別讓自己擔心所謂架構的事。

把架構扔到一旁，先玩個開心。

架構那是後話，現在只要讓你不可思議的創造性思維盡可能自由而無礙地運轉。記下有關人物、情節、故事、有趣的時間，還有你感興趣的地點，總之想到什麼統統記下來。把你人物的對話也用錄音筆錄下來，每一個人的聲音都要不一樣。你腦子裡蹦出來的想法會讓自己大吃一驚！想想你的前男友們，這個特技飛行員的人物是怎麼讓你聯想起唯一有魅力的那個？自由聯想，想想你的祖母，她是怎麼不顧你媽媽的阻攔，執意為你端上油炸玉米餅和七喜汽水？想想那次看見你爸爸在他最好的朋友墓前哭

泣。聯想、虛構、自由想像，從真實生活中找靈感，編造出自己的故事。從別人的生活中找靈感。把音樂聲開大，讓音樂給你啟迪。把這啟迪也記下來，別忘了一直做筆記。帶著你的錄音筆出去逛一圈，把你腦子裡想到的東西都記下來。好好享受這個過程！

你越不擔心是否合適，就越容易想出精采的素材。

我最有創造力的時刻之一，是在某個午後，當我躺在床上，胸前揣著一個錄音筆。在我逐漸進入夢鄉之前，我一直聽著音樂構思故事。在真正入睡前，我彷彿遁入一個奇妙的空間，我依然可以思考、說話，我的思維和音樂互動，不受約束，那種自由的感覺簡直難以置信。想法自己就源源不絕跑出來，而我只是把這些經由音樂觸發的想法口述出來。我強迫自己保持清醒，堅持停留在這個不受正常思維拘束的空間，就在半夢半醒之間對著錄音筆講述——最後我漸漸睡去。

當我從小憩中醒來，便開始謄寫筆記。有些東西很垃圾，但是有一些非常有創意，這是一種構思故事的非常方法，僅供參考。

總之，哪種方法管用就用哪種！

如果你耽於尋找合適的架構而得了痛苦的便秘，你也就不再具有創造力了，真正賣錢的恰恰是你的創意。為規則和頁數這些小事擔心，只會阻斷你的靈感，真是本末倒置。

所以現在，盡情釋放你的創意吧。

架構是很重要，但是一點也不好玩。那麼，我們何不嘗試放鬆一點來討論架構呢？

20・你的故事張力不夠！

如果沒有持續漸進的張力，你就會失去審稿人。

審稿人就喜歡瞎操心，就喜歡你把他們逼進死角，讓他們抓狂，讓他們心跳加速。這並不是說就要追車啊、爆破啊，這類驚險場景，這是動作，

不是張力。張力是：一個父親得決定自己應該放下吊橋以避免客車跌落河中，還是不應該放下吊橋，這樣就不會碾死他落入吊橋機械裝置裡的兒子。這就是短片《橋》（*Most*）中的張力，在電影院裡坐在我旁邊的女性為此低聲啜泣。

身為編劇，你追求的就是張力。

它不必是冷戰時核爆一觸即發的那種等級，它可以很小——只要對於人物來說不小就可以了。《長日將盡》（*Remains of the Day*）中，安東尼‧霍普金斯（Anthony Hopkins）飾演的管家躲在自己的小房間裡看書，對他懷著若有似無情愫的艾瑪‧湯普森（Emma Thompson）飾演的女僕來到他的房間問他問題。她打開門的那一刻，他把書名遮住了，砰地一聲門關上！這房間瞬間化作張力之城，她拚了命想知道他讀的是什麼，而他則拚命不讓她知道自己讀的是什麼，只說是一本書而已。他們仍然彬彬有禮，說話還是輕聲細語，但是這段戲的張力卻讓觀眾神經緊繃！

張力能讓審稿人手不釋卷，忍不住一頁頁翻到最後。你有法子能讓你的故事一路維持並增加張力嗎？

張力的另一種表現形式是風險。不能是你在電磁爐上把什麼燒焦了的這種小事——當然如果所有鄰居都站在旁邊等，那就很有張力了。所謂的風險就像是：「我的主角會受到什麼樣的威脅？」

我寫過歐尼斯系列電影[50]的其中一集，《波士頓環球報》稱之為「該系列中最好的一部」，從導演約翰‧切瑞那裡我受教良多。他告訴我：「所有故事都是關於世界的統治權」，你覺得這話是什麼意思？什麼道理既適用於為小孩子和看孩子的保母創作的愚蠢喜劇，也適用於你的曠世傑作？007電影中，世界統治權就意味著世界統治權，而在《凡夫俗子》中，他

---

50 歐尼斯（the Ernest）系列電影，是指上世紀八〇年代到九〇年代之間，以歐尼斯為主角的喜劇片：《歐尼斯去夏令營》（*Ernest Goes to Camp*）、《監獄寶貝蛋》（*Ernest Goes to Jail*）、《傻瓜抓妖》（*Ernest Scared Stupid*）、《耶誕驚魂夜》（*Ernest Saves Christmas*）、《歐尼斯去非洲》（*Ernest Goes to Africa*）、《灌籃高手歐尼斯》（*Slam Dunk Ernest*）、《歐尼斯參軍記》（*Ernest in the Army*）等，以及由本書作者與該系列的導演暨編劇約翰‧切瑞共同編劇的《歐尼斯再次旅行》（*Ernest Rides Again*）。——譯注

們為了掌控一個家庭而戰，這依然是世界統治權。

如果你的人物不是在玩非贏即輸的彈珠遊戲，審稿人就會打包回府。如果你的故事賭注很小，那你就得增加，之後再找法子再加碼——因為你的故事在發展的過程中，張力必須不斷增加。

《軍官與魔鬼》（*A Few Good Men*）中，湯姆‧克魯斯飾演的律師接手一個大案子，賭注很高——如果他輸了，他的當事人就會入獄。然後中途，賭注又加碼了，如果他在和傑克‧尼克遜的較量中輸了，那麼他在海軍的律師職位也不保。對於一個老爸是美國司法部長的傢伙來說，這是世界上最大、最終極的彈珠遊戲。

你故事中的主角是這樣嗎？

不要犯我多數學生所犯的錯誤：故事一開始就缺乏張力。賭注不能一開始很低，到後面才提高；賭注要一開始就很高，然後越來越高，越來越高！一開始，你的主角就已經在走鋼絲了，然後在他走到半途的時候開始颳風，他老婆遠遠站在鋼絲那頭對他嚷嚷要離他而去；當他走到¾位置的時候，他的醫生朝他扔了一只紙飛機，打開是張便條，告訴他他得了癌症。

不管怎樣，反正不能讓你的主角一開始就穩穩當當地站在地下，故事必須一開始就張力十足。

《北非諜影》中，對聯軍至關重要的維克多‧拉斯洛（Victor Lazlo）必須從卡薩布蘭加逃走，否則就會被送進集中營，或者送回法國的德軍占領區，或者更糟，會直接在卡薩布蘭加遭處決。李克知道這點，他是個愛國者，卻深愛著維克多的妻子伊爾莎。李克面對的是個人幸福（留下他一生深愛的女人），或是個人痛苦（因為一己私利輸掉這場戰爭）——這就是利害關係。

《巫山風雨夜》（*The Night of the Iguana*）中，李察‧波頓（Richard Burton）失去了他的教堂、會眾無路可走，死在了墨西哥。他為布雷克旅行社工作，沒有其他地方比這裡更糟。上個月因為他把一次旅行搞砸了，被留用察看，如果這個月他再搞砸，就得捲鋪蓋走路了。他和那個板著臉、一心想攆走他的女人對峙的時候，我們深深了解他處境危險，一個不小心

他就會失去一切。

如果你的主角不是一直身處在碎紙機中，壓力不是越來越大、越來越大，你寫的故事就不會有人關心。

觀摩一下優秀的好萊塢作者是怎麼做的。先讀《迫切的危機》（*Clear and Present Danger*）的原著，再去看DVD。書中傑克・萊恩根本就沒去南美，他從來不曾身陷險境，而編劇做的第一件事就是讓主角置身險境，讓觀眾為他懸心。

另一種方法是將張力視為「危險」。你的主角處於不斷升級的危險中嗎？這當然適用於被異形襲擊，但同樣適用於探望祖母。當輪椅上的惡外婆讓你吃掉烤起司三明治，但你並不想吃，因為她把它烤焦了。她在烤焦三明治時，正在問你媽媽在做什麼，而你的回答是：「她沒有烤焦我的烤起司三明治。」這時，你正身處於相當重大的危險時刻。

一路上的每一步都要讓你的審稿人感覺到張力，聽從《美國風情畫》（*American Graffiti*）中的鮑伯・法爾發（Bob Falfa）的建議：「一旦我開始加速，你就只剩下求饒的分了。」

21・你的故事一點也不緊湊！

一個滴答作響的鬧鐘能幫上大忙。

《百萬小富翁》（*Millions*）中兩個小男孩的時間屈指可數，因為所有的流通貨幣都要轉換成歐元，他們必須搶在一大箱子的錢變成廢紙之前搞定一切。

《狙擊封鎖線》（*16 Blocks*）中，布魯斯・威利必須在兩個小時之內把莫斯・戴夫（Mos Def）押解到法院。動腦筋給人物施加點時間壓力，效果相當明顯。他們必須在四十八小時之內把白喉免疫血清帶到阿拉斯加州的諾姆，給你這個題目，你能構思出多少部電影？就叫《48小時》如何？

《終極警探》的故事就發生在一個晚上！

盡你所能把故事擠壓在最短的時間內，如果你給了主角六個月來完成任務，那試試看只給他一個月，會發生什麼？會給你的故事帶來怎樣的改變？一個星期又如何？

你的時限壓縮得越緊，就越容易得到令人滿意的好故事，因為你讓你的人物增加了困難。

如果實在不能設定時限，能不能把你故事的時間區段盡可能縮短呢？《梅崗城故事》原著裡的時間跨越三年多，而霍頓·福特[51]寫的電影劇本則壓縮為一年半，觀眾因此得到了更強而有力的觀影經歷。

你能做點什麼，讓故事發生在更短的時間內？

22 · 你沒有讓審稿人飆淚！

為審稿人提供一次情感經歷，否則你就是在浪費時間。什麼情感不要緊，但是一定要確保他或她確實感受到了，當然越強越好。

那些應該最能給審稿人或觀眾帶來情感衝擊的時刻，你不吝筆墨大書特書了嗎？這當下可別遮遮掩掩點到為止。別錯過任何一次情感高潮，你得像榨汁機一樣充分榨取它的價值，而且寫作這一路上的每一步，時時刻刻都別忘了揣摩每個人物的反應從情感上來說是否正確、適當。

也要想想：你的主角何德何能、配贏得屬於自己的感人時刻嗎？

可以是任何情感：歡愉、恐懼、激情、心痛、貪婪……回味以下這些情景曾給予你的情感體驗，你的故事也得給予觀眾這樣的動人時刻：

《後窗》（*Rear Window*）裡，葛麗絲·凱莉（Grace Kelly）帶著她那有十字標記的旅行箱，來到詹姆士·史都華（James Stewart）的住所。她打開箱子，我們看到了她的睡衣，這說明在她收拾箱子的時候就已經準備今

---

51 霍頓·福特（Horton Foote, 1916-2009），美國劇作家、電影編劇，憑《梅崗城故事》和《溫柔的慈悲》（*Tender Mercies*）兩度榮獲奧斯卡。1995 年他因戲劇《The Young Man From Atlanta》獲普立茲獎。

晚要和他過夜，我們的心臟因竊喜和期盼戰慄不已。

《火爆教頭草地兵》（*Hoosiers*）裡，教練告訴自己的球隊去測量體育場的大小，他們必須在這裡為贏得冠軍而奮力一搏。結果這個體育場跟他們家鄉的老體育館一樣大。

《大國民》（*Citizen Kane*）裡，那個老人記得「穿白裙子的女孩」，只要你看到過也會終生難忘。這是這部電影裡最感人的時刻，我常常想起那老人。

我透過電子郵件詢問朋友他們最愛的感人場景，拜他們慷慨惠賜，我得到了一張無比精采的清單：

我最喜歡的場景是《夜間守門人》（*The Night Porter*），當夏洛特‧朗布琳（Charlotte Rampling）把自己鎖在浴室裡，打破玻璃杯，強迫迪克‧鮑嘉（Dick Bogarde）光著腳踩著玻璃碎片走向她，從而逆轉了他曾經飾演過的施虐者角色，也徹底顛覆了對浪漫和愛情的傳統概念。受虐者成了施虐者，而施虐者就喜歡這樣。

《上錯天堂投錯胎》（*Heaven can Wait*）裡，茱莉‧克莉絲蒂（Juide Christie）在儲物櫃間的走廊迷路，求助於華倫‧比提。（華倫是茱莉已故的未婚夫，但他的靈魂回到另一個人的身上。知道自己命不久矣時，他告訴過茱莉如果將來她碰見某人，在他的眼中看到了什麼，那麼可能就是他的靈魂在操控著那人。）他們在走廊交談，他邀她去喝咖啡，她拒絕了。然後她看著他，好像察覺了「是華倫在操控著」。很簡單，卻勝過千言萬語。她知道，雖然說不清是怎麼知道的，但她就是知道他就是華倫，最後他們一起離開。

《岸上風雲》（*On the Waterfront*）裡，馬龍‧白蘭度決定勇敢地挺身而出與邪惡大佬洛‧史泰格（Rod Steiger）對戰，他坐在汽車後座對駕駛座上的哥哥痛陳就是他毀了自己的人生：「我本來應該有機會贏得冠軍，我本來能夠出人頭地的。」這一刻如此有力，如此辛酸，我的心都碎了。

每次看到艾略特（Elliott）和 E.T. 外星人第一次騰空而起，他們的剪

影劃過一輪滿月，我仍會興奮不已。太出乎意料，太神奇了。

《四百擊》（*The 400 Blows*）裡，尚皮耶・李奧（Jean–Pierre Leaud）說他沒去上課是因為媽媽死了，但當他和一個朋友正玩著，他的父母就出現了。

《海倫凱勒》（*The Miracle Worker*）裡，當小女孩成功地把單詞「水」和實物水聯繫在一起，這才是海倫真正人生的開始。那個女演員太棒了，讓人真的相信她有身體障礙，她的臉一直銘印在我的腦海中。

《樂透天》（*Waking Ned Devine*）裡，有個葬禮的場景很聰明，也很動人。奈德牧師中樂透後死了，整個小鎮為了分一杯羹，共謀讓麥可頂替他的位置。當傑克在為奈德致悼詞時，彩券公司的代表恰好來小教堂找奈德。代表在鄉下得了花粉熱十分難受，不停地打噴嚏——現在每個村民都知道代表在這裡了。這個場景張力十足，情節驚人地集中於一點，對小鎮上的居民來說，成敗在此一舉，他們的結局是腰纏萬貫還是銀鐺入獄就取決於這一刻。傑克站在講臺上，所有的眼睛都盯著他，他靈機一動，開始改為他的老友麥可致悼詞，而麥可其實就坐在第一排，彩券公司代表一直以為他是奈德。關於友情，關於人生的甜美、詩意之辭娓娓道來，本該催人淚下卻引人莞爾，這個場景完美地示範了一齣喜劇如何突然切換節奏，輕鬆愉悅的喜劇故事也能讓你心跳加速。

我的學生都知道讓我潸然淚下的場景來自史都・希爾維（Stu Silver）編劇的《謀害老媽》（*Throw Momma from the Train*）。比利・克里斯托（Billy Crystal）飾演一位寫作老師，丹尼・狄維托（Danny DeVito）是他班上最調皮搗蛋的學生。丹尼邀請比利到他家吃飯，不僅比利不想去，我們也不想讓他去，因為丹尼實在是太討人厭了。丹尼摯愛的老爸已經過世，安妮・拉姆西（Anne Ramsey）所飾演的丹尼老媽則相當可怕，她得了癌症，一部分舌頭已經切除，所以除了樣貌奇醜之外，她還有一副緩慢到令人難以忍受的嗓音。「歐文，你一個朋友都沒有！」聽她說話就像是用鋸子在鋸你！

晚餐很糟糕，丹尼他媽恐怖至極，比利心裡只有一個念頭：趕快離開。他不喜歡丹尼，我們也一樣。當丹尼的媽媽終於縮回自己的窩裡睡覺，比利心想終於可以出門了，而丹尼卻問他是否有興趣看看他蒐集的硬幣。

比利只能說好。他和丹尼上了樓，丹尼掀起地毯、搬開地板，掏出一個鏽跡斑斑的錫菸盒。

你得知道觀眾有多討厭丹尼，直到這一刻他做的每一件事都令人火大，我們希望他馬上從視線中消失。

丹尼倒出十枚硬幣到地上：兩枚破爛的25美分硬幣，兩枚10美分硬幣，一、兩枚5分錫幣。比利覺得遭到戲弄，他想：「就這些？」我們也是這麼想的。然後，是一個讓人難以置信的驚人轉折，編劇讓你愛上了丹尼·狄維托。

丹尼撿起一枚硬幣給比利看──寫到這裡我的眼淚又一次忍不住奪眶而出──他說：「這個是我爸爸帶我去看彼得、保羅和瑪麗那次，我得到的找零的錢。這一枚，是我在馬戲團買熱狗的時候得到的零錢。我爸爸讓我留著零錢，他總是讓我把找的零錢留著。」絕妙。

之後，丹尼·狄維托不會再犯錯！我們愛他。他仍然讓人火大，但是我們愛他。愛到二十年後我坐在這裡寫這本書，還會因為二十年前看的一部電影裡的一個場景熱淚盈眶。

這就是情感，你的劇本也得給審稿人這個。

23 · 你的故事架構一團糟！

架構糟糕＝萬劫不復。

架構情節真的很簡單──呃，好吧，沒那麼簡單，如果人人都能做到，那每個編劇都能住進靠編故事賺錢買的大房子裡了。

你的故事必須「關於」某事，這就是你的主題。在電腦上把它打出來，一直盯著它。不管你的主題是什麼，你的主角必須自始至終都在解決這個

問題，他的性格成長也必須緊扣主題，這是故事架構的基礎。

關於故事的描述，我最喜歡美國傳奇文學經紀人史考特．梅瑞迪斯（Scott Meredith）的《寫來賣》（*Writing to Sell*）中的一段話：

「一個能引起共鳴（或引人注目）的主角發現自己處於某種麻煩之中，做了一些積極的努力試圖擺脫這麻煩；然而他的每一次努力，只會讓他越陷越深，而且一路上遇到的阻礙也越來越大。最後，當事情看起來好像最黑暗無望、主角眼看就要玩完了的時候，藉由他自己的力量、智慧或機智，終於擺脫了麻煩。」

拳拳到肉，毫無水分。我們得逐一分解、領會這段文字。

「一個能引起共鳴的主角……」

我會在其他地方進一步討論這個問題，但就審稿人來說，對主角有興趣很重要。我建議「迷人」也該作為重要條件之一，我們已經了解主角是否讓人同情其實並不重要，我們只要了解他的問題所在，對他略抱一絲同情就夠了。你的審稿人必須與你的主角建立起某種情感聯結，他不必喜歡他，也不一定要認為他聰明，也用不著到想邀請他回家共進晚餐的程度——只要希望他贏就可以了。

這就是布萊克．史奈德所說的「先讓英雄救貓咪」——讓他們做點什麼，引得我們叫好、感興趣、覺得好玩，這樣我們的感情就會和他綁在一起。

審稿人從打開你劇本的那一刻起就拚命想將感情投注於某人，一個上選的普羅規則是讓我們先遇見主角。當然如果你願意，我們也可以先認識壞蛋，但是你最好還是在前五頁就讓我們看見那個我們需要了解的傢伙。

我剛把一本有聲書還回圖書館，聽完第一盤磁帶的 A 面，我就放棄了。人物在倫敦圍著某人的酒吧瞎逛，充斥著各種毫無衝突的愚蠢對白，

好像故事永遠都不會開始。我小小的天線觸角不斷轉動，希望能找到某人鎖定，但最終失敗了。把它塞回圖書館的還書槽時，我瞄了瞄梗概，驚訝地發現這本書說的是一個叫伊莉莎白女人的故事，伊莉莎白！這個名字我至今為止都還沒聽到過呢，真慶幸我還了這本書！

「……發現他處於某種麻煩之中……」

這個麻煩也需要像主角一樣，有趣。不僅僅只是你覺得有趣！它必須是一個有相當難度的大問題，而且很激烈，如果主角不能解決它，他之後的人生就會一團糟。

這個麻煩就像懸在他頭頂上的利劍，足以摧毀他的整個世界，必須如此。如果對他來說不是大問題，我們為什麼還要看？請注意，它不必是從外太空都能看到的恢弘問題，但是它必須有把你的主角撕碎的威脅。你可以寫一部關於一個孩子在冬天舔一根金屬旗杆的短片，只要對他來說這是個大問題，對你的審稿人來說就是個大問題。

「……做了一些積極的努力，讓自己擺脫這麻煩……」

這句話的關鍵字是？積極！坐禪高僧就不適合當電影主角，因為他總是正襟端坐於金光寶座之上，只需要擺擺手，其他人就會為他解決所有問題。你的主角必須設法從你放到他頭頂的巨石下掙脫逃命，他必須從未停止過掙扎，從未停止過自己搞定一切。你讓另一個人物涉入、為他解決問題的那一分鐘起，審稿人就會停止翻頁讀下去。

「每一次努力……」

「每一次」的潛台詞就是反覆、重複。你的女孩嘗試計畫A失敗了，然後她加速到計畫B，比計畫A提升了一個等級，但還是失敗了，而且情

況更糟了。之後進行計畫C，等等。自電影誕生之初的賽璐珞時代開始，這就是劇情片說故事的模式，哈爾‧洛區[52]一開始拍電影的時候便深諳此道，他絕大多數單本喜劇短片都採用此一架構。

永不放棄！這是你的英雄的頌歌，也是不解的魔咒！

「但是每一次努力，都只會讓他越陷越深……」

你看過《大明星小跟班》（*Entourage*）嗎？想想那群令人捧腹的笨蛋樂隊！他們提出一個計畫，行得通嗎？不是行不通，是完全徹底壓根兒行不通！當然要行不通，否則故事就可以結束了。有什麼事出了問題，他們努力解決問題，結果卻只會讓他們在流沙中越陷越深。

你的故事在這裡的任務就是要讓事情變得越來越糟，也越來越快。你的主角從山頂跌落，一路翻滾，沾了一身雪、棘刺、泥巴，還有高山滑雪者摔碎的殘骸，斜坡越來越陡、越來越陡，之後他開始做自由落體運動，以每秒32呎的速度加速下墜……

「……一路上他面對的阻礙越來越大……」

阻礙必須越來越大，只有這樣，人物才會變得越來越聰明、越來越強大，最終才能戰勝壞蛋。更重要的一個原因是，如果阻礙不是越來越大的話，審稿人就會覺得乏味、失去興致。

《梅崗城故事》裡的主角最後面對的是誰？隨著故事推進，障礙越來越大，她面對的不是那隻瘋狗，不是艾薇先生（他企圖殺死她，但失敗了）而是阿布‧芮得，思葛這輩子最怕的人。

52　哈爾‧洛區（Hal Roach, 1892-1992），美國電影、電視導演、製片人，職業生涯從上世紀一〇年代一直持續到九〇年代。二〇到三〇年代，推出了眾多喜劇短片，其中最為人所知的就是勞萊與哈台、哈羅德‧勞埃德（Harold Lloyd）主演的那些片子。——譯注

> 荻兒：我想知道他在那兒做什麼？還有他長得什麼樣子？
>
> 杰姆：從他的足跡判斷，他大概六呎半高。他吃灰鼠，和所有他能抓到的貓。有一道長長的鋸齒狀傷疤橫貫他的臉。他的牙又黃又爛，眼睛鼓鼓的，大多數時候都在流口水。

連我們都被這個人嚇壞了。

影片結尾是令人意外又動人的揭底大翻牌，被艾薇先生打斷手的杰姆躺在床上，他的父親亞惕和妹妹思葛守在一旁。

思葛不知道是誰阻止了艾薇先生，她父親告訴她那個人就在這裡，就在門後。門打開，出現的是阿布‧芮得，她最害怕的人，他們最大的障礙。

「最後，當事情看起來最黑暗無望、主角眼看就要玩完了的時候……」

如果你寫的是武俠片或奇幻片，這部分很容易，因為你的主角將進入無邊黑暗的地洞、死亡洞穴，而且失去他的榮譽與光明之劍──然後（亞瑟王傳奇中）邪惡的莫桀（亞瑟王的侄子和騎士）就會耍著魔法雙截棍跳出來，擋住你的去路……

若寫的是法庭片，就比較困難了。當然也沒那麼難，真正難的是如果你寫的是浪漫喜劇，那就得有這麼一個時刻──低潮，在這個點，我們以為英雄失去了一切，他想要的一切都毀了，更糟的是（對審稿人來說可能是更好！）被他自己所犯的錯誤給毀了。比如，他的愛人抓到他和前女友在床上，把他掃地出門。現在你身為作者（哈哈哈！原諒我的幸災樂禍）必須為他為什麼和前女友在一起想出一個令人同情的理由──真慶幸這不是我的問題。

不管你寫什麼、怎麼寫，反正你必須讓他走到懸崖邊上，差點就摔得粉身碎骨、一命嗚呼。

「他藉由自己的力量、智慧或機智，終於擺脫了麻煩。」

我可以負責任地告訴你：如果你的主角不能從麻煩中脫身，那麼你寫的是一部法國片，最好放棄把這個故事賣到好萊塢的念頭。如果他不能成功自救擺脫麻煩，你最好也別打算把它賣給牙醫，因為你找不到發行人。

好了，現在我再補充一些關於架構的心法。

把布萊克·史奈德的《先讓英雄救貓咪》、克里斯多夫·佛格勒（Christopher Vogler）的《作家之路》（The Writer's Journey）、還有約翰·特魯比的《故事剖析》（The Anatomy of Story）找來看，從這些好書中你一定能找到你需要的東西，然後繼續前進。

腦子裡有一個故事之後，再讀這些編劇書收益最大，讀著讀著你的腦子裡就會有小小的電燈泡逐一亮起，照亮你本來模糊不清的故事！你可以一邊讀一邊做各種筆記。我有個學生如果不把《先讓英雄救貓咪》這本書放在身邊就沒辦法寫劇本，我的另一個學生則必須在佛格勒的書旁祈禱，希望你在我的書中也能找到這種感覺！

讀你劇本的那些人買進的都是三幕式故事架構，其實就像溺水者，扔給他什麼他就抓住什麼。了解這一點很重要，你必須先了解他們的邪惡計畫，才能利用它反過來對付他們。

你必須知道你的人物一開始的時候在哪裡，你還必須知道你的人物最終要去哪，這就是他的角色轉變弧線、他的轉變、他的變化。有時你可以先想結尾：「當一切結束時，他會是什麼樣子？——強壯、友善、活躍？」然後反向進行——「那他開始的時候是怎樣一個人——脆弱、煩躁或處境危險？」

如果你是話說從頭、娓娓道來你的主角是如何陷入困境，效果可能不會很理想，因為一開場就應該讓他身處困境之中。如果他沒有麻煩，你幹嘛要講這個故事？給他一個夠分量、困難而有趣的問題。

他是怎麼與社會脫軌的？她是怎麼在世上孤獨漂流的？他怎麼會變得很難跟他人相處？她靈魂的黑洞究竟是什麼？一旦你迅速有效地確立了這

個問題，這就是你的目標，劇本的剩餘部分就是要找到這個唯一、緊迫的問題的答案。你用110頁來處理一個問題，必須是個不得了的問題，是個主角真正想要去解決的問題。

「欲望」確立了，該來看看「需要」了。故事一開頭人物沒有意識到的東西，到故事結尾卻是人物真正需要的東西。就像滾石合唱團的那首歌《You Can't Always Get What You Want》說的一樣——「你不是總能得到你想要的」（寫這首歌的米克・傑格〔Mick Jagger〕和基思・理查茲〔Keith Richards〕所言極是！），但是如果你努力（真的很努力！）——「你會得到你需要的。」

麥可・柯里昂想要和凱結婚，置身家族生意之外，但是他需要成為新的教父。

劇本開發部人員會要求一個「引發事件」（Inciting Incident），可能會發生在第5頁到第15頁的某個地方，而它將推動故事前進。一旦我們遇見了主角，對他所處的世界有所了解之後，就得發生點什麼擾動這個世界。杜思妥也夫斯基好像說過：所有文學作品其實都是在講述兩種故事：「一個人踏上陌生旅程和一個陌生人來到平靜小鎮。」所謂引發事件就是這個人踏上旅程或者那個陌生人走進小鎮。

主角發現自己的上司居然是個賊！
一個神祕顧客敲響私人偵探的門。
一個小女孩接到了通知她參加選美比賽的電話！（《小太陽的願望》）
亞惕・芬鵡被聘請為湯姆・羅賓森辯護！（《梅崗城故事》）

接下來我們該動身啟程了。

我們需要知道主角的問題，他準備怎麼解決，而他的對手又準備怎麼擊敗他。問自己兩個問題：你要怎樣盡快告訴我們好人需要什麼？又要如何盡快告訴我們壞人想要什麼？

第一幕結束時需要有點大事發生，第二幕結束的時候需要有大事發

生，這些事件必須真的、真的很明顯，不只是對你而言清晰可見，要清楚得恨不得瞎子都能看見。我曾經多次跟作者聊到他們的第一幕結束點，得到的答案卻是一個微不足道的場景，發生了一些不提也罷的雞毛蒜皮小事——我甚至都沒注意到。你認為這是第一幕結束，並不意味著審稿人也這樣想。第一幕結束時，人物所處的世界要變得風雲變色，而到第二幕結束，得要整個翻騰得裡朝外、翻天覆地才行。要顯而易見、一目了然，要讓審稿人說：「啊哈，這是第一幕結束！作者對劇本的架構很有概念！也許我該讓我的老闆給他開張支票！」

另一個為你的故事制定藍圖的方法，就是看人物所做的決定。第一幕他在越來越大的壓力下做出反應，直到第一幕的最後，他不得不做出一個大決定。

這個決定將是錯誤的，如果這個決定是正確的話，見鬼了！那電影到這就可以結束了。第二幕則是這個決定的一長串連鎖反應，掙扎、麻煩，更猛的掙扎，更大的麻煩，更、更猛的掙扎，更、更大的麻煩。到第二幕結束的時候他要做一個重大決定，而這個決定會將他推向結尾。

《大審判》（*The Verdict*）裡，保羅·紐曼飾演的律師決定將名片發給葬禮上的家庭，為自己招攬生意。這個酒鬼、魯蛇、「救護車追逐者」[53]！他做的第一個重大決定就不誠實，沒有徵求當事人的意願就擅自拒絕了教區主教的和解提案，他會因此被吊銷律師執照的！之後的故事也都源自這個錯誤的決定。

《體熱》裡，奈德·拉辛的第一個重大決定，是把一把椅子扔進瑪蒂·渥克的窗戶，嗯，就在她家前廳的地板上和她來了一場親密熱身。這事做得可不夠聰明，奈德！從此他墜入一個麻煩不斷的世界。

所以，你劇本的第一部分要成為一個好火車頭。是不是很容易？有事發生，我們發現了新資訊，第一幕就該結束了。

---

53 「救護車追逐者」（An ambulance chaser），指專辦車禍事故案件、唯利是圖的不道德律師。——譯注

《唐人街》裡，傑克發現他調查的通姦案是個仙人跳，雇他的那個婦人只是假扮的莫瑞太太。真正的莫瑞太太和他的律師在第23頁一同出現，而且酷酷地宣布要對傑克不客氣，他吃了一點苦頭。第一幕結束。

《終極警探》第一幕結束時，麥克連扔出一具屍體到窗外，剛好扔到一輛警車上。在此之前，都是麥克連和格魯伯在大樓裡的較量。麥克連把原來的世界打開，問題變大了，更多的人捲進來，對他來說事情也更糟了，我們也隨之進入第二幕的未知領域。

《末路狂花》（*Thelma and Louise*）中，第一幕的終點是露易絲開槍打死了那個強姦犯，她們原本小小的假日之旅從此變成亡命天涯。

《北非諜影》演到第二十分鐘，伊爾莎走進李克的酒吧。砰！

我的劇本《105度以上》（*105 Degrees and Rising*）第一幕結束在主角發現美國人沒有帶走那些重要的越南工人，雖然二十年來美國人一直向他們承諾絕不會丟下他們。主角的世界被徹底顛覆了，接下來他進入第二幕黑暗的虛空。

關於第二幕最好的描述就是「事情更糟了」。你的第二幕如果架構得夠好的話，就該讓一切變得越來越糟，而且事情也發生得越來越快。到第二幕結束的時候，對主角來說所有事情要夠糟也夠快，可謂急遽惡化。看看《魔鬼知道你死前》（*Before the Devil Knows You're Dead*）的第二幕，這就是「事情更糟了」的絕佳範例。

三不五時就得有一些有趣的事情發生，而且一定要是讓人物和審稿人都吃驚的那種，你可以稱之為轉折點（plot point）、反轉（reversal）、劇情逆轉（plot twist）、揭示（revelation）。我不在乎怎麼叫法，但是你最好每15頁或者不到15頁就有點新東西——至少15頁。

看過《辛普森家庭》（*The Simpons*）吧，如果你不喜歡這個笑話，只需等待五秒鐘，馬上就會有下一個。如果不能時不時給觀眾一點新東西，你的劇本還是用來點火烤麵包吧。不管你叫它什麼，總之在你的劇本裡越多越好，至少要有12個以上！

第二幕主角陷得更深，沒辦法全身而退了，只能深陷其中。

傑克：（離她只有幾吋距離）……我的鼻子差點就沒了！我喜歡我的鼻子，我喜歡用它呼吸。而你，直到現在還有事瞞著我。

你沒聽過傑克‧尼克遜的這句經典對白？出自編劇羅柏‧湯恩[54]之手的《唐人街》。對手的攻擊已經威脅傑克的人身安全了，他就再也無法袖手旁觀聽之任之，即使是莫瑞太太要他放棄這個案子也不行。

我想你應該知道，第一幕需要在第25頁到第35頁結束，第二幕需要在第80～90頁結束。我要再次強調，哪些事情發生在哪一頁並不重要，只要你自己把其間所有該發生的事情都安排得有條不紊就行了，然後確保第80頁的大地震剛好與劇本中的一個重大揭示時刻吻合：「真是個聰明的傢伙！第二幕剛好就結束在最適合的地方！我得繼續看下去！」

《105度以上》第二幕結尾是北越炮擊西貢機場，讓所有人的假期計畫都化為泡影，之前的80頁裡所有人都指望著這個機場，現在它沒了。突然，人物被拋進瘋狂的混亂中，真正置身於道奇車外的人間地獄。

《唐人街》第二幕的結尾是傑克知道莫瑞太太的妹妹也是他的女兒──一個具有超級爆破力的衝突時刻，原來傑克之前對這個案子的所有判斷都是錯的。

《末路狂花》第二幕的結尾是她們決定再也不回家了，她們決定不管怎樣，要一直在路上。

《北非諜影》第二幕的結束是：李克和伊爾莎接吻了，愛又回來了，但是一切又跟從前不一樣了。她告訴他：「我曾經離開過你一次，我不會再離開你了。」

現在你已經有了引發事件和第一幕的結束點、第二幕的結束點。你已經勝利在望了？還沒有。

---

54 羅柏‧湯恩（Robert Towne, 1934-），美國編劇、導演，最知名的編劇作品就是羅曼‧波蘭斯基導演的《唐人街》，榮獲奧斯卡最佳劇本獎。另外，他的《最後行動》（*The Last Detail*）、《洗髮精》（*Shampoo*）曾獲奧斯卡提名，他還為諸多名片擔任過「劇本醫生」，如《教父》、《視差景觀》（*The Parallax View*）、《我倆沒有明天》（*Bonnie and Clyde*）、《絕地任務》（*The Rock*）等。──譯注

如果你的能耐就只能想出這兩個精采的幕結點，你身為職業編劇的前途堪憂，別忘了你故事的中段還空門大開、破綻百出，審稿人正四面環顧，暗自心急：怎麼有趣的事還沒有發生！這一路你還得設計出很多驚喜，只有這樣，審稿人才會越來越高興，你也會越來越高興，因為你寫的時候也會越來越有趣。

在中間點（Midpoint）也需要有一個大事件，像是人物大勝或者慘敗，或者讓我們覺得美妙絕倫抑或覺得糟糕透頂。有什麼事發生，故事由此拐入新的方向。隨便挑些電影，看看影片的中間點，就是那個！

還有一種考慮架構的方法：「誰掌握力量？」誰在採取行動，而誰又做出反應？

自始至終，整個故事的力量都必須像接力棒一樣在主角與對手之間交接、傳遞。一個人採取行動並暫時占了上風，但好景不長，敵方的強者會採取壓倒性的反抗行動後來居上。這方面《棋愛一生情》（ *The Luzhin Defence* ）無疑是個完美範例。盧金是個不切實際、愛做白日夢的國際象棋天才，他對自己的老師華倫蒂諾又鄙視又畏懼，而華倫蒂諾則對盧金恨之入骨，一心希望他失去冠軍寶座，盧金的新女朋友娜塔莉亞則負責與華倫蒂諾戰鬥到底。

一次比賽中，華倫蒂諾發現盧金對著娜塔莉亞微笑，之後當娜塔莉亞正準備答應盧金的求婚時，華倫蒂諾卻打斷了他們——還把盧金嚇著了。之後，華倫蒂諾說盧金能走到這一步就已經很不錯了，娜塔莉亞卻斷言盧金一定會贏。接著，華倫蒂諾在報上登了篇文章擊潰了盧金的信心——盧金只得到一個平局。之後，娜塔莉亞與盧金第一次上床，盧金因而大受鼓舞，棋局大有進步，棋風也變得激情而自信。而華倫蒂諾的反擊則是設計在賽後將盧金帶走，把他一個人扔在田野裡。這一次，對真實世界充滿恐懼的盧金，因神經緊張而徹底崩潰了。

每一次戰鬥，力量就從娜塔莉亞轉移到華倫蒂諾，再從華倫蒂諾轉移回娜塔莉亞，每一個行動／對抗行動都比之前的那次更加激烈。

你一路走來時，別忘了這些關鍵步驟：

（1）**低潮**。主角以為失去了所有，他的祕密武器也失靈了，眼看就要被對手徹底摧毀了。他必須深入自己的內心，從中尋找到力量繼續戰鬥。如果是一部法庭片，這裡就應該是壞人找來了他最重要的證人。

（2）**戰鬥和高潮**。用帶刺的鐵絲網把主角和壞人圍起來，讓他們面對面，一心只想幹掉對方。「一心只想幹掉對方」可以是比喻，也可以是來真的。你必須為審稿人準備這些橋段，現在就給他們！

（3）**衝突解決**。主角終於明白了自己的需要，成為一個更好的人。故事結束了，他已經（或者可能）贏了。

（4）**一個全新的世界**。他們穿越火焰山倖存下來，一切都跟以前不一樣了，主角和他的世界永遠改變了。這就是你的故事。

哎喲！這麼麻煩啊！

現在，在經過一段時間思考之後，你確實得開始寫這該死的東西了。

怎麼掌握這些架構的複雜拍子，再把它們轉換成你的劇本，都操之在你。

你可以先用大量的細節做出故事大綱。用3×5吋的彩色卡片堆滿你的餐桌、大腿或一塊軟木板。你可以上www.writerblocks.com去買一個告訴你如何管理3×5吋卡片的軟體。見鬼了，幹嘛這麼麻煩！你在餐巾紙上照樣可以寫出故事。

你可以把大綱做得很縝密，也可以做得很鬆散。你可以只概述故事的主要節點，因為只要你知道了你的人物想要做什麼，其餘的部分自然就呼之欲出了。你可以用寫人物自傳的方式開始，讓你的人物自己口述這個故事。

沒有自傳、沒有大綱也不是不行，就像走鋼索的新手沒有安全網也不一定就會摔死，反正你浪費的是自己的時間。我寫過的最好的一個劇本沒寫大綱，我寫過的最爛的一個劇本也沒寫大綱，沒有大綱的寫作確實更有趣，但是也更危險。

最低限度：你一定要知道主題，你的人物要怎樣轉變，故事中主要的驚喜是什麼，當然你還需要知道結尾，知道你要往哪裡去很重要。如果你決定就這麼拄著枴杖，一路輕叩邊摸邊走地穿越黑暗無垠的巴那維爾鹽地，我只能說你在自尋死路，說好聽點，是浪費時間。有本書可能可以把你（也包括我）從瘋狂的愚頑中拯救出來，那就是普立茲小說獎得主羅伯特・奧倫・巴特勒（Robert Olen Butler）的《從夢之地》（*From Where You Dream*）。這本書是在講怎麼寫一本小說，但是作者在講解如何概述出一個故事方面很有天賦。另一本關於小說寫作的好書名字很有趣，叫《小說寫作：敘事工藝指南》（*Writing Fiction:A Guide to Narrative Craft*），作者是珍妮特・布洛維（Janet Burroway），目前已絕版，但可以在 www.abebooks.com 上找到。關於架構，這只是一小部分，以下將接著說。

24·你沒有寫、重寫、一再重寫「一句話大綱」！

一句話大綱（one-line outline）是非常重要的寫作工具！沒有它，你的故事根本不可能生出來，看115頁的劇本很難看清楚故事的情節設定。只用一句話把每個場景裡發生的事做言簡意賅的描述，你就可以將故事的全貌一覽無遺。

你可以運用「一句話大綱」創造你的故事。「女士，只要事實」，就按這個要求來創造故事的基本架構。

你已經有一稿完成的劇本，但需要改寫時，也可以做一個「一句話大綱」，寫下每個場景應該完成的任務，如果能寫下每個場景都完成了哪些任務當然更好。盡可能潛入審稿人的大腦，從他們的視角來讀你的劇本，你覺得這個場景裡發生了這些，你的審稿人未必這麼覺得。

我慷慨地貢獻出一部分「一句話大綱」做示範，只要寫出每個場景的關鍵資訊即可，一整個劇本濃縮成單行大綱也就只有五頁，你可以把這五張紙依序排在桌上，對著它再仔細考慮、斟酌、思忖……

105度以上
第二稿

4月22日，星期二
　　春祿（越南地名）。父母緊抱著小孩。艾倫和塗在做新聞報導。婦女拚命把孩子塞進休伊直升機。越南人蜂擁而上，奔向直升機。艾倫看見那些被留下的嬰兒，陷入痛苦。
　　西貢。大使和穿著制服的黑衣保鏢。馬丁看著羅望子樹。麥基洛普、漢默爾、奧斯卡及其他人看著艾倫的報導。麥基洛普擔心峴港的情況會再度重演；漢默則認為他們達成了談判。
　　NBC控制室。艾倫和密友看著報導，對自己的表現很不滿意。
　　雪梨。彼得森看著報導。南越軍轟炸了總統府。他在電視上看到慶。阮文紹在演講。
　　西貢。屋頂。逃兵萊弗里特、路茲·拉普看著阮文紹的演講。交代鏡頭。女朋友、她的哥哥。阮文紹希望美軍B52戰鬥機能回來。路茲不想再回到監獄裡。走私販。
　　圓頂咖啡屋。文高和董看著電視。文高偏向美國。
　　公寓房間。嵐看著阮文紹的演講。嵐的叔叔說不要相信美國人能帶她出去。她餵外婆吃飯。
　　卡羅維拉酒店。當電視裡演講結束的時候，卡特正抽著鴉片。交代鏡頭。磁帶答錄機。
　　大使館。阮文紹辭職。麥基洛普認為這會引起騷亂。
　　夜。柔佛巴魯一機場。彼得森著陸。西貢一團糟。
　　夜。麥基凱普的陽臺。他觀望著戰事。

4月23日，星期三
　　晨。第10頁馬丁的辦公室。麥基洛普向馬丁詢問疏散計畫。馬丁說將通過外交手段解決。
　　領事館。麥基洛普擔心一旦我們離開，越南人可能會死，問漢默爾那棵樹怎麼了。大使不希望砍掉。麥基洛給了奧斯卡一張問題清單，包括電動鏈鋸。他認為協議解決是有可能的。
　　圓頂咖啡館。文高招待員警。彼得森跟文高談話。卡特坐下來，給了彼得森答錄機。
　　NBC辦公室。艾倫對塗抱怨她被指派的任務，懷疑他們是否準備進行談判。缺乏：黃金和安眠藥。
　　越南空軍（空勤人員的）待命室。彼得森，有點害羞地雇了一個飛行員。
　　春祿上空。飛行員會在八小時後來接彼得森。把他留在春祿機場。
　　圓頂咖啡館。文高匆匆瀏覽剪貼簿。董看見，留下他一個人。
　　409酒吧。下等妓女憎恨美國人。嵐爭論。

「一句話大綱」的作用會讓你大吃一驚，你已經看到我的大綱了，也為你的劇本做一個大綱吧。

有了大綱，你不僅可以替幕、場景、動作場景等做標記，還可以一路監測劇本的情感強弱變化。

你可以清楚判斷這三個場景是否需要往前移，合併場景也是很好的選擇——把這場景從這拿走，挪到後面去和另一個場景合併。這五個連續的場景是否流暢，是否需要調整順序，有了大綱你都可以一目了然。比起寫一個完整劇本，寫「一句話大綱」要簡單多了。

每寫一稿，我的「一句話大綱」也會隨之更新補充，大部分架構上的改寫我都是在大綱階段就結束了，比如我在大綱裡拿掉某個場景，再將之前之後的場景按我的設計黏合、串聯在一起，接下來我再按照大綱調整劇本。

你在做「一句話大綱」時，凡是揭示和反轉處都標注出來，這樣你就可以一目瞭然，是不是很長一段時間沒有驚喜出現了。

不同的人物用不同的顏色，你就可以清楚看到他們多久出現一次，或者說看到他們消失了多久，一個重要人物不該在整整二十頁裡都不見蹤影。

打個比方，若劇本寫作是野外求生，「一句話大綱」就是瑞士刀。善加運用，有益健康。

25 · 你沒做「隨想版」大綱！

你當然沒有寫！因為我還沒告訴你「隨想」版大綱到底是什麼。

一旦我有大綱在手，總是迫不及待要動筆寫劇本。寫劇本遠比寫大綱有趣許多，我討厭寫大綱，我想寫劇本，我再也不想琢磨什麼大綱了，我只想寫！即使大綱並沒有萬事俱備。哎，跟人性中這一狡詐多端、令人困惑又無比強大的弱點殊死爭鬥後，我還是做了我的隨想版大綱。

其實寫隨想版大綱很好玩，這是你被鎖定在一頁頁的劇本寫作之前，

發揮真正創造力的最後機會。要知道比起改大綱，改劇本可是難多了。

　　我用大綱複製出一個新檔案：隨想版 A。再逐一插入分頁符號，保證一頁就只有一個場景。

#1.大城市。羅伯特讓女兒葛蕾思起床上學。一個慈愛卻粗心的父親，一心只想著工作。妻子瑪琳在睡覺。羅伯特一邊為女兒做早餐，一邊為她唱著「一閃一閃亮晶晶」。交代鏡頭，保母，全職傭人。

現在，把音樂聲轉大，讓孩子到院子裡去丟水球，和狗狗玩耍——不管怎樣，反正你要獨處一會兒，需要一段純粹的構思故事時間。

你眼前的這一場景只起到一點引導作用，以此為基礎自由發揮，想什麼、想到哪都行。從各種方向想像關於這一場景的任何方面，行頭、對白、人物，之後可能與之有關的素材，動機、美術、情節——你想寫什麼都行。

現在是泥沙俱下的洗碗槽時間。

#1.大城市。羅伯特讓女兒葛蕾思起床上學。一個慈愛卻粗心的父親，

一心只想著工作。妻子瑪琳在睡覺。羅伯特一邊為女兒做早餐，一邊為她唱著「一閃一閃亮晶晶」。交代鏡頭，保母，全職傭人。

大城市，或者不是？時間是哪一年？他的工作是什麼？

南方的地產生意？或者他是一個辦外燴的人？他喜歡烹飪。

交代鏡頭。牆上她的照片。她的暗房。很棒的暗房。

片名字幕時放墨水點樂隊[55]的音樂。恐怖感覺的。

也許沒有保母。

葛蕾思吃早餐的時候，他看書。她是不是會演奏某種樂器？

片頭字幕？劃過房子。

看電視新聞。讀小說。讀婚姻自助的書籍。一堆勵志書，都沒讀過。書店的包裝都沒拆。

瑪琳打電話來要咖啡，他已經準備好了。他藏起那些婚姻的勵志書。

羅伯特很會打領帶。一絲不苟、嚴謹精確的傢伙。葛蕾思想跟他說什麼，他卻沒聽見。還有什麼說明他是一個差勁的爸爸？

瑪琳穿著睡衣睡覺。之後，她會裸睡。是在離開他之後。

開始的時候是家庭錄影？

他是一個好爸爸，只是太忙於事業。報紙上登著他的大宗生意。

是不是他的兄弟打電話來提醒他報紙上那篇文章？

叫醒葛蕾思，他喜歡做這件事。交代鏡頭。葛蕾思真的很崇拜他。他們有他們的習慣動作。

路易斯·阿姆斯壯（Louis Armstrong）的《What a Wonderful World》，葛蕾思的CD。她晚上睡覺之前會放。葛蕾思吹小號。完成今天的功課？

一開始的時候她是不是就生病了，得讓羅伯特做點什麼嗎？

她讀書，而他也忽視她，只顧忙自己的。這時他是個壞爸爸，到後面他可以變得好一點，或者他是個一無是處的父親，我們從開始的時候就討厭他？

瑪琳走進來，看著廚房裡的一片狼藉。他辯解。她睡眼惺忪，一頭秀髮。性感火辣。

祕書打電話報告了一個壞消息。

對埃克森談起地產噩夢，具體的交談和困難。怎麼讓地產開發商變得親切？

葛蕾思切到了手指。羅伯特替她貼上OK繃。好爸爸！

---

55 墨水點樂隊（Ink Spots），上世紀三〇年代至四〇年代活躍於流行樂壇的一支黑人組合，對四〇年代的R&B和五〇年代的搖滾極有影響。——譯注

就像這樣想法亂冒，可以一直寫好多頁。直到你對這個場景已經殫精竭慮、黔驢技窮，壓榨出你體內最後一滴創造力，再開始進行下一個場景。如法炮製。

有大綱還有一個好處，如果你在思考第121場景時，關於第1場景的靈感突然湧現，你也可以輕鬆回到第1場景。如此循環往復，你的劇本似乎永遠都寫不完了，其實你應該竊喜才對，只有這樣你每個場景才都是千錘百煉的真金。

等你在隨想版大綱A上自由發揮完了，把它存成「隨想版大綱B」，拿出螢光筆替你想要保留的天才之筆做上記號。去蕪存菁，瞧，你親眼見證一個富有創意和細節的大綱誕生，而你即將用它寫出劇本！

恭喜你，現在你有大綱了，但還得修改。

26・你沒運用戲劇的凱瑞斯・哈丁法則！

我以前也不知道凱瑞斯・哈丁法則，還是我之前的學生教我的，現在我在哪都能看到它。

「當一切看起來妙不可言時，恰恰不是這麼回事。」
　　　　　　　　　——凱瑞斯・哈丁（Kerith Harding），創意執行

《舞國英雄》（*Strictly Ballroom*）中，主角最終吻了女孩，羨煞旁人！

剪接至（cut to）：下一個場景，他得知一個可怕的消息：他父親在災難中喪生。他的世界坍塌了。

又或是《保送入學》中，喬的父母親離開小鎮，他在家舉辦大型派對，接到大學入學通知書的朋友都乘興而來、盡興而歸。這是個志得意滿的時刻。他和拉娜（應召女郎）春宵苦短，早上才與她告別回家。他開了爸爸送修的保時捷，以每小時五哩的時速小心翼翼開回家。完美至極！一切妙

不可言。

剪接至：喬微笑著走進家門，哦，我的老天爺啊，所有東西都被偷光了！所有家具，一切都被偷了，包括他媽媽極其昂貴的鑽石飾品也沒了。那個皮條客給予他狠狠的還擊！

是的，就在一切看起來非常完美和無比幸福的時候，所有一切都毀了。只要你感受這不真實的完美氣氛，也就能依稀看到天殺的凱瑞斯‧哈丁法則正遙遙趕來。

另一個例子，勞倫斯帶著他的軍隊安全穿越了把人燙得起水泡的內夫得沙漠，亞喀巴灣就在前方，美味多汁的葡萄近在咫尺——這個世界完美至極——就要迎來一個光榮時刻。

剪接至：一聲槍響劃破夜空的寂靜，有個人殺死了另一個部落的人，脆弱的聯盟眼看就要瓦解——除非不隸屬於任何部落的中立者勞倫斯處死殺人者。讓勞倫斯意想不到的是，那個殺人者居然是凱西姆——就是勞倫斯冒死從沙漠中搶救回來的那個傢伙。就在剛才一切都還很完美，現在勞倫斯不但殺了這個人，還非常樂意做這件事。現在所有一切不可思議地變得這麼不完美。

蓋瑞森‧寇勒（Garrison Keillor）在《作者年鑑》（*The Writer's Almanac*）中完美詮釋了戲劇的凱瑞斯‧哈丁法則：

　　林肯當了四年多的總統，在這四年的大多數時間裡，沒有多少人認為他是好總統。南北戰爭持續的時間和戰局的殘酷程度都遠遠超出大多數人的意料，林肯有很長一段時間裡處境維艱，因為他的將軍死纏爛打地追擊敵軍，南方聯盟卻差一點就占據了首府華盛頓。直到1865年4月的第二週，他接到南方聯邦軍隊總司令羅伯特‧李將軍向北方軍隊投降的信。

　　1865年4月14日下午，林肯總統和妻子共乘敞篷馬車，她從未見過他如此高興，他對妻子說：「我想，今天戰爭真的結束了。」就在當天晚間，林肯和夫人去劇院，被約翰‧威爾克斯‧布斯刺殺身亡。

就在一切看起來妙不可言的時候……

27 · 你的副線沒有影響你的主線！

換句話說就是：「如果你用不到，要副線做什麼呢？」

一般說來——你知道我也並不是全知全能——所以只是一般來說：只有副線對主線有所影響，副線才有必要存在。一旦電影開始，故事A和故事B可以各自發展，有時可以是兩條平行線，但是朝影片結束方向行進的過程中，兩條鐵軌必須交集，兩列行進的火車將撞擊在一起，轟隆隆，一切都會不一樣了。

《梅崗城故事》中，主線導向湯姆·羅賓森的審判，之後亞惕·芬鵠招致鮑伯·艾薇懷恨在心。副線是杰姆、思葛和阿布·拉芮之間的關係發展。影片最後，艾薇想要殺死孩子們，阿布刺傷他，救了孩子們的命，主線和副線便串在一起了。

在《洛基》第二幕的結尾，洛基意識到他永遠也不可能打倒阿波羅·克雷德，他的所有訓練、所有夢想，都是徒勞，他準備放棄這場拳賽，這揭示了他內心自我的徹底瓦解。但是，幸運的傢伙！他有個好女朋友艾黛麗安。因為她，他明白了哪怕拿不到冠軍，能堅持到底也是勝利。故事在此發生了巨大轉變，艾黛麗安的存在就是為了讓這一刻發生。她是副線，並且對主線產生了重大影響，如果沒有艾黛麗安，洛基就會放棄這場比賽，成為真正的失敗者。因為有了她，他輸掉了這場拳賽，卻成為了真正的男子漢。

《征服情海》（*Jerry Maguire*）中，主線是湯姆·克魯斯和會計小姐的曖昧關係，副線是他和他那「我要看到錢」的委託人夫妻的關係。湯姆不確定自己是否愛芮妮·齊薇格（Renee Zellweger），但是在副線的結尾，他的委託人在球場上受傷了，天天吵鬧的妻子擔心得要死，湯姆目睹了他們的愛，使他意識到自己有多愛芮妮·齊薇格。沒有副線推他一把，他也

許永遠無法解決主線的問題。

如果你的副線沒有強到能影響主線，改寫它或者乾脆拿掉。

28・你沒善用伏筆和呼應！

第一幕你介紹了一把手槍，第二幕這把槍就開火了，這就是伏筆和呼應。但是，要像喬・路易斯[56]動作隱蔽、難以察覺──一旦出拳，巨力萬鈞。

伏筆和呼應是說故事的基本技巧。希區考克說過：「如果你想要讓觀眾感到懸疑，就讓他們看到桌子底下放著一枚炸彈。」跟我一起閒逛了幾次後，我七歲大的孩子看電影時都會大喊：「這是伏筆！」一旦你能夠認得它，到處都可以看到它。

《末路狂花》中，本來泰瑪在停車場差點被強暴，露易絲從皮包裡掏出手槍幹掉那個混蛋。作者是怎麼「埋藏」伏筆的，讓我們不會去想說她的包包裡怎麼會有把槍？伏筆得追溯到幾十頁之前。

泰瑪和露易絲準備上路，泰瑪收拾行裝。她把手伸進床頭櫃，拿出一把已經上膛的左輪手槍，但是接下來吉娜・戴維斯卻不是像警察那樣打開彈膛又旋上──讓審稿人心想：「天啊！那裡他媽的有把槍！在我買爆米花之前有人會用它轟掉某人的腦袋！」──而是優雅地用兩根手指捻著手槍，把它扔進皮包裡。這一幕引起一陣哄堂大笑，觀眾忘掉了這把手槍──直到後來有人需要這把手槍。

要保證伏筆和呼應起到良好效果，就得讓兩者之間間隔的距離足夠遠，你不能剛埋下什麼，緊接著翻到下一頁就呼應了，兩者之間得有個奇妙的時間差。不過《門當父不對》（*Meet the Parents*）的伏筆、呼應距離很近，效果也還不錯，壁爐上母親的骨灰是前腳埋下的伏筆，片刻之後就迅

---

56 喬・路易斯（Joe Louis, 1914-1981），美國著名重量級拳王，1937-1948 年持續稱霸重量級拳壇，25 場衛冕不敗。──譯注

速地給予呼應──我們倒楣的主角開香檳時彈出的軟木塞撞落了壁爐架上的骨灰盒，掉進了貓砂盆。

《回到未來》（*Back to the Future*）中，一個女人發給馬蒂一張寫著「救救鐘樓」的傳單，馬蒂的女朋友在上面寫了她的電話號碼，馬蒂沒把這張紙扔掉，在後頭這個傳單上的資訊確實派上了大用場。

最聰明的伏筆之一是將伏筆一分為四，散見於劇本的許多頁裡。《公寓春光》裡的伏筆是這麼交代的：①傑克·李蒙多年前就企圖自殺（他射中了自己的膝蓋）；②他依然留著那把點.45自動手槍；③他很沮喪，準備收拾行裝離開公寓；④他有一瓶沒有打開的香檳。這些拼圖碎片都是伏筆。

而呼應則在莎莉·麥克琳（Shirley MacLaine）決定放棄佛烈德·麥克莫瑞（Fred MacMurray），和傑克共赴愛河時到來。她一路疾馳到傑克的公寓，就在她跑上樓的時候，聽到一聲槍響。我們知道他自殺了！她在門外尖叫，瘋狂拍門──他拿著一瓶滿溢著泡沫的香檳打開門。妙極了！

不要給我們像齊柏林飛船那樣明顯得扎眼的伏筆，觀眾都能聞到呼應就在一米開外等著，例如不要給一個警員這種陳腔濫調的台詞：「我還有兩個星期就要退休了。想看看我家人的照片嗎？」十歲大的小屁孩都能告訴你這個傢伙之後會有什麼下場？還有幾乎所有二戰電影裡都有這麼一個傢伙：「這是我女朋友的照片。她是不是很漂亮？我一回去我們就會結婚。」猜猜之後誰會挨子彈？這個問題在《星際爭霸戰》（*Star Trek*）裡根本不是問題。寇克說：「史巴克、老骨頭（李奧納德·麥考伊醫生）、史考特上校和凱納方德少尉（Ensign Cannonfodder），我們發送到那個星球上去。」還用說嗎？總是那個新來的、無足輕重的人物會掛掉，所有《驚爆銀河系》（*Galaxy Quest*）中拿來嘲諷的笑料，你的劇本都要引以為戒！

檢查一下你的伏筆是不是看起來太重要、太明顯、太刺眼，但之後卻沒有呼應──千萬別這麼做！《托托小英雄》（*Toto Le Hero*）裡，主角在學校裡被男生欺負、辱罵。他過生日的時候，父親用所有積蓄買了一把小刀給他，之後那些討厭的男孩踩著海上浮冰追他，想要狠狠揍他。那把昂貴的小刀就在他的口袋裡，可是這個傻瓜居然從沒想過把它掏出來保護自

己！為什麼？它毀了這部分故事，讓我們覺得這個人物是個笨蛋……

如果你必須有一個伏筆，但是它會讓所有人都注意到，怎樣才能把它埋得比較不起眼呢？《心塵情緣》（*Ask the Dust*）中，羅柏・湯恩把即將到來的有力一擊偽裝得很隱密：

（1）主角喜歡女孩，但女孩卻被色瞇瞇的酒保看上了。

（2）一堆關於酒保的其他對話中交代——他有肺結核。

（3）一個大霧彌漫的夜裡，主角在車裡等著女孩，後景裡我們看見女孩在親吻酒保。（上次我們看見酒保時他正在收工呢，情節扣得剛剛好。）

（4）主角和女孩經歷了一場美妙的性愛，其間女孩咳嗽。

剪接至：電影演到一個小時或者一個多小時，女孩死於肺結核。

湯恩最漂亮的一筆是讓女孩在做愛的時候咳嗽，我們太忙於見證他們的激情時刻，誰都沒有注意到這咳嗽。直到她病倒，我們才想起來。

丹・魯斯[57]編劇的《她和他和他們之間》（*The Opposite of Sex*）中，一個深夜，克莉絲汀娜・蕾茜（Christina Ricci）一窮二白的家中，她匆忙收拾，準備逃走。她把東西塞進包包裡的時候，我們發現有一把槍。

> 荻荻（旁白）：哦，我拿了一把槍，這點很重要。之後它還會出現，我先在這埋個伏筆……就像我們會把自己做的壞事埋起來。如果你夠聰明，就不會忘了我拿了槍。

伏筆和呼應前後緊隨，以此來隱藏背景說明（exposition）。伏筆和呼應合為一體，很妙！

---

57 唐・魯斯（Don Roos, 1955- ），影視導演、編劇、製片人，編劇代表作品：《當真愛來敲門》（*Bounce*）、《快樂結局》（*Happy Ending*）、《馬利與我》（*Marley & Me*）等。

29 · 你沒像藏吉米·霍法[58]那樣藏好背景說明！

背景說明（exposition）就像是──對了，就像《王牌大賤諜》（*Austin Powers*）中的巴茲爾博士（Dr. Basil Exposition），他會給你很多重要的資訊，但是大部分時候你得讓它藏在你的儲物櫃裡。

另外一種叫法是「說明」（explaino），一些你必須讓觀眾了解的資訊，但又不想讓他注意到他正在接收這種資訊。盡量隱藏好背景說明：比如爭論，或者講個笑話，好好地把它喬裝打扮起來。明目張膽、直截了當地說明背景是新手菜鳥作者的明顯特徵，會讓審稿人望而生厭。

以下這段是第一稿，背景說明非常明顯，咄咄逼人、劈頭蓋臉而來。這些事人物都已經知道了，為什麼還要由頭至尾娓娓道來，太不自然了。

湯姆：嘿，羅尼，是我，湯姆。

羅尼：好久不見啊，夥伴。我要你去偷兩輛車，很貴的那種，比如說休旅車。

湯姆：我不想再為法蘭克斯先生做事了，我不喜歡他。

羅尼：為誰而做不關你的事。五點在搖滾尼克沙龍。

湯姆：第15街那家？

羅尼：是的，跟從前一樣，第15街。我得提醒你，可別跟上次一樣把錢包忘在車上，嗯？

湯姆：我那次喝醉了，這次可沒喝多。我姊姊芳在鎮上。她不喜歡我喝酒，你知道的。

羅尼：關於你姊姊能讓你遠離麻煩這點，法蘭克斯先生一向樂見。

---

58 吉米·霍法（Jimmy Hoffa），前美國卡車司機工會領袖。1975年，吉米·霍法在密西根州的一個停車場神祕失蹤，成為困擾美國人的一大謎團。有人推測他已經被黑手黨殺死，但是否真的如此，至今仍是個謎。──譯注

到了第二稿，背景說明沒那麼明顯了，但是傳遞的資訊一點也沒減少。那些現在不明確的東西，可以留到之後再慢慢揭示，比如誰是芳，她為湯姆做了些什麼……

> 湯姆：你打的電話，笨蛋？
> 羅尼：尼克，五點。
> 湯姆：我不為法蘭克斯做事。
> 羅尼：兩輛休旅車。輪不到你挑肥揀瘦。你親愛的錢包先生還在贓車上嗎？醉鬼。
> 湯姆：用不著你操心，芳在鎮上。
> 羅尼：聽到這個令人高興的好消息，法蘭克斯先生肯定樂壞了。

《致命遊戲》（*The Game*）第四章（初次接觸──CRS〔客戶改造服務公司〕）曾是我最喜歡的隱藏背景說明範例，編劇是約翰·布蘭卡托和麥可·費里斯[59]。麥克·道格拉斯來到一間熙熙攘攘的辦公室，申請玩一個精心設計、真實生活中的角色扮演遊戲。這個地方一片亂糟糟，雇員們無頭蒼蠅似地亂轉，工人在替金屬線做最後的潤色，等等。

一個叫做範格拉斯的人物付錢給中餐外賣員，他接待了要來取走他個人資料的主角尼可拉斯。去範格拉斯辦公室一路上簡直就像打仗，因為餐點一直滴湯滴水的。這裡有一段關於尼可拉斯弟弟康洛德的談話，他已經玩過這個遊戲，而且相當上手。這時，範格拉斯問尼可拉斯：「你確定一點都不餓？東海，這可是唐人街最好的餐館。」尼可拉斯不餓。

這個場景裡的資訊簡直澎湃洶湧，尼可拉斯與範格拉斯起了衝突：遊戲中他必須接受所有的考驗，但埋在這個寫了很多頁的場景裡的重要銀幣

---

59 約翰·布蘭卡托（John D. Brancato）和麥可·費里斯（Michael Ferris），美國編劇、製片人，共同編劇作品：《殺機重重》（*Femme Fatale*）、《致命遊戲》、《魔鬼終結者3》（*Terminator 3: Rise of the Machines*）、《魔鬼終結者：未來救贖》（*Terminator Salvation*）等。──譯注

卻是背景說明：「東海，唐人街最好的餐館。」它被塞在一大堆瑣碎的雜事、一大包滴湯的食物和一大段關於尼可拉斯登記註冊的遊戲的討論中。

哦，他們把它隱藏得太好了！當你改寫你的劇本的時候，也要巧妙隱藏你的背景說明！

它隱身於一大堆衝突之中，幾乎看不到，難以察覺。之後，當一切都失去了，尼可拉斯徹底一無所有，這是唯一一個能讓他奮起反擊的線索。有趣的是一個小時之後，當尼可拉斯終於記起飯店的名字，你也記起了他究竟是在哪裡聽到這個名字的。

把這部電影找來看，好好學習這個場景，真是一部上乘之作。

30 · 你沒把意外盡可能留到最後！

你是對你的審稿人隱藏了資訊，還是一股腦兒全倒給了他們？如果你一直保留著祕密和意外，審稿人就會一直保持高度的興趣。

UCLA 電影劇作計畫的傳奇領導人威廉·弗洛哥（William Froug）是這樣說的：「假如你上了年紀坐在公園裡，想用一袋飼料餵餵鴿子，你會怎麼做？如果你把整袋飼料都倒出來，鴿子們會一擁而上圍住你，不過45秒鐘的狂歡之後，鴿子就會吃光所有飼料，然後拍拍翅膀飛走了。但如果你是一會兒扔出一點飼料，過一會兒再扔出一點，那麼牠們就會圍著你一整天。」

你給他們想要的這個過程持續得越長，他們保持興趣的時間也就越長。

身為編劇，在你手中的不是鳥飼料，而是祕密和驚喜，這是你說故事最重要的武器，要小心仔細地調配及部署。

《醜聞筆記》的原著小說一開頭，我們就知道凱特·布蘭琪和她的學生發生了師生戀，書中第一個場景就是媒體記者緊緊圍著她的房子群起而攻之。這是展開故事的好方法，但也第一時間洩漏了故事的最大祕密。因此，電影導演派屈·馬柏決定盡可能讓這包飼料在他的口袋裡待得久一

點——留到後面才揭曉，讓這個重大祕密盡可能帶給觀眾最大的衝擊。

威廉・高德曼（William Goldman）在《虎豹小霸王》（*Butch Cassidy and the Sundance Kid*）中也是這麼做的。坐下來寫的時候他已經做足了功課，對自己筆下人物有趣的事實爛熟於心。電影沒有一開始就讓布奇自我介紹：「嗨，日舞，我叫羅伯特・勒羅伊・派克，來自紐澤西，我這輩子從來沒有開槍打過人。來杯啤酒怎麼樣？」高德曼可沒這麼業餘，他把這些驚喜一直保留到故事的後半段，而且選在最占優勢的時候才揭示。

到電影很後面的時候，當布奇和日舞小子喝著酒聊起他們的過往，我們才知道布奇是從紐澤西州來的，日舞小子也很吃驚，因為他跟我們一樣也是現在才知道。

之後的揭示更加有趣，他們在玻利維亞擔任保鑣時，雇主遭到槍擊，兩人躲在大石頭後面。最後，布奇和日舞拿著槍和一幫窮兇極惡的匪徒對峙：

> 布奇：小子，我應該告訴你，我從來沒開槍打過人。
> 日舞：你還真他媽的會挑時間。

高德曼太會挑時候揭示重要資訊了，座無虛席的電影院裡，立即傳來觀眾的一陣哄堂哄笑。

第四場

場景

31 · 你沒讓每個場景變具體！

　　幕、段落，接下來就是場景，場景是故事架構裡最小的單位。一個場景就是一部小電影，有著和電影劇本同樣的架構準則：開頭、中段、結尾。

　　「雖然人們未必能說得出確切的意涵，但它們已然道出作者想通過它們說的話。」

——大衛・馬邁[60]

場景的3大功能：

（1）推動故事前進。 如果電影開始時，一對夫妻想買他們的第一棟房子，結束時他們分手了，那麼故事往前發展了！如果開始時是一個女人在喝奶昔，結束時她喝完了⋯⋯那麼故事就沒有向前發展——除非她從這杯奶昔中獲得了超能力。

60　大衛・馬邁（David Mamet, 1947- ），美國作家、劇作家、編劇、導演。他憑《大亨遊戲》（*Glengarry Glen Ross*）獲普立茲獎和東尼獎提名。另外他憑《大審判》和《桃色風雲搖擺狗》（*Wag the Dog*）兩度獲得奧斯卡提名。——譯注

（2）**增加戲劇張力。**所謂戲劇張力就是跟這個場景開始時相比，審稿人更緊張了，把螺絲越栓越緊。

（3）**透露人物資訊。**如果我們知道莎迪在婚禮上哭泣，是因為她的未婚夫是在婚禮上被燒死的，我們對這個人物的性格就有了新的認識。

最好的場景當然是能夠將以上功能三合一，一般說來「推動故事發展」是場景存在的唯一理由，在剪接室裡，深化人物性格的部分可能被剪掉，一個純粹增加張力的場景也有可能被剪掉，但是如果它推動了情節向前發展，就不得不被保留下來。

當然，有趣也是保命符，如果一個場景讓我們開懷大笑，我們也就不會在乎其他問題了。既然都讓我們咯咯笑了，自然也不會悶到我們了，有趣的場景總能在剪接師的奪命剪刀手下倖免於難。

寫出好場景的15個致勝關鍵：

（1）用動作開場。

我的意思是以動作開場。如果你非得以大衛坐在桌邊開始，那麼起碼讓他喝杯馬丁尼，不要枯坐著乾等到場景開始。給審稿人一點動作，所謂電影，就是運動中的畫面，動起來！

（2）讓我們好奇。

上大學時，我有個兄弟會的哥們走到哪兒都拎著一個布袋，看起來裡面還裝著什麼重物。他是IM隊踢定位球的球員，踢球時他也總是拎著那布袋待在邊線，等到他踢定位球時，他會先把布袋放下，走進球場，起腳踢球，再走回去撿那布袋。

就像這樣開始一個場景，讓我們好奇得抓狂！

想讓我告訴你布袋裡裝的是什麼嗎？說「求你了」，你迫不及待地想

知道吧？這就對了，好奇對於審稿人來說是美德。告訴你吧，是一支點45的自動步槍，他以為自己賴著一筆賭債沒還賭場，老闆要收拾他，其實是兄弟會的另外兩個哥們偽造了一封假信想嚇嚇他。因為擔心他真的會轟掉哪個倒楣鬼的腦袋，他們只得告訴他真相。

（3）確保每個場景都盡可能短。

少就是多，不，少是多得多，留白的效果讓你難以置信。你想要場景盡可能有力，而很多時候力量來自於速度和簡潔。你可以事先就為每個場景寫好大綱，也可以直接動筆，怎麼把字落到紙上是你的使命。一旦你已經有一稿完整的劇本在手，回去刪修看看，一個場景在打薄修剪之後常常會更加有力。

一般來說，一個場景就是半頁，很少很少達到四頁。看看最近的劇本，每個場景都像一顆迷你鑽石，牽引出下一顆小寶石。有事就說，然後還沒等觀眾坐不住就結束。

（4）進入場景要越晚越好，結束場景要越早越好。

最常被剪掉的，一個是場景的開頭，一個是場景的結尾。乾脆俐落地開始，然後在他們感到乏味之前退出。別把伏筆放在場景的開頭，以免錯殺枉死，也不要展示那個傢伙爬樓梯進臥室──讓他一開始就已經在臥室裡。

（5）如果有拿掉不會毀了整個故事的場景，一律拿掉。

如果某個場景可以拿掉，那就拿掉。因為你一秒也不想讓你的審稿人覺得無聊乏味，去掉所有你能去掉的場景。檢驗一個場景是否必要的石蕊試紙是：如果拿掉一個場景，你的故事不會像紙牌屋那樣坍塌，這場景就該拿掉；如果這個場景對於故事至關重要──沒有它結局就會不一樣，那就保留。

你寫得越多，刪起來越容易，你會發現刪掉一些，會讓留下的那些更

有力，這就像你砍掉一條手臂，剩下的獨臂會變得更強，真是個殘忍的比方。嘿，寫作是一個受虐狂遊戲，你得習慣！

（6）合併場景。

如果你在第21號場景做了某事，而在第34號場景接著做這件事，你很有可能可以把這兩部分合併成一個更好的場景。這樣一來，你的故事會更短，而新的場景也能更加豐富。

（7）刪掉對白。刪掉。再刪。刪了再刪。剩下最少最好。

整個場景中，你需要的對白其實很少，你甚至都難以置信怎麼會這麼少？試試看在下一個人開口之前，你只讓每個人物說不到五個字，能不能把你的意思傳達清楚。找些電影看看，看看他們是怎麼做到惜字如金的？

（8）你有夠多有料的衝突嗎？

有些場景就像擱淺的鯨魚一樣痛苦無助地躺在那裡，既難以下筆，更難以卒讀，原因就是缺乏衝突。加入一些衝突吧！如果你已經有了一些，那就再增加一點。

想要衝突，就必須有衝突的雙方。就像電視劇《歡樂單身派對》（Seinfeld，或譯《宋飛正傳》）裡的喬治和伊蓮、傑瑞和紐曼，或者克拉瑪和……你愛誰就寫誰。

（9）事件必須難以預料，但不能難以置信。

如果一個人走過骯髒的公寓走道，他的女房東突然打開房門，拿出一桿槍對他開火！這就讓人難以置信了。但是如果像《摩登大聖》裡，那傢伙穿過走道，看見門上有個「請勿打擾」的牌子，他踮起腳尖躡手躡腳地走，一個鈴聲大作的鬧鐘卻從他的口袋裡蹦出來！他拿出一把大錘把鬧鐘砸得粉碎。女房東開門尖叫，他瞪著女房東，眼珠子都快要蹦出來了，女房東則抄起獵槍想幹掉他。

你相信這個場景，因為它與其他的場景匹配。

（10）大多數場景必須把我們推向下一個場景。

「你應該找到你媽媽的姊妹。」**剪接至**：他向祖母打探消息。

「我現在真的餓了。」**剪接至**：她在做飯。

「哦，天啦，傑森‧包恩[61]在這棟樓裡。」**剪接至**：安全局的人在狂奔。

（11）沉悶乏味是大忌。

你的工作就是去娛樂審稿人，一個你從未謀面的人。假定他們的注意力集中時間相當於一個「十六歲大的興奮劑成癮者」，將有助於你的寫作精進。引號內的這句話援引自新聞報導，據說這句話已經被當年拒絕《大白鯊》的製片廠裱框起來，用來時刻警醒。審稿人當然不會喜歡這句話，但你應該不會。

（12）讓人物一直待在最前線。

每個場景你都要問：「人物，尤其是主角，在這個場景裡會怎麼反應？現在他們的感覺如何？每個場景都正確反映了他們此時此刻對故事中正在發生的事情的感受嗎？」

如果審稿人認為你的主角應該是這種反應，而人物卻是另一種反應，你想要傳達的情感大概也不會觸動審稿人。

這一點我想已經強調得夠清楚了。

（13）讓人物反差盡可能大！

這會讓你的場景好寫到不行！想想《非洲皇后》（ *The African Queen* ）中凱薩琳‧赫本（Katharine Hepburn）和亨佛萊‧鮑嘉（Humphrey Bogart）

---

61 傑森‧包恩（Jason Bourne），遺忘過去和身分的前特工，系列影片《神鬼認證》（ *The Bourne Identity* ）、《神鬼認證2：神鬼疑雲》（ *The Bourne Supremacy* ）、《神鬼認證：最後通牒》（ *The Bourne Ultimatum* ）中由好萊塢影星麥特‧戴蒙（Matt Damon）主演的主角。——譯注

之間發生衝突的機率有多大？他是一個醉鬼，而她是一個女傳教士；他是一個從不刮鬍子的邋遢鬼，而她穿著白色蕾絲裙；他整日咒罵，整天想的就是床上那點事，而她是個一本正經的老處女。幾乎在所有方面，他們都天差地別，這樣的人物設定讓每個場景寫作都變成一件輕鬆樂事。

（14）你人物的內心發生了什麼事？

把更多的精力放在內心，而不是動作，內心衝突永遠比動作衝突更吸引人。

（15）你可以邊寫邊發現你的人物。

把已有的構思放在一邊，不要一開始就決定他是X，她是Y，他是Z。寫作就是這樣，可能是變動不居的。你的大綱裡這麼寫了，並不意味著他們就必須這麼做！

你的人物做了……一些意料之外的事情嗎？有沒有新的情境帶給你的人物一些你之前沒意識到的東西？這才叫酷！

在我關於西貢淪陷的劇本裡，主角晚上出門發瘋似地尋找他的女朋友。他非常痛苦，因為他是有婦之夫卻愛上了NBC的新聞記者。我只顧自己埋頭一路寫，讓麥克洛普呼喊她的名字，讓他在一根電線杆旁停下等她回來。突然間，我的手指自己開始創作，他取下結婚戒指，扔到街上！然後麥克洛普倚著電線杆跌坐在地，筋疲力竭，悲痛欲絕。我沒有這麼做，是他自己這麼做的。

這是寫作中最奇妙的時刻，當我對筆下的人物有了新的了解，便恨不得爬上屋頂興奮地大叫。對我來說，這是這部電影最高潮迭起的場景。

當然他們也許會剪掉。

32 · 你的場景沒有推動情節！

　　每個場景結束時的位置都應該和開始時的位置不同，否則這個場景就沒有作用。

　　你的每個場景或者大多數場景，開始的時候都有一個方向，我們以為這個場景是朝這個方向行進，之後卻轉換了方向，這個場景結束時，我們來到了與之前所在地完全不同的新位置嗎？如果大多數場景不是這樣，那麼你的情節就沒有向前推動。

　　每個場景都應該告訴我們一些人物的資訊，或者推動情節，或者有趣，否則就會被剪掉。

　　我的第一任寫作老師吉姆‧波伊爾，遠在一萬年前的更新世（Pleistocene Era），他的課就教了我很多東西，我每天的寫作和教學中都會用到，以下這個我們稱為「波伊爾表格」的工具就是其中之一。

橋入（Bridging in）
布景，人物

場景意圖／初始方向
它將是關於＿＿＿＿＿＿＿＿＿＿。它將導致衝突。

衝突
意見分歧、摩擦

背景說明
情節向前發展所需的資訊

人物刻畫
通過畫面和對白，對人物的揭示

反轉或高潮
A贏或B贏，或者一個外力

跟進＆橋出（Bridging out）
下一個場景是關於什麼。

為每個場景填一份波伊爾表格，再發動引擎。

我最愛的「推動情節」時刻是在《40處男》裡面。

波伊爾說的「橋入」是指：把我們從上一個場景推到這個場景的東西，而現在我們到了這裡。它應該盡可能簡短，只需傳遞給我們最基本的資訊就夠了。賈德・阿帕托（Judd Apatow）和史提夫・卡爾（Steve Carell）編劇的《40處男》中，安迪和崔西在她的臥室裡，把安迪的超級英雄玩具裝箱，用海運寄給買家。她以為他已經賺夠了開店的錢。

「初始方向」是我們以為這個場景是講什麼的。你可能還記得他們曾有個約定，就是要等到他們第二十次約會才發生關係，崔西說：「這是我們第二十次約會。」哇！他們開始在床上親吻了，她說她覺得自己已經愛上他了。初始方向：他們看起來就像軌道上滑行的火箭，正朝著一場縱情歡愉挺進。

當他們仰面躺在床上，不小心把一些超級英雄玩具撞到地上，「衝突」來了──這些玩具的包裝都原封未動。安迪想把玩具撿起來，崔西因為兩人即將入港，不想讓他去撿，他卻非要去，態度堅決！

「背景說明」是我們知道，比起跟崔西在一起，安迪更想要收拾、整理這些盒子。他覺得保持包裝完整非常重要，但崔西很不能接受，因為她這樣一個大美人主動投懷送抱，安迪卻更在意那些玩具。

我們看到的「人物刻畫」是，安迪就像他的玩具──還在盒子裡，他根本不會跑出來玩。崔西真的喜歡他，想跟他在一起，但是他關在盒子裡太久，根本不會到未知世界裡去冒險。他需要走出盒子，這是他的需要，到故事結束的時候他必須面對。安迪覺得崔西是在強迫他賣掉超級英雄玩具，辭掉工作，改變自己。她為自己辯護，說她喜歡他，想要幫助他長大，之後還抨擊他騎腳踏車上班。她告訴他，只要他願意和她做愛，她願意滿足他所有的要求，她之所以這麼焦慮是因為她已經是個老奶奶了，而他告訴她，她是個惹火的老奶奶。

下面該說到「反轉」了。一開始，我們想的是他們要做愛了；現在，在這個場景的高潮，他們居然分手了！這出乎我們之前的意料，但是一路

看到現在，我們卻覺得在情理之中。安迪奪門而出，留下崔西獨自和他的收藏在一起，綺願未償，黯然神傷。

「橋出」讓我們離開這個場景。安迪跨上他的自行車，喃喃自語地離開崔西家，差點被五輛車撞到。迅速地切題，推進到下一個場景——他和朋友們在酒吧喝得爛醉。

＊　＊　＊

我知道圖示效果更佳，以下提供一個厲害的圖像示範。你可以抄到你的筆記本裡，但其實你的五年級語文老師老早就在描繪故事時在黑板上畫過這個了。

眼熟嗎？節節高升的情節、高潮、結局，你已經看過一千遍了。問題是，故事看起來卻像這樣：

而且，重要之處正是場景改變方向的地方：

這是理解一個場景的關鍵。安迪和崔西出發，走向某個方向。

你希望他們結束在這裡。

但是，場景突然改變了方向，結束在你壓根兒沒想到的地方！

每個場景都應該如此，如果你碰到吉姆・波伊爾，記得謝謝他。

33・你的反轉不夠多！

「反轉」和「改變場景的初始方向」是兩碼子事。場景方向的改變是情節發展，推動故事向前；反轉是驚奇、意外。

華倫・格林[62]和山姆・畢京柏[63]編劇的《日落黃沙》中，在令人歎為觀

62　華倫・格林（Walon Green, 1936-），美國製片人、編劇、導演，曾憑《生物奇觀》（*The Hellstrom Chronicle*）獲奧斯卡最佳紀錄片獎，並憑《日落黃沙》獲奧斯卡最佳改編劇本獎提名。——譯注

63　山姆・畢京柏（Sam Peckinpah, 1925-1984），美國著名導演、編劇、製片人。從業之初為電視西部連續劇《荒野大鏢客》（*Gun Smoke*）寫劇本，奠定了西部劇作家的地位，其後又寫了多部電視西部劇劇本，成為電視圈最紅的西部片作家。1961年導演第一部西部長片《要命的夥伴》（*The*

止的大規模槍戰劫案之後，卻來了個由喜轉悲的大逆轉。他們福大命大逃出生天，坐下來享受他們的戰利品，每個人（包括我們）期待的都是現金或金條。沒有。他們打開包包，然後：

> 賴爾・戈爾希：墊圈。墊圈。我們從鎮上殺出一條血路，就為了這些只值一美元的鋼圈！

事實上，這也許既是一個反轉，也是情節發展。

你的劇本有很多反轉嗎？所謂反轉，就是你讓觀眾以為會發生某事，之後，一些其他的事情卻發生了，你讓他感到意外了。這是說故事的基本技巧之一。

恐怖片裡一個經典反轉是當那個正妹躺在有四根床柱外加床幔的床上，她害怕極了，下巴縮進被子裡，只露出一雙眼睛，從走道的門縫下射進一道光。**剪接至**：她驚恐的臉。**剪接至**：門縫下面射進來的光，和腳步的陰影。**剪接至**：她，完全嚇壞了，然後門把手轉動……**剪接至**：那個女孩，已經嚇得要暈過去了——門終於打開，**剪接至**：反轉——她骨瘦如柴的蒂尼老姨媽為她端來了宵夜：茶和蛋糕！

蒂尼姨媽離開是第二個反轉，門關上了，女孩平靜地吃著宵夜，**剪接至**：一個戴著頭罩的利爪狂魔從床幔跳下，把她剁成了肉醬。

找部電影看，記下你看到的每一個反轉，你會大吃一驚：他們居然為你準備了這麼多反轉！

《好孕臨門》（*Knocked Up*）中，我最愛的場景是當那個美女和她那較不性感的已婚老姊第二次來到夜店。之前她們輕而易舉就通過了圍事和看

Deadly Companions），第二年導演《午後槍聲》（*Ride the High Country*），在法國、比利時、墨西哥獲得極高評價，更得到國際影展獎，受到美國影壇人士的重視，被譽為新一代西部導演。1969年的《日落黃沙》、1971年的《稻草狗》（*Straw Dogs*）都證實了他對暴力的描寫相當不凡。——譯注

門人，這一次，凱瑟琳‧海格（Katherine Heigl）飾演的女孩懷孕了，姊姊的丈夫也寧願瞞著她，自己一個人出門享受自由時光，她們覺得自己已經性感不再。那個看門人，可怕的黑大個，冷冷地擋住她們的去路，他斬釘截鐵地說酒吧已經滿了，必須排隊。這時有兩個年輕的火辣寶貝向他發嗲，他立馬就讓她們進去了！萊絲里‧曼恩（Leslie Mann）飾演的老姊突然就爆發了，她對著看門人尖叫、尖叫、尖叫個不停！

你以為這個男人大概會扭下她的腦袋，然後反轉就來了：哇！那個看門人，克雷格‧羅賓森（Craig Robinson）用你所想像最溫柔的聲音告訴她，他憎恨讓人待在外面，這壓力讓他難受，他覺得她性感得一塌糊塗，他非常樂意——好了，就別再深究他樂意幹什麼了。

令人愉悅的反轉，也是全片最棒的場景。

34‧你沒對每個場景大喊：「怎麼做才能增強衝突?!」

「有客人來了。我們開始喝酒。我們開始做飯。我們繼續喝酒。然後可怕的事情發生了。」

——貝弗莉‧路尼（Beverly Lowry）在密西西比州格林維爾的宴會上

「每個場景都是爭論。」

——大衛‧馬邁

這是主修課，聽好了。

吸引審稿人繼續讀下去最簡單的方法就是衝突，如果一個場景沒有衝突，就會讓人看得興味索然。每一個場景都必須有某種形式的衝突，否則就需要重新改寫。

馬邁所說的是金科玉律，至始自終每個人都必須「爭論」某些事情，

參見《天生冤家》(*The Odd Couple*)。知道嗎？韋氏大字典（未刪節版）中，「衝突」這個詞條下是一張菲力貓和狗狗奧斯卡的圖片。

你的人物必須具有：

與他人的衝突	他的配偶。她的表親。魔鬼。
	她的表親，魔鬼。
與世界的衝突	社會、環境、政府，等等。
與自我的衝突	源於內疚、原罪、恐懼、過往的內心掙扎，等等。

相處融洽的人物一樣有衝突。想像山頂的小木屋裡有一對正在度蜜月的小倆口，如膠似漆的靈魂伴侶。幸福得一塌糊塗的一對。吃完晚飯，暢飲香檳，是時候上床了。他們是怎麼拌起嘴來的呢？就因為他想在壁爐前的北極熊地毯上親熱，而她只想舒服地躺在那張大水床上。喔！衝突！突然之間，對於審稿人來說，這蜜月變得更有趣了。

你有盡可能讓所有場景都具有情緒張力嗎？你能讓已有的衝突升級嗎？你能為那些沒有衝突的場景增加一點衝突嗎？否則，到底有什麼能促使我們翻到下一頁，繼續看下去？

如果對你來說真實生活中不太容易出現衝突，那麼現在是你放縱內心狂野一面的時候了——放手折磨你的人物吧！一旦你知道自己必須有衝突，你就會到處加入它。

你的好人和壞人盡可能頻繁地發生衝突了嗎？如果不是那個反派大BOSS，起碼也得是他的副手。《教父》中的壞人是巴西尼，他的副手是索拉索，巴西尼派索拉索跑到教父那裡勸誘教父做毒品生意，每次他出現在銀幕上的時候，都在跟柯里昂一家鬥爭；即使帶著笑容，他依然是在「爭論」。

麥可·柯里昂和索拉索發生衝突好像不難，你也可以讓和藹可親的老祖母和同樣和藹可親的丈夫交戰，導火線就是今晚晚餐應該配哪種醃小黃瓜。

衝突就是一切。你甚至連兩個人都不需要。

我看過一個短片，是關於一個女孩討厭祖母為她織的一件超級難看的毛衣，她媽媽要她穿上，而她匆忙回到房間脫掉了這討厭的衣服。她把它拉到頭頂，但是毛衣被眼鏡和頭髮勾住了，她脫不下來！之後，她跌跌撞撞，兩隻手臂舉在半空中，因為被那該死的毛衣蒙住了雙眼，不知踩上了什麼，差點摔倒。她只是跟一件毛衣發生衝突，但是構思得很精妙，吸引我們一直看下去！她也可以大叫，要她媽媽幫她脫掉毛衣，然後扔到床上，但是那樣處理遠沒有這樣讓我們記憶深刻。

衝突無處不在。如果沒有衝突，那你就創造衝突。

35 · 你沒好好利用「押韻場景」的非凡力量！

所謂押韻場景（rhyming scene），就是重複的時刻，通過重複和變化，我們便能了解人物。

《赤焰烽火萬里情》（*Reds*）中，尤金・奧尼爾（Eugene O'Neill）到路易絲・布萊恩特（Louise Bryant）的公寓喝一杯，他想跟她發生關係；她的男朋友傑克・里德（Jack Reed）不在鎮上。她替尤金倒了威士忌，就圍繞著這一動作，有了一個長長的調情場景。她問他是否需要玻璃杯，最後她幫他拿了一個，這屬於穿插動作。她一度問他是不是有點緊張，因為她替他倒酒的時候，他的手在顫抖。最後，這個場景結束時，很顯然，他們要共浴愛河了。

接下來的發展如我們所願，可惜這段羅曼史就像一個定好時間的鬧鈴。

許多個場景之後：路易絲搬進紐約城外的一棟房子，尤金在那裡，趁搬運工人進進出出搬大箱子的時候，問她有沒有威士忌。她很緊張，翻箱倒櫃在盒子裡找玻璃杯，勉強找到了一個茶杯。他堅持要玻璃杯，後來她終於找到了。我們看這個場景的時候，記起第一次也是威士忌和玻璃杯，那次的親膩就是始於這樣的時刻。這一次，當她為他倒酒時，是她在微微

顫抖。這個場景裡所有的小元素都跟之前的那個押韻，但值得我們注意的卻是兩者的不同之處。

透過這個場景，我們知道他們的羅曼史結束了。

作者並沒有給演員任何這樣的對白：「哇！我們開始的時候，真好。我們在一起相處得多麼愉快，真遺憾必須以這種方式結束。」作者是讓觀眾自己通過押韻場景裡呈現的資訊，自己去連結、意會過來。

另一個押韻場景的例子是《克拉瑪對克拉瑪》（*Kramer vs. Kramer*），一個押韻鏡頭，就推動故事飛速前進。

達斯汀·霍夫曼的妻子離開了他，他對如何當自己年幼兒子的父親完全一無所知。兩個押韻鏡頭的第一個是他把雞蛋打到碗裡，他做得太糟了，用叉子把碗敲得叮噹亂響，像一個徹頭徹尾的笨蛋。

時間流逝，身為父親的他漸入佳境。

回到廚房。他在炒蛋，但這一次他成了打蛋高手！他拿著一把叉子，在同一個碗裡熟練地攪拌，就像個一流大廚。這傢伙做飯做得好，也就比喻他當父親也很不錯。沒有人告訴你這個，你得到這個資訊是因為這個押韻場景。

真是推動故事前進的高招，強而有力又視覺化。

押韻場景，是你箭囊中的金箭。

36·你沒盡力刪去每個場景裡開頭和結尾的幾行文字！

昆汀·塔倫提諾（Quentin Tarantino）在一次訪談中說過：「當你重寫、改寫一個場景時，把對白的最後兩行刪掉。」他說得實在太對了，迅速瀏覽你的劇本，只看每個場景對白的最後幾行。現在，把它們刪掉，看看會發生什麼事！

我們在西貢以西五十哩處，彼得森在尋找他的妻子，她是個越南人。他在叢林中偶然發現了廢棄的茶園和一位上了年紀的法國人，他在越南已

經待了幾十年，克洛威爾讓他洗了澡。

外景　前院草坪　黃昏
　　△彼得森出來，已經包紮、沐浴過了，穿著克洛威爾過時但舒適的衣服。
　　克洛威爾：彼得森先生，你看起來已經好多了。喝茶嗎？
　　彼得森：實在太感謝了。
　　△傭人奉上茶。
　　克洛威爾：呃，好。現在也許您可以告訴我，到底是什麼讓您在這要命的叢林裡漫步？
　　彼得森：（品了一口茶）你種的茶？
　　克洛威爾：你懂茶？
　　彼得森：我的妻子……
　　克洛威爾：她是越南人？她人在哪兒？
　　彼得森：（聲音變弱）我不知道。我去春祿找她，但是晚了一步。也許在我到之前她就被保釋出西貢了，我不知道……我只能去那裡找她，就是這樣。
　　克洛威爾：（同情地）如果你找不到她怎麼辦？
　　△彼得森顯然從沒想過這個問題。

　　這個場景的結束點是留給演員表現的上選時機，審稿人也會去想像克洛威爾提到彼得森找不到妻子這個他從未想過的念頭時，彼得森的臉上會是什麼表情。一個強而有力的結束。

　　以下再給你看看我的第一稿，注意在「彼得森顯然從沒想過這個問題」之後，第一稿是怎麼繼續沉溺其中而畫蛇添足的。想像是你在寫這個場景，把它大聲唸出來，然後刪掉最後幾行，你會驚呼少了最後那幾行實在好太多了。當你去掉最後那幾排贅肉，你的劇本總算能跟「好」字沾上邊了。

內／外景　宅邸／前院草坪　黃昏

　　△音樂帶著這個沉靜的澳洲人穿過豪華的住宅來到前院走廊。在前院草坪上，一個優雅的老紳士坐在兩個大音響前。克洛威爾是法國茶葉園主。

　　△彼得森出來，已經包紮、沐浴停當，穿著克洛威爾過時但舒適的衣服。

　　△男管家替彼得森搬來一張椅子。歌曲結束。

　　克洛威爾：（法國口音）貝特朗·克洛威爾。你好。

　　彼得森：（虛弱而困惑地）哦，你好……我叫彼得森……

　　克洛威爾：喝茶嗎？

　　彼得森：當然。為什麼不？

　　△傭人奉上茶。

　　彼得森：（品了一口茶）你種的茶？

　　克洛威爾：你懂茶？

　　彼得森：我妻子……

　　克洛威爾：她是越南人？她人在哪兒？

　　彼得森：（聲音變弱）我不知道。我去春祿找她，但是晚了一步。也許在我到之前她就被保釋出西貢了，我不知道……我只能去那裡找她，就是這樣。

　　克洛威爾：（同情地）如果你找不到她怎麼辦？

　　△彼得森顯然從來沒想過這個問題。

　　彼得森：該死，老兄，真是個好問題。（筋疲力盡地）感謝你的茶和熱心交談。但是時間不早了，如果不太麻煩的話，我想在徒步走到西貢之前小睡一下。

　　克洛威爾：我相信你會睡得很好。

　　△克洛威爾搖響一隻銀鈴。兩個僕人出現了，協助彼得森走上寬闊的前院階梯。

那些什麼美美睡一覺的談話都是廢話，刪掉之後，結尾的力量就顯現出來了，也就是像之前看到的第二稿那樣。

打個比方，你的場景就像一艘水翼船，以最快的速度拍擊水面、穿越大海，以最大的馬力向前行駛。刪掉最後那幾行，場景結束時水翼船還砰砰向前！但如果你保留了那幾行，水翼邊緣就會漏氣，整艘船都會因為漏氣而凹陷、下沉。

同樣的道理也適用於你刪減開頭的幾行，單刀直入，從中間的場景進入，越後面越好，去掉所有準備、熱身、伏筆，直接從動作開始。

再給你們看看我的第一稿。做點筆記，因為開頭可能要被刪掉！

內景　富麗堂皇的圖書館　夜景
　　△西貢最寧靜的地方。文高在扶手椅上坐立不安，憂懼地四處環顧。
　　僕人：凌先生一會兒就會來見您。
　　△文高被嚇了一跳。文高看著僕人留下茶盤離開。長長的寂靜。我們聽到有節奏的腳步聲。一個陰鬱的中國男人緩緩進入圖書館。
　　文高：凌先生。
　　中國男人：董文高，你到這裡來賣你的咖啡館。
　　△他漫步到窗邊，欣賞自己悉心打理的花園。
　　文高：開價對我來說很困難，所以……
　　中國男人：不過，你已經定好了。
　　文高：（順從地）八百萬披亞斯德（piastre）。
　　中國男人：它只值三分之一。
　　文高：它值一千五百萬。
　　△中國男人慢慢地為他們倒茶。他坐在桌邊。
　　中國男人：現在是非常時期，我只能給你四百萬。

文高：（生氣地）絕對不行。

中國男人：如果你不賣給我，恐怕你也賣不出去……

文高：（果斷地）那就不賣了。

中國男人：董文高先生，我們都知道，當我們從北方來的朋友抵達的時候，您應該不想還待在這。你只有很短的時間來重新考慮這個輕率的決定，當您重新考慮的時候，我會在這裡。

△中國男人開始小口抵著茶。

以下是我改寫後的一稿，刪去了頭幾行，場景也從圖書館改到了廟宇，因為在廟裡拍顯然要比在圖書館裡拍便宜一點。我喜歡開頭那幾行，但一旦刪去了，我也就不再去想了，剩下的東西變得更加有力。我幫那個中國男人加了一句話：「如果你不把圓頂咖啡館賣給我……」這樣審稿人就會知道文高到底想賣什麼了。

內景　中國寺廟　夜景

△這裡是西貢最寧靜的地方，香煙繚繞。文高和一個沉靜的中國男人喝著茶。文高不想開價……但最後不得不……

文高：（順從地）八百萬披亞斯德。

中國男人：它只值三分之一。

文高：它值一千五百萬。

△那個中國男人慢慢地倒著茶，靠在墊子上。

中國男人：現在是非常時期，我只能給你四百萬。

文高：（生氣地）絕對不行。

中國男人：如果你不把圓頂咖啡館賣給我，恐怕你也賣不出去……

文高：（果斷地）那就不賣了。

> 中國男人：董文高先生，我們都知道，當我們從北方來的朋友抵達的時候，您應該不想還待在這。你只有很短的時間來重新考慮這個輕率的決定，當您重新考慮的時候，我會在這裡。
>
> △中國男人開始小口抿著茶。

沒有開場的那幾行，這個場景更加緊湊，一開始人物已經在衝突之中——這無疑更好。

最後，以下的例子是為了告訴你：中間的部分也可以刪減。

> 內景　葛拉漢的七幅畫
> 　　△畫著滿身血污、腸穿肚爛而死的的巨大動物抽象派油畫。一行潦草的字跡：路上殺手。葛拉漢和瑪格達一起擺姿勢合影。
> 　　△瑪格達離開。卡蜜拉走近。
> 卡蜜拉：卡蜜拉·華倫。晚上好。
> △他們慢慢地握手。她很迷人。
> 葛拉漢：買還是看？
> 卡蜜拉：看。
> △她審視他。
> 卡蜜拉：所有畫都出售嗎？
> 葛拉漢：沒錯。
> 卡蜜拉：確定後通知我。
> △她離開。

同樣一個場景，以下槓掉的地方都被刪掉了。

內景　葛拉漢的七幅畫

　　△畫著滿身血污腸、穿肚爛而死的巨大動物抽象派油畫。一行潦草的字跡：路上殺手。葛拉漢和瑪格達一起擺姿勢合影。

　　△瑪格達離開。卡蜜拉走近。

　　卡蜜拉：卡蜜拉·華倫。晚上好。

　　△他們慢慢地握手。她很迷人。

　　葛拉漢：買還是看？

　　卡蜜拉：看。

　　△她審視他。

　　卡蜜拉：所有畫都出售嗎？

　　葛拉漢：沒錯。

　　卡蜜拉：確定後通知我。

　　△她離開。

最後定稿也就是這樣：

內景　葛拉漢的七幅畫

　　△畫著滿身血污腸穿、肚爛而死的巨大動物抽象派油畫。一行潦草的字跡：路上殺手。葛拉漢和瑪格達一起擺姿勢合影。

　　△瑪格達離開。卡蜜拉走近。

　　卡蜜拉：所有畫都出售嗎？

　　葛拉漢：沒錯。

　　卡蜜拉：確定後通知我。

　　△她離開。

刪掉一些內容，讓剩下的更有力。

37 · 別讓你的人物做調查，讓他找人談話！

你熟悉這個場景，我們看過它幾百次了（這已經足以說明問題！）。勇敢無畏的女主角需要找出過去到底發生了什麼，所以她來到當地圖書館，快速瀏覽舊報紙的微縮膠片，直到她發現……一些……重要線索……

這實在是太無聊了。

排除成捆的舊報紙，蒙著厚厚一層灰的檔案、圖書館和電腦紀錄，試試看和活生生的人交談。為了調查害死她父母的那次飛機失事真相，她循線追蹤，找到了小鎮上古怪的老歷史學家。如果你的人物非去圖書館不可，至少你的女主角可以和辦事員爭執，發生衝突，彼此做出反應。

給我們一個難忘的場景！看微縮膠片可沒什麼讓人記憶深刻的，除非微縮膠片砸到她了。記得在《唐人街》裡，傑克‧尼克遜不得不和一個令人厭煩、愛管閒事的管理員打交道嗎？

> 管理員：（默默流著鼻涕）先生，這不是對外開放的圖書館。是檔案館。
>
> 傑克：好的，那麼——有尺嗎？
>
> 職員：尺？要尺幹嘛？
>
> 傑克：這書真是印刷得太精美了，可是我忘了戴眼鏡了，總容易看錯行。

多好的一個場景啊！因為主角在跟某人談話！

不說別的好處，起碼你為演出老態龍鍾、怪里怪氣的歷史學家演員提供了一份工作，他能得到他的健康保險了！你會很高興自己給了他這份工作，而製片人也會很高興省下租微縮膠片的錢。

38‧你的人物打太多電話了！

這一條跟上面的「反一微縮膠片」類似。

如果有辦法讓人物面對面，就不要讓他們打電話。人物共處一室，對演員來說求之不得，對審稿人來說也會看得更趣味盎然。記住：人物面對面要比在電話線兩頭更吸引眼球。

在設計人物之間的衝突和事件時，放下電話也能解救你，因為如果你把他們弄到同一間屋子裡，有趣的事情自然就會發生。他們可以互擲平底鍋、留意彼此臉上的細微表情、做頓飯，或者用手指一起作畫——如果他們只是守在電話線兩頭，那麼這些都不可能發生。

39‧你沒有讓每個場景都令人印象深刻！

盡量讓每個場景都做到在某方面引人注目。問問自己：「在這個場景裡，有沒有什麼地方我能讓它變得更好？」誠然，你的第一稿是乏味無聊、比城市地平線還要平的平底鍋，但你還有改寫的機會，試試賈斯培‧瓊斯[64]的方法。

> 「找一個物件。對它做點什麼。對它做點什麼。對它再做點別的什麼。」
> ——賈斯培‧瓊斯

大畫家瓊斯的這句箴言，堪稱有史以來最好的劇作課之一。

這就是「如果……那麼……」的魔術。如果她現在沒有離開，那會怎麼樣？如果她走出去了，那條路會怎樣？有時這真的會有幫助。堅持不懈

---

64 賈斯培‧瓊斯（Jasper Johns, 1930-），美國當代新達達派藝術家，主要作品為油畫和版畫。1998年，紐約大都會美術館購買收藏了瓊斯1955年的作品《白旗》，館方沒有透露這幅畫的價格，但專家估計應該超過兩千萬美元。——譯注

地問「如果……那麼」，最終會讓你找到寶。

另外一個方法是賦予每個場景更深一層的意思，讓它更加有趣。

寫過《春風化雨》和《天生一對寶》的湯姆・舒曼[65]在每個場景裡都努力這麼做。他寫過一個「讓我們認識鮑伯」的開場場景，雖然最後它並沒有出現在電影裡，但是經由這個例子你應該可以領會我的意思。

第一稿：鮑伯站在浴室裡刷牙。嗯，很好，很不錯。我們看見鮑伯，看見他的浴室，藉由他行動的動作或者對鏡中自己的笑容，對他有所了解，但是沒有寫到他的家。之後舒曼開始想自己到底能做點什麼才能讓這個場景更加非凡。

舒曼說：「我們比觀眾先了解這個男孩鮑伯，所以在改寫稿中，我在這個場景前加了一段字幕。字幕說的是：「紀錄顯示已有2567人吞下了他們的牙刷……世界保持者是俄羅斯精神病院的一名病人，他一生中總共從胃裡取出了121支牙刷。」現在切到鮑伯正在刷牙……

現在你對這個場景有何觀感？

就因為增加了這段字幕，觀眾的感覺完全不一樣了。鮑伯的鏡頭是一樣的，但是效果卻不一樣，因為我們充滿期待——期待有什麼事情發生。之後他吞下了他的牙刷！他驚慌失措，做了個深呼吸，設法讓自己平靜下來，打開櫥櫃，而裡面——還有20支牙刷。他又拿出一支來把牙刷完。

這就是人物介紹！這就是一個令人難忘的場景。作者採用了一個已有的場景，然後對它做了點什麼，奇蹟就出現了。

你問為什麼這麼引人入勝的場景沒有出現在電影裡？那是因為主角比爾・墨瑞（Bill Murray）沒辦法做到吞下那支糖做的牙刷而不嘔吐，最終只得放棄。

讓我們再觀摩一下法蘭西斯・柯波拉（Francis Coppola）的上乘傑作《現代啟示錄》（*Apocalypse Now*），想像作者寫的第一稿「克里恩之死」的

65 湯姆・舒曼（1951-），美國編劇、製片人，1990年憑《春風化雨》獲奧斯卡最佳原創劇本獎，其他編劇作品：《親愛的，我把孩子縮小了》、《天生一對寶》等。文中出現的這個場景即來自比爾・墨瑞（Bill Murray）主演的《天生一對寶》。——譯注

場景。他們乘船沿怒江顛簸上行，蘭斯正和一個紫色的煙霧彈玩得開心，突然冷不防從叢林中噴出曳光彈，一場激烈的交火。克里恩死了。廚師長因為兄弟的死心碎欲裂，場景結束時，他抱著同船水手的屍體，陷入極度的傷痛之中。

這是一個很好的場景，但是身為作者，你必須鍥而不捨地追索更深一層的意思。你怎樣才能讓審稿人對這個場景印象更深刻？你怎麼讓已經傷感至極的場景更痛徹心扉？你怎麼讓審稿人／觀眾更加心如刀割？

為了這深一層的意思，場景中加入每個人都收到家中來信的元素。

廚師長先在船頭讀了女朋友從13000哩的遠方寫來的分手信，克里恩在船尾聽著媽媽錄在錄音帶上的信。蘭斯玩煙霧彈的時候，克里恩的媽媽告訴他家裡準備買一輛車給他，但是他必須保守祕密，就當他不知道，好保留這份驚喜。之後，交火開始，克里恩被打死了。這一次，因為在適當的位置有了更深一層意思，廚師長抱著克里恩屍體的時候，克里恩母親的聲音繼續在背景裡響起：「你得毫髮無傷、完好無損地回家，因為我們非常愛你。愛你的媽媽。」聞此言、觀此景，我們無不心如刀割。

我不知道當初作者是不是就是這樣設計的，但是它確實讓人感到椎心之痛。

第五場
對白

40 · 你沒堅持速記偷聽到的對話！

你得學會寫精采的對白，演員就想說那些很酷的台詞，必須讓演員心甘情願地投身於你寫的這部電影。天底下最讓人興奮得抓狂的事，莫過於某位名演員、大明星鍾愛你所寫的對白，想親口在大銀幕上說出來。但若想要這種天大的好事落在你的頭上，你需要付出很多很多的時間、辛苦和努力──流血、流淚、流汗。

改進對白的方法之一，就是記下你聽到的對話。

速記偷聽到的對話，能幫助你成為更好的作者。即使你有朝一日真的已經成為一個好作者，今後的寫作生涯中也應該一直堅持這個好習慣。

聽公車上的人、電影院排隊的人都說些什麼，市場裡、任何地方──在你的口袋裡放一本筆記本，或者寫在你的手提電腦裡、黑莓機[66]或手上。真遺憾我們不再使用紙製袖口和衣領了，那是多麼完美的便條紙啊！

首先，偷聽饒富趣味。

---

66 黑莓機（BlackBerry）是加拿大 RIM 公司推出的一種手持設備，特色是支援電子郵件、手提電話、文字簡訊、網路傳真、網頁瀏覽及其他無線資訊服務，出現於 1998 年。RIM 的品牌策略顧問認為，無線電子郵件接收器擠在一起的小小標準英文黑色鍵盤，看起來就像是草莓表面的一粒粒種子，便取了這麼一個有趣的名字。──譯注

其次，對你的耳朵也是非常好的訓練。你聽到並記下越多真實對話，就越能夠了解人們是如何交談的。他們互相打斷，彼此的話語相互穿插交疊，很少說出完整的句子。來自不同地方的人，都有各自特定的語序、節奏、語法和辭彙。讀讀馬邁所寫的對話，你就會明白我的意思。

上 www.overheardinnewyork.com 這個網站，你可以找到一大堆很棒的例子。

如果你堅持把偷聽到的對話記下來，並且不停地從你的對話筆記本裡汲取營養，你的人物真實性比起你沒有記下真實生活中聽到的對話時，一定大有長進。另外，你隨時隨地都可能聽到千金難買、打死你也寫不出來的超經典對話。

我在餐館裡聽到的一段對話就是上等極品，一個男人對他的女朋友說：「我不管妳的醫生說什麼。我告訴妳，妳沒有得癌症，賤貨！」

哇！根據這一句話，你就可以寫出一個劇本。

41 · 你筆下每個人物的聲音都一樣！

知道喬治‧克斯坦薩吧，傑瑞‧宋飛[67]那不可一世的哥們，那好，我等一下會說到他。

幾年前我正準備去好萊塢開個會。當我開到溫泉鎮拉布雷亞等一個紅燈時，瞧見車窗外有個女人走在人行道上。她又高又瘦，腳下踩著九吋高

---

67 傑瑞‧宋飛（Jerry Seinfeld），美國NBC電視臺的電視劇集《歡樂單身派對》中的主角，《歡樂單身派對》的主題是——沒有主題（「A Show About Nothing」），它講述了四個平常人的生活，主角沒有衣著光鮮，也沒有奇能異才。主角傑瑞‧宋飛是紐約的喜劇演員，他不是劇作家虛構出來的人物，而且確實由傑瑞‧宋飛本人來飾演；他的朋友喬治‧克斯坦薩（George Costanza），是基於本劇的共同創造者拉里‧大衛（Larry David）的性格創造出來的，屬於伍迪‧艾倫（Woody Allen）型的搞笑人物；傑瑞經常不請自到的鄰居克拉瑪（Kramer）則是以拉里‧大衛的鄰居為原型；傑瑞的好友兼前女友伊蓮（Elaine）是個聰明美麗又伶牙俐齒的姑娘，也是以真人真事為據。正是這個「咱老百姓自己的故事」被譽為「21世紀最偉大的劇集」，風靡美國9年，獲得金球獎、艾美獎等數不勝數的獎項。——譯注

的厚底高跟鞋，穿著淺灰藍色雙面針織褲裝，喇叭褲版型很正。她刻意把一隻腳放在另一隻腳的正前方，就像踩在一根筆直的電線上，動作僵硬得就像機器人。她的臉筆直朝向前方，直直盯著地平線。深色的頭髮也拉直，緊緊往後梳成一個窄窄的椎形，差不多有一呎高，就像傳說中的獨角獸。她看起來實在太怪了。

綠燈亮了，我開車走了。開會時我提起這事，說了兩句，仔細一回想，這談話真令人訝異。

我：「我剛剛看見一個我在洛杉磯見過最怪的人。」

卡爾：「我知道是誰！」

哇！

然後卡爾說：「我知道她住在哪裡！」

又一次哇！

開完會，我朝底特律南部急駛而去，她的房子坐落於梅爾羅斯下的一個街角。那房子一看就知道是她的：一整棟房子，屋頂、煙囪、簷槽、窗戶、牆壁、混凝土院子裡的大石頭統統刷成了黑色，整棟房子就像浸在一大桶的顏料裡。

她的名字叫奈普秋尼亞（Neptunia），我還知道我的朋友美心被她和她的房子所吸引。有個大晴天，乖乖，美心敲響了她黑色的前廳大門，想跟她借電話，因為她的狗剛剛走丟了。奈普秋尼亞女士讓她進屋，美心看到：「房間裡的每樣東西，我說的是所有東西，都蓋著粗呢的地毯。地板、牆壁、家具，地毯直接鋪到了沙發上，再跨過沙發，又回到地下。」美心，一個通常不會被嚇到的人，這次的確被嚇到了。

春假時，我曾經接到學生的電話，他們在電話裡興奮地尖叫：「我就在她房子前面，真的跟你說的一模一樣！」但是，很遺憾地告訴你，在你收拾行裝、奔赴底特律南部梅爾羅斯參觀之前，奈普秋尼亞女士的房子已經重建了，那棟黑房子再也看不到了。

好了，回到正題，說這些就是為了分出各人不同的聲音。

你可以想像奈普秋尼亞怎麼說話吧？你可以在大腦裡聽到她的聲音。

她打電話給隔壁的商店，要求把她要的商品雜貨送過去，或者她打電話給牙醫，或者跟美心談一隻叫做克柔伊的走失的狗。她有點尖的怪異嗓門，她不同尋常、超凡脫俗的用詞，都會銘刻在你的腦海裡，傾瀉到鍵盤上，她說的話聽起來就像奈普秋尼亞說的，而不是其他任何人說的話。

還記得喬治·克斯坦薩嗎？你知道喬治是怎麼說話的，所有人都知道喬治是怎麼說話的：如果你把喬治放逐到荒無人煙的小島上，他到處亂轉，去找獵取人頭的野蠻人借一碗糖，你都知道喬治會用怎樣的語氣說話。對吧？

現在，想像一下喬治住在奈普秋尼亞的隔壁，他的籃球剛好落進了她的院子裡，但是她不肯還給他。你可以為這兩隻鬥嘴的小鳥寫出金光閃閃的對話，即使你遮住他們的姓名，審稿人也肯定能認出這是喬治或奈普秋尼亞在說話。

瞧，你區分出了人物的聲音，你是最棒的。

每個人物都很重要。如果你沒做到，審稿人會搞不清楚的。

一個人物接著一個人物，逐一檢查他們的對白，確保：

（1）他們自始至終說的話都像他們自己。

他們的「聲音」是否前後一致，始終符合他們的家鄉、品行、經濟階層和成長背景，除此之外的其他部分是否都與他們的性格有關？

他們說話的語速如何？他們語言的韻律、遣詞用字的習慣？他們是不是用了很多縮寫詞，或是很少，從來不用？他們是不是常常出口成髒？他們是不是喜歡摺名詞，卻不知道這些詞真正的意思？他們來自北達科他州嗎？從他們的對話中就能聽出來嗎？他們是軍人嗎？他們很害羞嗎？

若只藉由人物的話語，你能讓我們對他們了解多少？

（2）他們說的話不像其他人物說的。

（3）他們說起話來不像你！

所有聲音都要不一樣，即使再小的角色也是，因為你寫的是演員的誘餌。你滿心希望大明星能演出你劇本的男主角，但送披薩的小子也得找到演員願意演，如果送披薩小子的對白你寫得有趣而特別，就有很棒的演員願意來演。

以下對白節選自我改編的《弗萊徹‧格里爾愛我的那個夏天》（*The Summer Fletcher Greel Loved Me*），原著作者是蘇珊娜‧金斯伯里（Suzanne Kingsbury）。

> 賣汽水的夥計：（俐落地收錢賣貨）我是在做好事。安妮‧梅今天早上打電話告訴我，她兒子瓦爾特跟彼得森家的小男孩在一起鬼混。彼得森自家人都不團結。老大詹姆斯‧厄爾‧彼得森，就是那個小男孩的父親，上個月飲彈自盡了。就在上個星期六，小的那個也差點做了同樣的事。點二二手槍就對著他的舌頭，然後扣了扳機。瓦爾特剛好去了，看到了這一切，他才十歲大呢！
>
> 賴利：混蛋！
>
> 賣汽水的夥計：那男孩也肥得像頭豬。後廊的死肥仔屁股燙得發疼。

你覺得這個賣汽水的傢伙是從哪來的？溫哥華？我可不這麼想。他的聲音跟下面這個因美國對越南撒謊而滿心憎惡的職業外交家可毫無相同之處。

> 邁基洛普：我在這待了五年了……（看著艾倫）這是我的家……現在我們卻要逃出去。（這個讓他難過得要死）沒人請我們來這裡。我們告訴那些人我們從那些黑人的手中救了他們。他們相信了我們……現在一切都結束了……一片混亂。我們來到這裡，抱著「我們穿著大衣打著領帶，我們都知道在這做什麼」的態度……我們不能……現在……我們卻像賊一樣在夜裡溜走……拋下他們……在一片戰亂中……我、我、我……真是太羞愧、太難過了。

以下的特魯迪・米德說起話來，既不會像邁基洛普，也不會像賣汽水的。這是我和達博・科奈特（Dub Cornett）以前寫的：

> 特魯迪：我是特魯迪・米德，叫我特魯迪。而你，親愛的，將成為馬科項目的第一名女畢業生，不管我們會經歷多少困難，最終都會戰勝一切的。
>
> 芭芭拉：謝謝。
>
> 特魯迪：我曾經想當馬科獸醫。二十年前根本沒有多少女孩選讀獸醫，在奧本大型動物實驗更少，所以用柳葉刀切開貴賓狗屁股上的癌子就把我難住了。希望你能跟我一起，這樣我的生命也能更有意義一些。所以孩子，別讓我失望。

想像一個場景，讓這三個人物出現在同一頁，沒看到他們的名字之前你就知道是誰在說話，這是你的目標。每個人物的聲音都要跟別人有所區別，這樣審稿人才能迅速流暢地讀下去，而不會浪費時間去一一對照名字才知道是誰在說話。對白必須要做到這種程度，否則審稿人就不會把你的劇本上呈給他們的老闆。

42・你寫對白的功夫還不到家！

寫對白很難，不過我這裡有些方法能夠幫助你上手。

方法之一就是為你認識的某人寫對白，這樣你的人物說起話來就會像你的朋友。為你自己寫，你在那個年紀曾是什麼樣子，但不要是自傳式的，而是要引導出你內心的感受，永遠別忘了每個人物的特定年紀和經歷。

你也可以用某個你非常熟悉的演員的口氣來寫（雖然他最後未必會出現在你的電影裡），甚至可以是那些已經不在人世的演員。我曾經用傑克・

尼克遜的聲音和說話方式、節奏寫過一個人物，雖然他從來沒有讀過這個劇本，而且對這個角色來說他太老了，但這樣一來我腦中就有了一個清晰的聲音。你讀這對白，會覺得它聽起來就像某個人。沒有人會說：「嘿，這聽起來真像傑克・尼克遜，你這無能的傻瓜。」但是它確實聽起來像某個觀眾熟悉的人物。

找到每個人物的核心情感，即使他的經歷不是每個人都能有的，但是人類共通的情感總是會更激發審稿人投入其中。

對著錄音筆說話，不停地說，直到你確實找到人物的聲音。盡量不要讓你愛人的父母看到這一幕。

問問自己：是不是每一句對白都盡可能貼切、滑稽、簡潔或有趣，你已經盡你所能寫到最好了嗎？逐行檢查你的對白，想想你能夠如何改進、精簡，或者你如何以更好、更有趣的方法利用它推動故事發展。

你寫了，並不意味著你不能改寫或刪掉！

去上表演課。

展開想像，虛構你寫對白的規則，比如：主角家裡每個人都能用英國語法說話，儘管他們都是美國人。

通讀、檢查每個人物的對白。按 Ctrl F 或者 Apple F，就是搜尋功能，尋找條件設定為「區別大小寫」，然後，用大寫字母輸入一個人物的名字，就可以通讀整個劇本中某個人物的對白，一次只檢查一個，不用管別人，只看對白，不用管其他，一定要確保所有人說的話都像他們自己說的，而不是其他人，即使是那個送披薩的小子。

你的逗號放的位置對嗎？讀起來是你想要的節奏嗎？應該是句號的地方你用的是句號嗎？一些應該有逗號的地方是不是沒有標點符號，等等、等等。

去買一本琳恩・特魯斯（Lynne Truss）的童書《教唆熊貓開槍的「，」：一次學會英文標點符號》（*Eats, Shoots & Leaves*），讀給你的孩子聽，然後偷偷記到你的筆記本上，好好吸收，化為己有。這本書說的是如何運用標點符號，一本寓教於樂的好書。書中有這麼一個例子：一隻熊貓要先吃點

小吃再搶銀行，於是：牠吃，射擊，然後走（eats, shoots and leaves）；或者是一隻熊貓在動物園裡進食：牠吃了竹子的嫩枝，然後走了（eats shoots and leaves）。意思大不同吧？這就是標點符號的妙用。

> 傑克：我能告訴你什麼呢？你是對的。當你是對的，你就是對的，而且你是對的。

對白中，你本來要寫「you're」的時候，是不是寫成了「you are」？該用縮寫式的時候就要用縮寫。人們總是習慣性地認為，只有讀書讀過頭的書呆子說話才不用縮寫，難道你不是這麼認為嗎？

記住，人們總是互相打斷對方的話，很少能把一整句話說完。

有時為了確保對話符合人物、符合真實，你必須做點調查。

如果你寫的是警察調度員，找個真正的警察調度員幫你。電視記者絕對不會像鑿井工人那樣說話，花點時間讓對白真實可信。不過找人幫忙也得找對人，如果你找了一位俄羅斯大公夫人跟你探討對白，我想你的對白只會更沒有說服力。

要了解你的人物所用的語言。如果你寫的題材是關於鄉村音樂，那麼你是否知道彌撒聖歌（girm）的意思？如果你的人物是個妓女，你是否知道「藍鋼」[68]的意思？騙子們說的「現金收入的循環挪用」（Lapping）？探穴人的「溶石劑」（rock solvent）？高山自行車手的「蠟筆賽車遊戲」（crayon）？日本漫畫迷所說的「赤壁」（chibi）是什麼？政客的「打太極」（bafflegab）？做好你的功課。

---

68 藍鋼（blue steel）：「Blue Steel」和「Hero」都是美國市場銷售的膳食補充劑，廣告宣傳其有治療勃起機能障礙和增強性欲的功能，但2008年美國FDA因不能證明其安全性和有效性，警告消費者不要購買和使用此類產品。——譯注

寫《希德姐妹幫》的丹尼爾·華特斯[69]知道，如果他用當下流行的校園俚語，青少年喜新厭舊，流行語言更新速度極快，等影片上映的時候這些校園對白早就過時好幾季了，所以他索性自創了一套。如今他自創的這一套已融為校園俚語的一部分。

薇若妮卡·索耶：希德，你有什麼損失？

經典的那句來了……

希德·錢德勒：就像用電鋸溫柔地操我。我看起來像德蘭修女嗎？

就像《絕命終結者》裡的那句「I'll be your huckleberry」（我會是你的小甜黑橘），《拿破崙炸藥》（*Napoleon Dynamite*）的「Gosh!」（天吶！），《太壞了》裡的「I am McLovin」（我是做愛先生）──只要你真下了工夫精雕細琢你的對白，它也能成為時下的流行語。

我們這一代最好的劇作家之一黛西·福特（Daisy Foote）最拿手的就是讓對白真正貼合人物。如果她要寫一齣關於來自新斯科細亞（加拿大省名）某某的戲，她就會打電話給朋友，拐彎抹角、想方設法找到住在新斯科細亞並樂意幫她的人，然後她會寄錄音筆和磁帶給那個人，要求他把晚餐談話都錄下來。她不在乎他們說的是什麼內容，她感興趣的是他們的用語、節奏和表達方式。如此大費周章反映在劇本中的結果，當然是如生活再現般準確的對白，我聽過的一些最好的對白就出自黛西之手。

---

69 丹尼爾·華特斯（Daniel Waters, 1962- ），美國電影編劇、導演，1989年編劇的黑色喜劇《希德姐妹幫》獲愛倫坡獎（Edgar Award）；他也是《蝙蝠俠：大顯神威》（*Batman Returns*）的編劇。──譯注

只要功夫下足，你也可以做到。

43．你沒做「A-B 對白」！

首先得感謝我的老師吉姆·波伊爾教給我這個超一流的技巧。

寫場景時，把場景中兩個人物的聲音區分開來並不容易，但是這確實很重要。為了確保一個場景中的兩個人物都擁有自己的聲音，可以做「A–B 對白」。

首先寫人物 A 的對白。只是他的對白，不是其他人。如果他來自布魯克林（而你並不來自布魯克林），你需要花點時間來找到他的聲音。他運用的語言、說話的語調、用詞的順序──你得讓一個來自布魯克林的小店主說起話來確實像個來自布魯克林的小店主。

你對這個場景要做什麼已經有大致的構想，寫出一半的對話應該不算困難。你有一個目的地，這個場景該朝哪發展你就往哪個方向寫。

而且你寫的只是人物 A 的對話，你不必寫其他人的對話，不必操心他們說什麼。專心致力於對付那個從布魯克林來的傢伙，順其自然脫口而出。

你很快就會在你的腦子裡聽到他的聲音，對白也會如泉水般自然湧出，他說起話來就像是來自布魯克林中心地區的食品店老闆。直到最後，你竭盡這個場景裡布魯克林先生對白的所有可能性，該輪到寫人物 B 的對白了：一個有點年紀、來自阿拉巴馬的女士。

現在你只要寫人物 B 的對白，就是同一場景裡她的那一半對白。你瞧，開始的時候還沒切換好頻道，你的這位老太太聽起來還像是來自布魯克林，而不是阿拉巴馬。但是堅持一會兒，你就會從布魯克林的陷阱中爬出來，進入小桌巾、紅土和貝爾·布賴恩特[70]的世界。你將專注於她的世

---

70 貝爾·布賴恩特（Bear Bryant, 1913-1983），美國大學橄欖球隊教練，長年擔任阿拉巴馬大學橄欖球隊的主教練；執教阿拉巴馬大學的二十五年間，共獲得六次全國冠軍和十三次聯盟冠軍。──譯注

界、她的問題、她的措辭、她的說話方式──直到這一場景結束。

完成之後，列印出來。

拿一支螢光筆，把布魯克林先生和阿拉巴馬太太說的所有精采對白都做上記號，讓對白在他們之間像彈力球一樣來回反彈，直到你得出一段真正的對話。刪除和貼上，最終你將擁有一段來自兩個完全不同聲音的對話！

你成功了！劇本寫作中最大的問題，用最小的努力就解決了。

不用謝。

44 · 你的對白都是問答式的！

這個星球上最糟、最可怕的對白就是電視臺的家具電視購物節目。

莎莉：嘿，鮑伯，這件精美絕倫的家具是什麼？

鮑伯：嘿，莎莉，謝謝妳的誇獎。它確實是一件精美絕倫的家具，不是嗎？

莎莉：當然是了，鮑伯。可以稍微跟我介紹一下嗎？

鮑伯：好的，莎莉，當然沒問題！這是實心的紅木布勞希爾櫃，有幾個抽屜，黃銅配件，楔形榫頭結構！

莎莉：哇，鮑伯！楔形榫頭架構？看起來很貴呢！我怎麼可能買得起這樣一個有幾個抽屜、黃銅配件、楔形榫頭結構的實心紅木布勞希爾櫃？！

鮑伯：它看起來確實很昂貴！莎莉，但是，嘿嘿，其實它意想不到的實惠喔。

呃──嘔！就到這裡吧，這種極品垃圾再多打一個字我就要崩潰了！

她提出一個問題。問：＿＿＿＿＿＿。

他回答這個問題。答：＿＿＿＿＿＿。

嘔！

問題：

> 山姆：你在取笑我。

回答：

> 安傑羅：我沒取笑你。我不會拿錢開玩笑。

問答式對白就像流沙，會阻止所有前進的動作，之後就會淹死你。如果你已經寫了問答式對白，振作，這只是第一稿，你還沒把你的劇本遞給經紀人——我希望是這樣。

好的對白是問答問題，但是跳過那個顯而易見的答案，給我們一些新的資訊——這還是在回答問題。以下這個例子來自《致命突擊隊》（The Devil's Own）：

> 哈里遜·福特：他們抓到那個混蛋了嗎？
> 布萊德·彼特：他們就是那些混蛋。

總是推動我們向前：

> 戴安娜：她最近都在狂飲？
> 佛蘭克林：還在戒酒。
> 戴安娜：你要去那個宴會？

> 佛蘭克林：我寧願去死。
>
> 戴安娜：為什麼不去？
>
> 佛蘭克林：你已經見過南了。

去租安潔莉娜‧裘莉（Angelina Jolie）的《隨心所慾》（*Playing By Heart*）來看看，對白一級棒。之後再看看1935年藍道夫‧史考特（Randolph Scott）版的《她》（*She*），裡面有一些我認為是史上最糟糕的問答式對白，引以為戒吧。

45‧你讓人物說的是台詞，而不是潛台詞！

潛台詞是沒有說出來的台詞，是他們真正的意思，但是卻沒說出口。

如果兩個五十歲的男人在週六夜裡交談，一個說：「你今天晚上要做什麼？」他的同伴回答：「沒事。你今天晚上要做什麼？」雖然那個傢伙都沒說出口，但你明白作者真正想告訴你的是：「我的生活真悲慘，因為我沒有女朋友。」

這沒說出來的就是潛台詞。

《赤焰烽火萬里情》中的某一時刻，約翰‧瑞德（華倫‧比提飾）和露易絲‧布萊恩（戴安‧基頓〔Diane Keaton〕飾）結婚了，兩人關係卻很疏遠。他們在俄羅斯一起工作、生活，但不睡在一起。儘管這並不是他想要的，但這已是他能得到的最好結果，而且凡事總有希望。到目前為止，每當約翰對露易絲的寫作提出批評意見（她一向如此要求他），她卻又總是氣惱地拒絕接受。這一次他告訴她，她的作品有什麼問題，她聽進去了！她告訴他，他是對的，這是她性格的一個大轉變。他目瞪口呆，我們也是。然後在她要上床的時候，她說：「你在其他一些事上也是對的。」

這就是潛台詞了。攝影機對著他。他看著她，我們知道他希望她終於

改變心意，想要跟他親熱了。我們知道這個。沒人告訴我們，對白裡沒這樣說，但是我們讀懂了。

然後她說：「布爾什維克將使俄國擺脫戰爭。」而他說：「晚安。」他沒說：「啊！寶貝，我猜妳要我上床跟妳親熱。」也許在第一稿或者第九稿的時候他說了，但是在他們拍攝的這一稿中他沒有。他們採用了人物正在想的——潛台詞，而且把它藏得很好。

以下這段台詞就太直白了：

> 米里亞姆：你對我太壞了。我們生活在一起根本就是騙局，你是這麼讓人厭惡。你根本不了解我或我的需要，我們的婚姻危在旦夕。如果你再對我這麼壞，我發誓，我會離開你還有你那群醉醺醺的狐群狗黨。明白了嗎？（過了一會兒）你聽到我說的話了嗎？

我最喜歡的潛台詞來自哈利·佩頓[71]編劇的《終極土匪》（*Bandits*）。

紅髮的凱特·布蘭琪特邊做飯邊跟著音樂《I Need A Hero》合唱。她全心投入，差點就要跳脫衣舞了。她用噴霧器的軟管當麥克風，在濾鍋上打鼓，切蔬菜，扔麵粉……你對她熱情如火的性格有了強烈感受。然後切到全景，漂亮的廚房，居然還能看到遠處有一條河，你意識到這一切都是幻想，她是在想像自己唱歌跳舞。事實上，她只是站在那裡，做著一頓美味大餐，接著她的丈夫走進來：

> 丈夫：（覺得很不錯）什麼這麼香？

然後她對丈夫娓娓道來自己是如何烹製出這一流的美食，說到這個的

---

71 哈利·佩頓（Harley Peyton），美國編劇，編劇代表作品：電視劇集《雙峰》（*Twin Peaks*）、電影《獵殺大行動》（*Heaven's Prisoners*）、《終極土匪》。——譯注

時候她也很性感。然後他告訴她和客戶今晚有個飯局，她掩飾住失落，說自己做這頓飯只是為了好玩。

　　就從這裡，你知道他們的婚姻狀況不妙。他根本不了解她，讓她獨自承受煩惱，而他根本沒有察覺。當她說：「只是為了好玩。」你知道這不是她真正的意思。他離開，她獨自站在那兒，筋疲力盡，然後他回來。

> 丈夫：親愛的？
>
> 妻子：（興奮地）嗯?！
>
> 丈夫：妳幹嘛不去看電影？

　　然後他走了，她被激怒了，接下來她做的就是摔門而去，離開他。

　　當她說：「嗯?！」我們知道她想要他說：「親愛的，為什麼妳不跟我一起去吃晚餐？」或者「我會取消客戶的飯局，我們一起吃。」我們知道她所有的希望和訴求，所有這些潛台詞，只來自對白中的一個字。

　　而他的下一句台詞是：「妳幹嘛不去看電影？」潛台詞是：「我們的婚姻就是這麼糟，反正我也沒把妳當回事。」

　　但是編劇並沒有寫這些，他讓你自己明白這個答案。

46 · 你做了太多調查！

　　威廉·M·艾克斯的調查第一定律：不要做太多調查！

　　但是，與之相反的……

47 · 你做的調查不夠！

哎呀！真讓人困惑！

「我應該跟她分手？還是跟她結婚？到底要選哪一個？」
—— 查理‧派坦納（Charley Partanna），於《現代教父》（Prizzi's Honor）
的台詞。編劇理查‧康登和珍妮特‧羅奇[72]

調查會殺死你的故事，所以小心，快逃！另一方面，調查又會拯救故事，拓展深度！

關於調查，我的心得就是只做你寫劇本所需要的調查，不要再多了。特別是在前期，在你寫完一稿劇本之前。先找到你的故事，然後再做調查。

還是舉我關於西貢淪陷的劇本為例吧，目前好萊塢一家製片廠已經簽了優先購買權[73]，所以它應該不是蹩腳貨。在我坐下來開始寫的時候，我對我想要說的故事只有一個非常模糊的想法，但是我夠明智，知道調查會像響尾蛇般一圈圈纏繞著你，然後把你吞掉。

我寫第一稿之前，看了一本關於西貢淪陷的書，採訪了一個在西貢待過的CIA工作人員，還讀了一個月關於西貢淪陷最後一天的《紐約時報》專欄。就這些，花了我幾天的時間，但是我知道這些調查已經夠我動筆了。我構思出我的人物和故事，然後寫劇本。我的第一稿劇本寫完時，人物沒問題，故事也沒問題，但是一定有很多事實謬誤。沒什麼大不了的！我又回過頭去找CIA那個傢伙、一些越南人跟一個美國空軍飛行員，然後又讀了一些書。因為我已經有了一份完成稿，我知道自己哪裡需要幫助。

---

72 理查‧康登（Richard Condon, 1915-1996），美國編劇，編劇代表作：《戰略迷魂》、《現代教父》等，與珍妮特‧羅奇（Jannet Roach）合作的《現代教父》獲奧斯卡最佳改編劇本提名。——譯注
73 優先購買權（option）又稱先買權，是指特定人依照法律規定或合約約定，在出賣人出賣標的物於第三人時，享有在同等條件優先於第三人購買的權利。優先購買權是民商法上較為重要的一項制度，古今中外立法對此都有相應規定。——譯注

慢慢地，但是肯定地，我的錯誤被糾正過來了。這個過程結束後，劇本就非常準確了，我去開劇本會時，他們都以為我是越戰過來人。

有了第一稿後，我所有的調查都是有針對性、方向性的，只為我的故事服務，我沒有迷失在調查的廣袤森林裡而浪費時間。

調查甚至會毀了你的故事。

面對這個事實吧，調查往往比寫作更好玩。比起對著你的電腦獨自枯坐，百思不得其解為什麼你的故事和人生都一團糟，跟那些酷傢伙聊天或者讀那些精采的書顯然要有趣得多。

調查最危險之處是它會把你沖進沆瀣一氣的「洗碗槽」裡。你發現一些東西很棒，就會說：「哦，太棒了！我要把這個放進我的劇本裡。」就在那一刻，你已經毀了你的故事還絲毫沒有察覺。只有當你的故事和人物陷入困境沒法推進的時候才去做調查，只有這種調查才既安全又有效，因為你不會額外添加那些「無關」的垃圾，它們確實很吸引人，但只會削弱你的故事。

因為調查，你會獲得太多事實，而你的故事會掩埋在這些「好東西」的沙礫堆下，到最後你想找都找不回來。

我對教過的每個班都會說：「當心調查這個魔鬼。」某晚下課後，一個女生淚眼汪汪地來跟我說：「真希望我能早點聽到你這番教誨，那樣我就不會在坐下來寫劇本之前，浪費整整三年時間做調查，可是到最後我卻找不到自己的故事了。」

真悲慘，所以即使你什麼都沒學到，僅僅這一點本書就值回票價了。

*　*　*

威廉‧M‧艾克斯的調查第二定律：把劇本裡寫的東西查清楚、確保百分之百正確！

如果你對自己要寫的東西知之甚少，找一位願意跟你分享專業知識的專家應該不難，以確保你寫出來的東西不至於太離譜。不管怎樣，千萬別遞出一本有錯誤的劇本，因為你的審稿人會找出來，並因此看扁你。

我在某次寫作研討會上聽到一個作者講了個害怕打獵的小故事，他提到獵槍上有個瞄準鏡。獵槍根本沒有配備望遠式瞄準鏡。我立馬判定他滿嘴胡言亂語，順帶也否決了他的整個故事。別讓這樣的悲劇發生在你身上，查證清楚！

說件小事，這本書後面一點，我會提到我在洛杉磯農夫市場（Farmers Market）無意中聽到的一句話，我一開始寫的是農夫「的」市場（Farmer's Market），因為不太確定這樣拼對不對，我就上網搜尋，然後改正了自己的錯誤。

> 淡入：
>
> 一組鏡頭　洛杉磯地標
>
> 　　△洛杉磯天際線。好萊塢標誌。電影海報。棕櫚樹。羅迪歐大街[74]。所有景物和行人都快樂無憂地沐浴在充足的陽光下。

這是我一個學生寫的場景描述。她從來沒到過洛杉磯，她寫的這些洛杉磯地標沒問題，但也透露出她對這個城市並不了解。我幫她增添了一點點色彩。

> 淡入：
>
> 一組鏡頭　洛杉磯地標
>
> 　　△洛杉磯天際線。安潔琳[75]。棕櫚樹。羅迪歐大街。所有景物和行人都沐浴著陽光，快樂無憂。

---

74 羅迪歐大街（Rodeo Drive），位於比佛利山莊中心的羅迪歐大街是全洛杉磯最昂貴的購物街，有大量精品專賣店聚集於此。——譯注

75 安潔琳（Angelyne），美國名模、演員，好萊塢與洛杉磯的時尚指標人物，最引人注目的是好萊塢日落大道上她的巨型看板。——譯注

如果你在洛杉磯待過，就會知道誰是安潔琳，她為這個場景描述增添了一絲活力，審稿人會說：「嘿，這個作者了解她筆下的這座城市。」

但是，過於明顯的調查會讓你像一個小丑，道理就跟把你的襯裙露出來一樣。你沒必要把知道的一切都放進去，如果涉嫌賣弄就更討人厭了。我的西貢劇本改寫到最後一稿時，關於西貢淪陷我稱得上是半個專家了，包括直升機，包括警察們穿的夾克型號，林林總總。我檢查劇本，拿掉那些很酷但對故事沒有幫助的調查。我知道大使的狗叫尼特羅，並不意味著我就要在劇本裡讓大使這麼叫牠！

* * *

威廉·M·艾克斯的調查第一定律——駁論：正確的調查能讓你獲得奧斯卡提名。

《擁抱艷陽天》（*Monster's Ball*）的共同編劇之一威爾·洛可斯[76]，一個討人喜歡的小夥子，曾經上過我的課。他構思了一個劇本，在講一個專門負責替死刑犯執行處決的傢伙。透過調查，他得知很多獄卒都常常與家人發生爭執、關係緊張。如果你看過這部電影（我想你應該看過，因為它確實是部好作品，尤其是第一幕的結束點令人叫絕），就會了解，如果不是在調查中發現了這一關鍵資訊，他就不可能寫出這個劇本。

* * *

關於故事已經說得夠多了，接下來我們要進入第二幕了，寫作的部分還沒人討論過。

76　威爾·洛可斯（Will Rokos）美國演員、編劇，因《擁抱艷陽天》獲2002奧斯卡最佳原創劇本獎提名。——譯注

有次史蒂芬・金[77]和譚恩美[78]對談，聊完後進入現場問答時間，那些崇拜他們、希望自己有朝一日也能跟他們一樣的觀眾總是問：「你是從哪裡得到這個想法的？」和「我要怎麼找到經紀人？」還有，「你能看看我的作品，然後告訴我你認為我是不是應該放棄？」金先生問譚女士，哪個問題是她從來沒被人問過的，譚女士回答：「沒有人問過我關於語言風格的問題。」

這才是作者真正熱愛的——寫作！沒人提到這個，當然，也沒人教過我怎麼把字放到紙上！

淡出

---

77 史蒂芬・金，作品多產、屢獲獎項的美國暢銷書作家，編寫過劇本、專欄評論，曾擔任電影導演、製片人以及演員。其作品銷售超過3億5000萬冊，以恐怖小說著稱。大多數的作品都曾被改編到其他媒體，像電影、電視影集和漫畫，如《鬼店》、《刺激1995》、《魔女嘉莉》、《綠色奇蹟》等。——譯注

78 譚恩美（Amy Tan），知名美籍華裔女作家，1952年出生於美國加州奧克蘭，曾就讀醫學院，後取得語言學碩士學位。作品有《喜福會》、《灶神之妻》、《接骨師之女》、《沉沒之魚》等。——譯注

第二幕

動筆之後

寫了，並不代表必須保留。

賽西兒：「你一個字都寫不出來，是因為你希望自己寫出來的東西必須是完美的。但是你並不知道那完美的字眼是什麼，你必須先在紙上嘔心瀝血，然後挑揀、整理，從中發現精采的部分。」

——梅麗莎·斯克里夫納（Melissa Scrivner），
《*On Writer's Block*》

一本書需要、也必須要有的，是「可讀性」。

——安東尼·特洛普[79]

我會直接刪掉人們略過不看的部分。

——埃爾摩·倫納德[80]

充滿想像力的作品必須是用非常精簡的語言寫出來的。想像力越純粹，語言就越簡單。

——柯勒立芝[81]

會刪東西的手才能寫出真實的東西。

——梅斯特·艾克哈特[82]

79 安東尼・特洛普（Anthony Trollope, 1815-1882），維多利亞時期最知名、最成功的英語作家，最
    著名的作品是《巴塞特郡見聞錄》（*Chronicles of Barsetshire*）。——譯注
80 埃爾摩・倫納德（Elmore Leonard, 1925-），美國小說家、編劇，很多好萊塢電影都由他的小說
    或故事改編而成，如《搖滾自救會》（*Out of Sight*）、《矮子當道》（*Get Shorty*）、《黑色終結令》
    （*Jackie Brown*）。——譯注
81 柯勒立芝（Samuel Taylor Coleridge, 1772-1834），英國浪漫派詩人暨評論家，1797年夏，柯勒立
    芝治與華茲華斯及其妹妹桃樂思成了親密的朋友。柯勒立芝用不到一年的時間就完成了《古舟
    子詠》、《克里斯特貝爾》、《忽必烈汗》等重要詩作。——譯注
82 梅斯特・艾克哈特（Meister Eckhart, 1260-1328），德國哲學家、思想家、神祕主義者。——譯
    注

淡入

「第一稿都是屎。」

——海明威（Ernest Hemingway）

你的第一稿終於圓滿畫上句號了，恭喜你，你已經走了十分之一的路。真正的寫作是改寫，現在要開始了。

有史以來最有魅力的作家海明威說得百分之百正確，所有人的第一稿都是屎，包括海明威自己的，還有你的！你必須改寫、改寫、改寫，直到把它改好為止，你才算大功告成。好消息是你可以修補、改進所有一切，只是需要苦幹和時間。

首先，你必須有個好故事，真的。但是你還需要把好故事寫到紙上傳達給其他人，如果他們不能從紙上獲得，你的故事也就沒有價值。紙上的字必須要能把你腦子裡的電影解釋給審稿人聽，這項工作比你想像得要困難許多。

「他們只看對白。」

——從洛杉磯農夫市場偷聽來的

千萬別信——你若相信可就危險了。如果說這話的是一個正忙著幹活的作者，他應該坐在環球公司的辦公室裡，而不是在午後時分的農夫市場喝咖啡。

好的寫作當然重要。並不是所有人都這樣覺得，但是這對一定數量的審稿人、製片人、演員、導演來說很重要，一定要注意這點。如果寫得太潦草、稀鬆平常，他們馬上就會把視線轉移到別處。看完第一頁，他們也許還不能判定你是否知道什麼是反轉，但是他們已經能判定你能不能寫出一個像樣的句子。

但是從沒有人討論過實踐層面的寫作。

對了，史蒂芬‧金做過。

我花了很多時間跟我的學生講這個，許多我自己費了好大氣力才想明白的事，金都寫在他那本超棒的《史蒂芬‧金談寫作》（*On Writing*）裡，真希望我開始寫作的時候就有這本書了，能省多少事啊！

第一場

歡迎進入寫作的世界

48·你沒受過劇本這個說故事媒介的訓練！

如果你沒有讀過滿坑滿谷的劇本，怎麼可能搞清楚劇本這種古怪至極的寫作形式？難道你腦子進水了！

你上過電影院嗎？

你租過片嗎？

你讀劇本嗎？

你看書嗎？

拜託，你嘛幫幫忙！

你鐵定上過寫作課，或者更高級、更冠冕堂皇的──創作課。其實從小學三年級開始，你就已經在學習怎麼寫一個小故事、小說或者公文，或者一封妙想連篇、淘氣十足的電子郵件。但既然你買了這本書，就說明你還不是資深編劇，那麼你最好讀大量的劇本，一直如此，堅持下去。

所有成功編劇都一直堅持讀劇本。如果把你的寫作時間掰成兩半，一半用來寫劇本，一半用來讀劇本，你的進步肯定比只顧埋頭拚命寫自己劇本的傢伙快。

你會學到更多，因為你跳出自己的思維，可以看到別人碰到相同的問題時是如何應對的。

我開始寫作的時候，能找到的唯一一本翻開來像劇本的書就是《普利史頓．史特吉[83]的五個劇本》（*Five Screenplays by Preston Sturges*），這本書直到今天還在我書架伸手就能搆到的位置。儘管這本書寫於1950年之前，格式其實跟現在幾乎一模一樣。

　　我求助於超讚的網站 www.script-o-rama.com，點進去，你會如獲至寶！每天讀一個劇本。把自己當成是劇本開發部人員，每天讀三個劇本！假裝自己是強尼．戴普（Johnny Depp）。只帶著自己特定的目的去讀。

　　沒別的，就是讀劇本。書店、圖書館裡都有劇本，我是圖書館的忠實粉絲，因為圖書館免費對外開放。免費就意味著你可以讀更多的劇本。你讀得越多，就越有可能成為更好的作者。

　　讀，讀，讀！

　　但是，如果你讀的真的只有劇本，那麼你的劇本很有可能會很爛！

　　什麼！你竟然敢說：「老兄，我是個編劇，我的興趣不是寫小說。」

　　給你個建議，什麼都讀。讀你能找到的所有東西，劇本、戲劇、部落格、新聞、短篇故事、漫畫、小說、紀實文學、回憶錄、麥片盒背面說明、那些無關寫作的書、《花花公子》專欄，哈哈哈！還有，已故男人寫的書，已故女人寫的書，所有好的東西，所有……對你產生的幫助將會讓你難以置信。

　　即使你寫的不是蒙大拿州的農場主人，讀湯瑪斯．麥葛尼（Thomas McGuane）也會幫助你了解自己寫作中的一些問題……狄更斯會替你好好上一堂喜劇寫作課，莎士比亞更是非凡的寫作老師。

　　以下這些作家也是好老師：蘇珊娜．金斯伯里、泰瑞．凱（Terry Kay）、大衛．麥庫羅（David McCullough）、納丁．戈迪默（Nadine

---

83　普利史頓．史特吉（Preston Sturges, 1898-1959），美國著名編劇、導演。上世紀三〇年代初開始電影劇本創作，1940年自編自導《江湖異人傳》（*The Great McGinty*）榮獲第13屆奧斯卡最佳原著劇本金像獎。之後他相繼編導了《蘇利文遊記》（*Sullivan's Travels*）、《棕櫚灘的故事》（*The Palm Beach Story*）、《摩根河的奇蹟》（*The Miracle of Morgan's Creek*）、《紅杏出牆》（*Unfaithfully Yours*）等廣受歡迎的影片，被認為是繼劉別謙（Ernst Lubitsch）和卡普拉（Frank Russell Capra）後又一社會喜劇片的卓越導演。——譯注

Gordimer）、喬伊絲・卡羅爾・奧茨（Joyce Carol Oates）、詹姆斯・瓊斯（James Jones）、喬治・希金斯（George V. Higginns）、布魯斯・法勒（Bruce Feiler）、海明威、歐文・肖（Irwin Shaw）、查蒂・史密斯（Zadie Smith）、卡蜜拉・帕格利亞（Camille Paglia）、莫泊桑（Guy de Maupassant）、珍・奧斯汀（Jane Austen）、契訶夫（Anton Chekov）、愛倫坡（Edgar Allan Poe）、托拜厄斯・沃爾夫（Tobias Wolff）、安・泰勒（Anne Tyler）、李・史密斯（Lee Smith）、羅爾德・達爾（Roald Dahl）、傑克・倫敦（Jack London）、A・S・拜雅特（A．S．Byatt）、傑西・希爾・福特（Jesse Hill Ford）、喀爾文・特里林（Calvin Trillin）、唐納德・巴塞爾姆（Donald Bartheleme）、吉姆・湯普森（Jim Thompson）、芙蘭納莉・歐康納（Flannery O'Connor）、埃爾摩・倫納德（Elmore Leonard）、伊莎貝・阿言德（Isabel Allende）、卡爾・希爾森（Carl Hiaasen）、派翠西亞・海史密斯（Patricia Highsmith）、牙買加・金凱德（Jamaica Kinkaid）、傑・麥克倫尼（Jay McInerney）、理查・福特（Richard Ford）、傑佛瑞・蘭特（Jeffrey Lent）、帝姆・高特羅（Tim Gautreaux），等等。

問問你的朋友，他們讀過的書裡誰寫得最好。問問你的父母，問問你父母的朋友！也許有人會建議你看看理查・布勞提根（Richard Brautigan），他是我大學時代最喜歡的作家，但是我的學生裡只有一個人聽說過他，去看看那本堪稱他「寫作生涯分水嶺」的《墮胎》（*The Abortion*），顯然他已經擁有了自己的表達方式。沙林傑的《麥田捕手》（*The Catcher In The Rye*）也是，找來看看，相信你會真切地體會到一個作家必須擁有不同於他人、專屬於自己的聲音。

你的劇本爛，還因為你沒有讀過那些你出生之前的人所寫的劇本。如果談論普勒斯頓・斯特奇斯、山姆森・雷佛森[84]和約瑟夫・曼凱維奇[85]時，

---

84 山姆森・雷佛森（Samson Raphaelson, 1894-1983），美國編劇、劇作家。他與好萊塢著名導演劉別謙合作了（*Trouble in Paradise*）、《街角的商店》（*The Shop Around the Corner*）、《天堂可待》（*Heaven can wait*）、《穿裘皮大衣的女人》（*That Lady in Ermine*），成為劉別謙最喜歡的編劇。之後又與驚悚大師希區考克合作了《深閨疑雲》（*Suspicion*）。他的戲劇《*Day of Atonement*》被改編成電影史上第一部有聲片《爵士歌手》（*The Jazz Singer*）。——譯注

85 約瑟夫・曼凱維奇（Joseph L. Mankiewicz, 1908-1993），美國編劇、導演、製片人。他自編自導

你沒像說到查理・考夫曼[86]時一樣「哇」地大叫、呼吸急促、激動不已，你要學的還多著呢。

最後，你的劇本爛是因為你不看電影！

每次上課，我都會問學生這一週看了什麼電影，有時回答是零。每週我都至少到電影院看一部電影，還要看三到四部的DVD，一年累積下來，看過的電影還真不少。況且我已經知道怎麼寫一個劇本了！而你一年能看多少部電影？

知道奈飛DVD影像租賃商城（www.netflix.com）吧？他們可以把DVD寄給你，根據統計，他們大概有85000部以上的影片，夠你看的了。

不管你怎麼做，總之要訓練、培養自己熟悉這種奇妙的說故事媒介，這會讓你獲益匪淺而長期受益。

49・你用的寫作工具不對！

讓我們從最基本的開始：紙、鉛筆、鋼筆、電腦、打字機、各種品牌的鋼筆。

把字放在紙上的方式，會影響你的寫作。你喜歡有劃橫線的紙嗎？如果你從用鉛筆改成用電腦，你的風格也會改變。海明威寫作時，除了對話是用打字機打的，其餘都是親筆手寫。

寫作的地點也有影響。你的床（伍迪・艾倫就是躺在床上手寫）、辦公室、汽車前排座椅、遊樂場的野餐桌、你家廚房、咖啡店，或者其他地

的《三妻豔史》（*A Letter to Three Wives*）、《彗星美人》（*All About Eve*）兩度摘下奧斯卡最佳劇本、最佳導演大獎。另外他還憑《費城故事》（*The Philadelphia Story*）、《無路可逃》（*No Way Out*）、《五指間諜網》（*5 Fingers*）、《赤足天使》（*The Barefoot Contessa*）等影片數度提名奧斯卡最佳編劇或最佳導演獎。——譯注

86　查理・考夫曼（Charlie Kaufman, 1958-），當今美國最富盛名的鬼才編劇。編劇作品：《變腦》、《神經殺手》（*Confessions of a Dangerous Mind*）、《蘭花賊》（*Adaptation*）、《王牌冤家》。2008年，查理推出了自編自導的處女作《紐約浮世繪》（*Synecdoche, New York*）。——譯注

方。

　　寫作工具和寫作地點的任何一種組合都會影響你的寫作。你得找到那杯對你來說管用的雞尾酒。

　　如果你覺得把腦子裡的想法寫出來有困難，試試改變一下你把字放在紙上的方式。有些人會先口述，之後才打出來。而我在寫重要的部分時，會選擇用鉛筆，每當我用鉛筆時，就覺得大腦和面前的這張紙能聯繫得更加緊密。鉛筆最大的好處是比電腦慢，可以促使你盡可能少寫幾個字——正好使你的寫作更加緊湊。

　　把字放在紙上的方法各式各樣：自編自導了《隨心所慾》的威洛·卡洛（Willard Carroll）跟我班上的學生說自己是個特別不守紀律的作者，他會花幾個月的時間散步，思考他的人物和故事，一旦他在腦子裡解決了這些問題，只要八天——他就可以寫完劇本。

　　要配備如下演員陣容，你們認為需要多少預算才夠？

　　娜塔莎·金斯基（Nastassja Kinski）、丹尼斯·奎德（Dennis Quaid）、派翠西亞·克拉克森（Patricia Clarkson）、吉娜·羅蘭茲（Gena Rowlands）、史恩·康納萊、吉蓮·安德森（Gillian Anderson）、瑪德琳·史道威（Madeleine Stowe）、安東尼·愛德華（Anthony Edwards）、艾倫·鮑絲汀（Ellen Burstyn）、傑·摩爾（Jay Mohr）、喬恩·史都華（Jon Stewart）、萊恩·菲利普（Ryan Phillippe）、阿曼達·皮特（Amanda Peet）、安潔莉娜·裘莉！

　　他得到了這不可思議的超豪華陣容，拍了部斥資500萬美元的電影——就因為他寫了演員的誘餌。

　　創造傳奇電視系列《瘋狂的印第安那》（Eerie, Indiana）的卡爾·謝弗（Karl Schaefer）用電腦寫第一稿，然後列印在紙上做修改，之後再把修改完的劇本一個字一個字地敲進電腦。重新打出整個劇本實在很痛苦，所以他就會省略所有不是非打不可的東西。又一次，自動濃縮了你的寫作。

　　請牢牢記住：審稿人不想讀你的劇本，去掉不需要的渣滓是個聰明的好主意，所以你有一台電腦，並不意味著就一定要用！

50 · 你的表達不夠清晰明瞭！

一定要確保你的審稿人明白你希望他們做什麼。

很不幸的，影像從你腦中到審稿人腦中的這條路徑不是萬無一失的電腦路線，每個場景的含意沒辦法從你那錫箔包著的大腦裡準確無誤地發射到審稿人的腦袋裡。

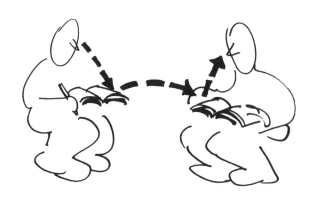

你腦子裡想的東西，必須透過你的手指落到紙上變成你所寫的文字，然後才能抵達審稿人小小的腦袋裡。這危險旅程一路危機四伏且戰線綿長（下恐怖音樂！），太容易產生混亂與困惑。

你寫的每個句子，都是在請求某人進入你錯綜複雜的大腦裡旅行，他們從紙上得到的也許跟你以為自己寫在紙上的東西不一樣。很不幸，也很不公平，但說真的，如果你的寫作讓人誤解，那絕對不是審稿人的錯，終點線可沒有義務自己衝向跑者。

一旦有了一稿劇本，你就有義務剷除其中任何潛在的「傳送過程中的差錯」，你必須不停地問，「我覺得這裡表達的是這個意思，他們看劇本的時候也會這麼想嗎？」這問題可不簡單。

當我還是毛頭小子，第一次上電影製作課時，我拍了一部浪漫愛情片，故事設定在義大利（你相信嗎？），我還用了法蘭克·辛納屈（Sinatra）那首《深夜的陌生人》（*Strangers In The Night*）。在我的人生中，這首歌是

最重要的歌之一，它如此有力，能讓我全身的血液瞬間凝結，所以我才決定把這首歌用在這部帶有自傳色彩的8釐米電影裡。在班上播放這部片子時，演到這個場景，我激動地無法言語，但是猜猜發生了什麼事？

全班都在大笑。

對於敝人來說，這真是一個讓人扼腕神傷的淒涼時刻，但卻是電影製作課中非常重要的一課。銀幕上的影像和辛納屈的歌並置在一起，對觀眾所意味的和對我所意味的完全不同！我坐在那裡，為著一位我以前認識的女孩淚濕雙眼的時候，他們卻在為一個傻瓜選這首歌而嚎叫狂笑。

這次災難性的放映經驗已經過去這麼多年了，每每想起都讓我有如芒刺在背，一定要引以為戒。確保你認為審稿人會感受到的，確實是他感受到的。

從宏觀來說對於整個故事是這樣，在微觀方面對於每一個時刻也是如此。

舉個例子，不要讓一個人物抱起他最好的朋友然後叫他為「軀體」（body），除非那個朋友確實死了，因為審稿人就是這麼以為的。

> 鮑伯抱起那軀體。

參看以下這段文字，回答我的問題：那個打手是在艾爾牧師的側面，還是在大門口？

> 外景　釀酒廠大門　夜
> 　　△艾爾牧師爬出他的豪華轎車，走向大門口，他的打手走在他的側面。

看完以下這段文字，我們會認為，汀多被好好招呼了一頓，審稿人不會意識到你的意思只是汀多睡著了。

> 外景　釀酒廠大門　夜
>
> 　　△佛蘭克林擠出警方巡洋艦，嘴對著燒酒瓶喝了一大口，之後用厚實有力的手掌擦了擦嘴，朝聚會走去。
>
> 　　△巡洋艦裡，汀多不省人事。

以下再舉一個糟糕的例子，至少在我看來過於含糊不清。

> 外景　停車場　日
>
> 　　△那個神經質的男人就要登上直升機，魯斯・賴普認出他了。
>
> 魯斯・賴普：就是他？
>
> 女朋友：那是我的箱子，把它拿回來。
>
> 魯斯・賴普：和你哥哥一起等我。
>
> 　　△他迅速跑過去，奪過箱子就跑。
>
> 魯斯・賴普：你輸了，混蛋。
>
> 　　△男人從開著的門裡憤怒地瞪著魯斯。契努克直升機升空。

也許你會說我吹毛求疵、雞蛋裡挑骨頭，但是這——很重要。場景描述的第一段，那個神經質的男人「就要」登上直升機，也就是說根本還不在直升機上，他可能還在排隊，離直升機足足有五個人的距離。下一次我們再看到他，他卻透過直升機開著的門瞪著魯斯・賴普，然後直升機飛走了。我們腦中的圖像是模糊不清的，那個傢伙是在機門附近站著，還是在直升機裡？有點小混亂。請原諒我忍不住爆了粗口。以下是改寫稿，「就要登機」變成了「正在登機」。

> 外景　停車場　日
>
> △那個神經質的男人正在登上直升機，魯斯・賴普認出他了。
>
> 魯斯・賴普：就是他？
>
> 女朋友：那是我的箱子，把它拿回來。
>
> 魯斯・賴普：和你哥哥一起等我。
>
> △他迅速跑過去，奪過箱子就跑。
>
> 魯斯・賴普：你輸了，混蛋。
>
> △男人從開著的門裡憤怒地瞪著魯斯。CH-53直升機升空。

　　做了這小小的變化之後，我們有了一張更清楚明瞭的人物位置圖，我們腦中就能生成那個神經質男人確實踏上了直升機，而不是在飛機周圍無聊等候的影像。所以，當直升機飛走了，我們知道那個神經質的男人就坐在裡面。

　　做了更多調查之後，我還把直升機從「契努克」改成了「CH-53」。

　　清楚明瞭。看在上帝的分上，記住可憐的審稿人得穿越那些睡蓮葉，努力在自己的大腦中生成圖像，努力想搞清楚你到底想讓他明白發生了什麼事。如果他失敗了，那只會是你的錯。

　　清楚明瞭。不要寫：「法蘭克衣著講究。」因為我們會認為他的穿著很正式，改成：「法蘭克穿著時髦。」這樣我們就知道他是個時尚達人。確保我們明白你要發送到我們大腦裡的那幅圖像到底是什麼。

　　以下是一段場景描述的最後定稿：

> △他拿出電話撥號。電話鈴響沒人接。他撥了另一個號碼。

　　很明顯這人打了兩個電話，給不同的人。現在，再看原稿。記住：讓人困惑就等於七竅生煙和咬牙切齒。

> △他拿出電話撥號。電話鈴響沒人接。他又撥號。

我們會認為同一個號碼他撥了兩次，但事實並非如此，我們被搞糊塗了。

清楚明瞭。現在就檢查你的每一處場景描寫！其實，這本書就是一份自我檢查表，請對照你的劇本一一查核！

再看看以下這一段。是的！我就愛雞蛋裡挑骨頭！現在我又被一個糟糕的詞惹到了！為什麼他們扔進池塘的不能是小石頭呢？

> 外景　池塘　夜
> △星空下，卡拉和特拉維斯在寧靜的湖畔相擁。割草機的沙沙聲隨風傳來。特拉維斯擁著卡拉，她朝池塘裡扔的小石頭打破了夜晚的靜謐。

他們可「打破」不了夜晚的靜謐！一輛拖拉機拖車從高架橋衝下來，直衝進特拉維斯的池塘，那才會「劃破夜晚的靜謐」，但是，我的天，可不是一塊「小石頭」！嘭！審稿人失足滑下睡蓮葉！

再看以下這一段，回答佩蒂被救護車撞了幾次？

> △馬克在人行道上停住時，時間都變慢了。
> △露西和崔在雪佛蘭Tahoe車裡頭看著。
> △佩蒂跑上街，被救護車撞了。
>
> 內景　Tahoe車
> △孩子們把臉貼到了車窗上。
> 露西：哦，不！佩蒂！
> 崔：哦，糟了。

內景　救護車
　　△砰的一聲巨響，救護車停了下來。司機爬出救護車。
　　丹妮絲：那他媽的是什麼？
　　急診醫士：哦，天啊！
　　△佩蒂的媽媽咳得更加厲害。

外景　街道
　　△佩蒂跑上街。警報器響起，救護車東倒西歪地向前疾駛。車頭撞上佩蒂，把她撞得飛了出去，她的頭撞上人行道的路面，救護車立刻停了下來。

　　這個作者讓佩蒂被撞了三次，其實他想說的是佩蒂只被撞了一次。
　　以下這段對話看起來似乎很不錯，等多讀幾遍你才會發覺不妥：

　　占卜者：He has protection from a spirit.

　　這句話的意思是說那個神靈在保護他，以免他被其他神靈殺死？還是說他有個護身符給他保護，以免某個神靈會對他不利？一個句子，卻可能傳達兩種完全相反的意思。

　　副警長：I heard her come in the Chrysler.

　　你想說的到底是聽見她進了克萊斯勒汽車，還是聽見她開著克萊斯勒進來？

第二場

格式

51．你不懂劇本格式！

　　格式似乎很簡單，但由於某種原因，它並不簡單。

　　用好萊塢認可的劇本格式寫作──你必須如此，不要因為自己如此「富有創意」而做出非比尋常、饒有趣味的嘗試。他們拿起你的劇本時就會注意你的格式，如果它看起來不像其他人那樣，他們會直接用你的劇本包魚。

　　如果你買了最後定稿（Final Draft）軟體，也許會簡單一些，但是你仍然會犯一些錯誤。所以，聽好了，以下幾頁會回答大約95%的格式問題，你只要做到這些就足以讓審稿人繼續讀下去。

　　在最後定稿軟體中選擇華納兄弟公司的樣式，劇本之所以是這個樣式是有原因的。你看到的第一個東西是場景時空提示行，接下來就是場景描述。除了內景（INT.）和外景（EXT.）後有句點之外（英文格式需要加，但中文寫作則不用。──編注），場景時空提示行尾是沒有句點的。

　　內景　鬧鬼的房子　夜

　　神祕陰森、鬼哭狼嚎，深黃色的陳舊百葉窗隨陣陣陰風搖曳不定，嚇得約翰·克里恩都忘了自己那雙翠綠色的L.L. Bean橡膠高筒靴。

第一行告訴你拍攝時攝影組人員在哪裡，它位於一頁的最左邊（得留出一點頁緣，用來打三個穿孔洞），下面就是場景描述，你最先看到的東西是：畫面、動作、他們在做什麼。這裡說的是這個電影關於什麼，發生什麼，而不是他們在說什麼。如果是寫劇本，對白從頁面的最左邊就開始了，因為劇本是關於語言而不是動作，但電影不是這樣。

不要把單獨一行場景時空提示行放在一頁的最下方，最少必須要有一行場景描述。永遠不能只有一行孤零零的場景時空提示行，後面不跟任何場景描述。

不要提示、要求攝影機角度，除非此處攝影機的運行至關重要，你才可以標示出來。（如：直升機航拍、高速移動攝影車。）

涉及視點的場景時空提示行如下，物沒有視點，只有人才有。

艾倫的視點—手槍

如果這一場景發生在兩個地方。比如一輛車駛過大街。門廊上。透過窗戶。場景時空提示行應如下：

外景／內景　門廊／客廳

只有在場景時空提示行裡，連字號可以只有一個：「—」。除此之外，其他任何地方的連字號都應為兩個：「—」（英文格式需要，中文寫作則不用。——編注）。

要表明是「倒敘」（flashback），得這樣表示：

回溯—外　懸崖邊　日景

確保場景時空提示行保持一致，不要說：

> 內景　吉米的辦公室

幾次之後就變成了：

> 內景　辦公樓

最後又變成了：

> 內景　隔間辦公室

三個挑一個，然後就一直用那個，別變來變去。如果你用「最後定稿」軟體來為你的劇本分段，場景時空提示行不一致可能會造成分段錯誤。回到我常掛在嘴邊的那句老話：這會把你的審稿人搞糊塗的。

接著，每當人物說話時，名字都需要大寫。人物的名字要比對白縮排更多，而且不居中。所有人物的名字無論長短，都需有相同的左邊距。

強尼

　　那是你媽媽？

除了風聲，他什麼也沒聽到。他環視四周，尋找他最心愛的橡膠鞋，這雙鞋可有些年頭了。

溶接：

外景　墓地　夜景

詭祕陰森、呼號咆哮、震天駭地的巨風在腐朽剝落的大理石墓碑間狂烈奔竄。恩斯特和阿布納蹲在漂亮的前拉斐爾派風格的紀念碑上。

因為我們是第一次見到恩斯特和阿布納，他們的名字需要大寫，之後的場景描述中就不用再大寫了。出於某種原因，英國人在場景描述裡每次人物出現名字都是大寫。如果你不是英國人，那就只需要第一次出現的時候大寫就可以了。音響效果、攝影機運動還有視覺效果，出現在場景描述中都需要大寫。

> 汽車爆炸。電話鈴響。哈利和莎莉激烈地接吻。
> 我們看見殺手。鏡頭隨法蘭克後拉。展現桌上的方案。
> 校舍又舊又破。附加字幕：五年前。
>
> **恩斯特**
> 我剛愛上吃到墓園野餐的小高中生。
> **阿布納**
> 聽起來像是消磨晚間時光的好法子。
>
> 恩斯特將奶油派砸在阿布納的臉上。

　　請注意，恩斯特和阿布納的名字就位於他們對白的上方。人物名字和對白之間是沒有空行的。

　　如果你的場景時空提示行分為兩部分，在總體部分（汽車代理商）和具體部分之間放一個連字號。內景和地點之間，要一直保持同樣數額的空格，地點和日景或夜景之間也一樣。

> 內景　汽車代理商店—展示廳　日景
> 鼻子上還沾著奶油派的阿布納，買了一輛賓士。

> **阿布納**
> （嘲弄地）
> 我要買這個。
>
> 點頭哈腰的銷售員舔著嘴唇，想著他的假期。

「（嘲弄地）」就讀成「括弧嘲弄表情」。它給了審稿人或演員一個提示，你想要他怎麼說這句對白。放在對白上面、人物名字下面，三排之間不要空行。它必須放在對白前面，不能在對白之後，將對話分割成兩段。

> **點頭哈腰的銷售員**
> 一個超棒的選擇，先生。
> （假笑）
> 餐巾？

演員提示只有在對白意思可能不太清楚的情況下用，也就是說，只有當審稿人可能會產生誤解的時候。

> **喬**
> （討厭她的膽量）
> 親愛的，我愛你超過我自己的生命。我無法
> 忍受離開你，哪怕只有一個小時。

永遠用現在時態。你描述的事件正逐漸展現在審稿人的眼前，它就發生在現在！別像以下這個例子：

> 凱特曾懷疑地瞪著艾斯曼。他剛剛說完他對凱特和主管罪行的指控。

用刪節號（六個點）來表示話中的停頓，另外當動作打斷對白時，刪節號也可用來連接，顯示這裡是連續的對白。

<blockquote>

南

發生了什麼事？這地方……

阿布納

我想我的襪子本來在這裡。

南

……亂成一團。

</blockquote>

用破折號來表示打斷。放在一個人物的話的最後，和另一個人物開始說話之前。

<blockquote>

阿布納

你有看到……我的襪子嗎？它──

南

──你覺得我會注意嗎？

</blockquote>

對白必須延續到下一頁時，先注明「（未完）」（MORE），然後在下一頁說話的人物名字旁邊注明「（繼續）」（CONT'D）。

> **芭芭拉**
> 我覺得很棒！一切都和我期待的一樣。
> （未完）
> -----------------------------------（分頁符號）
> **芭芭拉**（繼續）
> 小艾週二就要動手術了。真是太好了。

　　如果用注明「（未完）」的地方能寫完對白，就不要用「（未完）」，盡可能在一頁裡把話說完，盡可能避免使用「（未完）」。

　　出於某些原因，電話對於編劇新手們來說是一道難題。

　　我曾多次看見以下這種段落：

> **尼克**
> （電話中）
> 什麼事？
>
> **莎莉**
> （電話中）
> 我想叫你別再多管閒事了。
>
> **尼克**
> （電話中）
> 帶著我的垃圾滾遠點吧！
>
> **莎莉**
> （電話中）
> 只因為你把我的情書扔了！

　　想讓人透過電話交談，只需要設置好第一個人的位置，然後他們就可以對著彼此說話了：

內景　海灘別墅　日景
　　莎拉拿起電話，撥號。

　　　　　　　　　　　　莎拉
　　是史密斯先生嗎？
　　　　　　　　　　史密斯先生（畫外音）
　　你到底要不要付我錢？

　　一旦你建立了一開始的位置和人物，轉到：

外景　工地　日景

　　在場景描述中說：「交叉剪輯電話交談」或者「交叉剪輯場景」，在此之後就可以寫你的對白了，就跟他們站在那裡互相面對面講話一樣。

外景　工地　日景
　　史密斯先生被徹底激怒了。交叉剪輯場景。

　　　　　　　　　　　史密斯先生
　　你欠我錢，小妞！
　　　　　　　　　　　莎拉
　　騙子、騙子，你說謊！

　　（V.O.）是旁白／獨白（voice over），可以來自一個處於我們所見場景之外的敘述者或電影裡的另一個角色。
　　（O.S.）是畫外音（off screen），當我們聽見人物說話時，他（她）是

處於另一個房間或鏡頭之外的人物。

> **新婚男子**（畫外音〔O.S.〕）
> 寶貝，看見我的襪子了嗎？
> **敘述者**（旁白〔V.O.〕）
> 他註定永遠也找不到他的襪子。

　　永遠不要在一行對白的結尾用連字號連接一個詞，除非這個詞本身就有連字號。

　　可在場景描述的關鍵字下劃線（盡量少用），以確保審稿人能看到並引起注意。

> 奧斯瓦德撿起<u>強力來福槍</u>。

　　不要用大寫。

> 　　加里和艾德疲憊不堪地勘測了重生的路線。看起來他們都發現了久違的真愛。一座高高的石牆佇立在通道的左邊。（Worn out, Gary and Ed survey the reborn Course. They both look like they've found a long lost love. A high ROCK WALL's left of the fairway.）

　　不要用斜體字，太難認了。

> 　　　　　　　　**切瑞**
> 我愛的是你。我不會再愛別人了，永遠（*ever*）。

為了幫審稿人盡快讀完劇本，你必須盡你所能提供他們一切的幫助。在對白中需要強調的詞語下劃線，但也不用劃得滿紙都是。

> **切瑞**
>
> 我愛的是你。我不會再愛別人了，<u>永遠</u>。

圓點。六個圓點之前沒有空格，後面有一個空格。（英文格式中的刪節號後面會空一格，但中文寫作時則不需要。------編注）

> **黑武士**
>
> 路克……我……是……你父親。

你得讓自己熟悉劇本格式，挑一個你超讚賞、崇拜的劇本，選出十頁把它敲進你的電腦裡——一個字一個字打進去。這樣做，你會：第一，真正了解劇本格式；第二，你會知道一個劇本的一頁到底有多少字，會獲得關於寫作的感覺，而這種感覺也會延續到你自己的劇本中。亨特・S・湯普森[87]在學習寫作的時候就把費茲傑羅[88]的劇本打了一頁又一頁，對你來

---

87 亨特・S・湯普森（Hunter S. Thompson, 1937-2005），美國記者、作家，最知名的作品是：《賭城風情畫》（*Fear and Loathing in Las Vegas*）、《恐懼與厭惡》（*Fear and Loathing on the Campaign Trail '72*）。——譯注

88 費茲傑羅（F. Scott Fitzgerald, 1896-1940），1920 年發表第一部長篇小說《塵世樂園》（*This Side of Paradise*），讓不到 24 歲的費茲傑羅一夜之間成為美國文壇的耀眼新星。在二十多年的創作生涯中，費茲傑羅發表了《大亨小傳》（*The Great Gatsby*）、《夜未央》（*Tender is the Night*）和《最後大亨》等長篇小說，以及一百六十多篇短篇小說如《班傑明的奇幻旅程》（*The Curious Case of Benjamin Button*）。其中 1925 年出版的《大亨小傳》是費茲傑羅寫作生涯的頂點，被譽為當代最出色的美國小說之一，確立了其在美國文學史上的地位。進入 30 年代，費茲傑羅為了支撐浮華奢靡的生活，賺更多錢，便在好萊塢擔任編劇，1938 年改編的《生死同心》是他唯一一部在片頭上掛名的電影。其他創作或改編的主要作品有《女人》、《亂世佳人》、《居禮夫人》、《我最後一次看到巴黎》、《夏夜春潮》等。——譯注

說應該也是個好主意。

　　每分鐘一頁，閱讀速度或多或少取決於你這一頁的視覺效果。字越少，審稿人的眼睛看完一頁就越快；相反的，如果是密密麻麻、寫滿場景描述的一頁，顯然場面就會更加宏大或充斥著長鏡頭。

以下是《人類之子》（*Children of Men*）劇本中的一頁。對白的頁邊空白很寬，這我並不推薦。注意場景描述：一行，空一行，接著兩行。迅速，切題，打散對白。你很少看見一頁劇本都是對白，最長的一段對白也只有四行，比絕大多數的劇本都要少。

以下這一頁密集的對白來自《40處男》。頁邊距離變窄，會讓閱讀速度變得更快。有一段對白有八行，但這畢竟是一個以對白為重的劇本。只有一行場景描述。

這是《異形》。

對白很短，斷續，而且節奏很快。大多數對白都只有一行。簡明的場景描述。有一段只有一個詞！

回到《人類之子》。這一頁既有對白又有場景描述。沒有一段描述超過三行。沒有連字號。最長的對白是四行。

《40處男》這一對白／動作頁，有更多對白，但是場景描述的段落仍然很短，都不超過兩行！

《異形》的頁面看起來跟前面兩個都不同，為了方便看，我把場景時空提示行用雙橫線劃出來。場景描述都是非常短的一句話。只有一句對白是兩行，其餘的都是一行。想想讀完這樣的一頁該有多快！

這是《人類之子》裡的一頁動作戲，有些對白穿插其中，但不是很多。這一頁就是純粹的場景描述，但沒有一段超過四行。段落短，能保證審稿人在每一段都停頓一下，吸收主要資訊，然後繼續。

《40處男》的動作戲看起來就完全不同，更多空白，較少強調描述，速度也更快。根本就沒有對白。一頁有六個場景時空提示行，六個場景。一路高歌猛進。

最後再來看《異形》中的一頁動作戲。七個場景時空提示行,每一段都只有一行。這是一次光速閱讀,卻已足夠讓審稿人抓住要點。

哪一頁審稿人更願意讀？！嗯？

關於格式，如果你還想知道更多，可以去買瑞克‧萊荷曼（Rick Reichman）的《格式化你的劇本》（*Formatting Your Screenplay*）或克里斯‧賴利（Chris Riley）的《好萊塢規範》（*The Hollywood Standard*）。

你沒必要非用最後定稿軟體不可，可以用微軟的 Word 程式，Word 會提供給你更多成長的機會。想想誰需要成長？

在 Word 中選用「Courier」標準字體[89]，不要用「Courier New」。

最後定稿軟體知道你什麼時候需要寫一個人物的名字，還會為你留出對白的頁邊距。用 Word 你也可以做到，但比較麻煩。想學會怎麼弄？可以上 www.tennscreen.com 這個網站，這是田納西編劇協會的網站，點擊「寫作小祕訣」（Writing Tips），點選「劇本格式：Word 作為編劇教授」（Screenplay Formatting: Word as a Screenwriting Processor），它會引導你搞定這一切。

如果你買得起最後定稿軟體，那就用最後定稿。

52‧你光有場景時空提示行，或者壓根兒就沒有！

在最後定稿軟體裡叫做「場景標題」，但其他人都叫它「場景時空提示行」。這東西會告訴審稿人攝製組處於何地，也告訴你：你的立足之地在哪裡。我把沒和場景描述在一起的場景時空提示行稱為「裸場景時空提示行」——你可別犯這種錯誤。

外景　北方山麓　夜景
　　鮑伯：夥計們，看啊，一個五十呎高的女人！

---

89 Courier（庫瑞爾常規字體）最初是用在打字機上的一種字體，目前也是一種常見的電腦字體。這種字體是由 IBM 公司的 Bud Ketler 於二十世紀五十年代設計的，常用於輸出設備的缺省字體，也是標準的等寬度字體。——譯注

一定要有場景描述——它告訴我們發生了什麼事：

外景　北方山麓　夜景
　　△在寬敞體育會場裡的到底是什麼？！
　　鮑伯：夥計們，看啊，一個五十呎高的女人！

看下面這段，在索邦大學宿舍後面不能什麼都沒有，得給我們一點「哦！真棒」的場景描述：

一組鏡頭　黃昏
　　△太陽升起。巴黎。艾菲爾鐵塔。歌劇院。
　　△富凱咖啡館（Fouquet's Café）。人行道上，一個骯髒的流浪漢用橡膠老鼠嚇路人。

外景　索邦大學宿舍　日景

內景　尚‧米榭的宿舍房間　日景
　　△尚‧米榭醒來，煮咖啡。酷小子！

注意：不需要留空格的地方就別留。如果審稿人知道你沒有校對，你就會被打上笨蛋的烙印。看看你寫的「走一路向家」，比笨蛋還笨蛋。

外景　羅莎貝爾的偶遇　夜景

　　△羅莎貝爾正和維佳走一路向（應該是「回」）家，他遇見正鑽進吉普車的鄉下警衛。

以下這段也是空行太多，校對太糟。

> 司機：進來，上校。
>
>
> 外景　山麓小丘
> 　　△他叢（錯字，應為「從」）這一帶最高的樹上爬下來，加入隊伍。

注意在有需要的時候，要給審稿人場景時空提示行。不要一大段場景描述，帶我們去了好幾個地方，卻沒加上必需的場景時空提示行來提示我們身處何處。如下，尼克走出去，我們卻沒有看到該有的場景時空提示行。

> 　　△尼克看見旁邊的鏡子，走過去。他檢查受傷的嘴唇，發現白襯衣上滴了幾滴血。他皺著眉走出門。他在外面叫約瑟夫。

你需要一個新場景時空提示行，當他走到酒吧外面的時候，加上：

> 外景　酒吧　夜景

還有一大堆忘記場景時空提示行的壞例子：

> 內景　耶穌兄弟會大屋　日景
> 　　△耶穌兄弟會成員坐在一起看電視。有些人在玩啤酒桌球賽。普萊吉斯穿著傻傻的戲服繼續做雜務。傑西躺在二樓房間床上。

> △門砰砰作響，大家卻沒注意到。傑西望向窗外，看見校園警官米奇・洛克尼扮成馬丁・路德的樣子，正在門上釘傳單。其他兄弟會的樓上都貼著相同的傳單。

別讓我們先在客廳裡，然後像《太空仙女戀》那樣一眨眼轉到傑西在房間裡；又一眨眼我們來到大門；然後，回到傑西房間窗戶往外看去，再到警官往門上釘傳單，最後疲憊又莫名其妙地來到其他兄弟會的樓上。

加上相應的場景時空提示行，以上這個場景應該是這樣：

> 內景　耶穌兄弟會宿舍樓—臥室　日
> 　△耶穌兄弟會成員坐在一起看電視。一些人在玩啤酒桌球賽。普萊吉斯穿著傻傻的戲服繼續做雜務。
>
> 內景　傑西的房間　日景
> 　△傑西躺在他二樓房間的床上。
>
> 內景　耶穌兄弟會宿舍樓—臥室　日
> 　△門砰砰作響。大家卻沒注意到。
>
> 內景　傑西的房間　日景
> 　△傑西望向窗外，看見校園警官米奇・洛克尼扮成馬丁・路德的樣子，正在門上釘傳單。
>
> 外景　其他兄弟會樓　日
> 　△其他兄弟會的樓上都貼著相同的傳單。

占了更多空間，但動作卻變得清楚明瞭。盡力做到清楚明瞭。

53 · 你過度指導演員了！

不用把你腦中電影裡發生的一切都告訴我們，要適當剪輯。

> △她轉向馬戲團表演指導者，撿起她的擴音器，把它遞給他。

由導演來告訴演員怎麼動作，身為編劇的你就省省吧，或者交給演員自己琢磨就好了。別告訴審稿人演員轉身，然後把手伸進錢包掏他的名片，他臉上是什麼表情，等等。

> △她把她的擴音器遞給馬戲團表演指導者。

以下是一些對演員過度指導的不良示範：

> △克莉絲汀抬頭，凝視著琴，之後看向她的手錶，然後又再看向琴。她站起來，走向汽車，坐進車裡，但是沒再看一眼她媽媽。
> △琴走到冰箱前，拿出一罐馬丁尼，為自己斟上一杯。
> △最後琴走過去，看著艾倫的肩膀，然後抬頭看著他受驚而沮喪的臉。
> △琴走進來，站在離威爾森幾呎遠的右後方。
> △CNBC[90]開始播廣告。威爾森轉過身來面對琴。

以下這段細節就太多了：

---

90 CNBC為美國NBC環球集團所持有的全球性財經有線電視衛星新聞台，在1991年前，使用消費者新聞與商業頻道（Consumer News and Business Channel）的全名為頻道名稱，之後只使用CNBC的縮寫至今，並且不賦予此縮寫任何全文意義。CNBC和旗下各地分部的電視臺報導各地財經頭條新聞及金融市場的即時動態。——譯注

> △他拉著她面朝著他，用他另一隻手愛撫著她的臉頰。
>
> △一開始他把手放在她的手臂上，之後又滑到她的手上，握著它們，愛撫它們。
>
> 金：我爸爸抱怨鈴聲太早響了。
>
> △低頭看著鈴。譚用他的大拇指和食指掠過寶石。

最後這個例子犯了兩宗罪：過度指導演員和誤用演員提示。

> 勒奇：（勒奇轉身）你打電話……？

是的，我們已經說到下一個問題了。

54．你誤用了演員提示！

不要覺得我潑你冷水，幾乎我所有學生都曾經誤用過演員提示，也許該怪我這個當老師的太糟了。一定要注意你的演員提示，因為製片人打開你的劇本檢查總頁數的那一秒，它們就會對著製片人大喊：「格式錯誤！」

只有在對白不夠清楚明確的時候，才能使用演員提示。

> 吉米：（鬆了一口氣）哇！謝天謝地！

我們知道他鬆了一口氣，你不需要告訴我們兩次。

> 吉米：哇！謝天謝地！

以下這種情況你才需要演員提示：

> 克利奧：（厭惡地）我愛你。

而且，不管你在書店買的或在網上的劇本裡看到了什麼，你都不應該把動作放進演員提示裡。

> 卡盧梭：（點燃香煙）我的扁桃腺出了問題。

以上的用法你一定很常看到，但是這不對，不要學。好吧，也許用幾次還可以。

演員提示不是一句話，開頭不用大寫，句末也不需要加上句號。以下這個寫法是錯誤的！

> 埃爾伍德：（看著香煙。）給我一根，傑克。

對於你的「演員」，你不要管太多，意義和手勢的要求應該通過對白傳達給演員。快速瀏覽你的劇本，刪掉所有告訴演員該做什麼的演員提示。現在就做，就現在，去做吧，我等著。

> 拉爾夫：（猛拍額頭）哦！我想你是認真的。
> 安妮：（瞥了他一眼）你一定是瘋了。

以下這個例子根本不需要演員提示：

> 馬特：（環顧四周）誰？哪裡？
> 阿爾貝蒂娜：（指給他看）在那邊，和露西一起。看見了嗎？

不要把「打斷」這個詞放進演員提示裡：

> 大衛：寶貝，什麼時候吃晚飯？
> 瑪姬：（打斷）我想離婚。

這種情況應該用破折號來表示：

> 大衛：寶貝，什麼時候吃晚飯——
> 瑪姬：——我想離婚。

以下這個例子也是錯的：

> 羅伯：（大笑）真奇怪，我是羅伯・多……
> 凱蒂：（驚訝地）多奈利，你應該把新航空電子設備裝在我的飛機上，對嗎？

這種情況還是改成破折號：

> 羅伯：（大笑）真奇怪，我是羅伯・多——
> 凱蒂：——多奈利，你應該把新航空電子設備裝在我的飛機上，對嗎？

基本上，盡量讓對白中的意義清楚，少借助演員提示。另外，演員提示就放在對白前面，不能反過來。

> 　　羅伯：這是我一生中見過最讓我驚奇的東西。（當他漂浮在空中時）

　　這樣不對，請改正。

　　一般說來，演員提示一行就夠了，而且也不能頻繁使用。想想TABASCO辣椒醬──只要時不時來上一點就夠了。目的就是更準確地告訴審稿人你希望他們怎麼想像你的場景，但還是得留下想像空間。以下這個例子就是說得太多，出現得也太頻繁了：

> 　　法蘭西斯：（大聲地，語帶關切和溫柔）我的朋友，我是聖方濟會的教友法蘭西斯，我主耶穌永遠不會將贈予我們的救贖之禮又無情地從我們這裡奪回。
> 　　主祭：（聽到「我主」時面部肌肉抽動，直接打斷法蘭西斯）教友，我不再用這個名字，儘管我讓你確信我就是他。
> 　　法蘭西斯：（困惑又懷著深深的關切）我的朋友，我擔心你是最好的異教徒，最壞的瀆神者⋯⋯
> 　　主祭：（臉色蒼白，語速很慢但充滿難以違抗的權威）安靜！看著我，就知道我是你的主人。現在，在我懲戒這個異教徒之時，離開吧。

　　最後，不要用演員提示重複我們已知的事：

> 阿諾：他們的錢是從哪裡來的？
>
> 麗塔：我可不知道。搶劫加油站？（沮喪地大喊）那些混蛋從哪弄到的錢？
>
> 艾洛思：（畫外音）（大喊）也許他們是省出來的，你這個笨蛋。

試試這樣寫：

> 阿諾：他們的錢從哪裡來的？
>
> 麗塔：我可不知道。搶劫加油站？（沮喪地）那些混蛋從哪弄到的錢？
>
> 艾洛思：（畫外音）也許他們是省出來的，你這個笨蛋。

演員提示是邪惡的賽倫海妖，引誘你踏上邪惡的旅途，你得堅定意志抵抗她們詭詐陰險、暗藏殺機的歌聲！

第三場

人物

55 · 你把人物的名字改了！

確保人物的名字前後一致。如果一個女人被稱為「迷人的女郎」，那麼在下一段場景描述裡就千萬別叫她「苗條的迷人女郎」；如果場景描述中他被稱為「亨弗萊少校」，那麼當他開口說話時請還是叫他「亨弗萊少校」，而不要叫他「小亨」。

> 外景　佛蘭克林的別墅　日景
> 　　△彼得的妻子，葛蕾絲，迎接大衛進屋。

如果英雄是大衛，而他的夥伴叫彼得‧佛蘭克林，每個人都叫他「彼得」，而你卻在場景時空提示行裡稱「佛蘭克林的別墅」，那就會把審稿人搞糊塗。就這麼一閃神，他們踏著睡蓮葉前行時就會失足落入沼澤之中。之後他們回過神來明白是怎麼回事，但你已經讓他們有點神經緊張、戰戰兢兢了。

為人物選個名字，然後一以貫之。如果他所有的朋友都叫他「彼得」，那麼他說話的時候，你也叫他「彼得」。

> 大衛：彼得，來杯咖啡？
>
> 彼得：加糖，謝謝。

別像以下這個例子：

> 大衛：嗯，彼得，糖最終會要了你的命。
>
> 佛蘭克林：如果我先要了糖的命就不會，哈哈哈。

這段可怕的對白就是我寫的。你不會知道：①它有多麼容易把觀眾搞糊塗；②而我曾多少次看到這個錯誤而渾然不覺。

所以，當你帶我們去彼得的別墅時，叫它「彼得的別墅」，費心了。

56·你劇本裡有名有姓的人物太多了！

從第一頁開始，你的審稿人就努力把感情投射在你的人物身上。當他們看見那個叫約瑟夫的人，就會開始了解他，投入精力去記住他是誰。如果他被介紹給審稿人之後僅僅兩頁就掛掉了，審稿人也就浪費了他們去了解約瑟夫的那部分精力，既然他並沒有那麼重要，或者就應該叫他「神經兮兮的股票經紀人」。

還有比如：肥警官、冷面女侍者、黨羽、微笑的神父，或者像《動物屋》裡那樣，我個人最喜歡其中對無名人物的稱呼。

> 大傢伙
>
> 大一點的傢伙
>
> 超大傢伙

我都寫過一捆劇本了，但是寫上一個小說改編劇本第一稿時我還犯過這個錯誤，如果你也犯了同樣的錯誤，不用覺得太糟。

一個審稿人的承受極限是八個名字，超過八個，就有點吃不消了。

哈利、弗萊徹、賴利、克里斯托、波、漢娜福德、葛溫、爸爸，這是我的主要人物的名字。我們會經常看到他們，必須知道他們的名字。

我的第一稿中，還非常愚蠢地沿用了小說中其他人物的名字：艾爾莎、萊特齊、海特齊媽媽、斯皮爾、喬伊‧道格拉斯、卡利‧帕爾、吉爾法官、大貝莎和里恩，為了不引起混亂，我需要發給每位審稿人一張人物表。「你不能告訴選手沒有記分卡！」我真是笨得可以！

最後我想通了，把那些名字改成：女店員、裝義肢的傢伙、燒肉店女店員、理髮師、葛溫的姊姊、失婚的喬伊、沒用的哥哥、弗萊徹的爸爸、雞肉店女店員和賣汽水的夥計。

去掉這麼多名字之後，沒讀過小說的人光讀劇本也知道發生了什麼事，不會像先前那樣混亂不清。你也得這樣做！

57‧你人物的名字第一個字相同，或者更糟，他們的名字押韻！

我真想不通為什麼有這麼多新手編劇都會犯這個錯誤？檢查你的劇本，確保你不是他們之中的一員！如果不是，值得表揚；如果是，請繼續看下去：

《希德姐妹幫》的編劇丹尼爾‧華特斯按字母順序寫下A-Z，給全劇每個人物一個不同字母開頭的名字。你也可以試試！

阿洛伊修斯（Aloysius）

伯特倫（Bertram）

康拉德（Conrad）

黛利拉（Delilah）

伊森（Ethan）

費格斯（Fergus）

葛蕾絲（Grace）

海倫（Helen）

愛琳（Irene）

詹金森（Jenkinson）

克拉普（Klup）

蘭斯（Lance）

瑪麗亞（Mariah）

諾伯特（Norbert）

奧斯卡（Oscar）

佩圖尼亞（Petunia）

昆西（Quincy）

羅斯林（Rosslyn）

斯泰格・李（Stagger Lee）

泰倫斯（Terrence）

烏利亞（Uriah）

維多利亞（Victoire）

華盛頓（Washington）

賽維爾（Xavier）

揚希（Yancy）

佐伊（Zoe）（只是最近每個劇本都有個女孩叫佐伊）

　　一定是某種內在原發性的肌肉痙攣，讓作者們都想用那些看起來相似的名字，我在學生的劇本裡總是看到以下這些名字，千萬別犯這樣的錯

誤：

丹（Dan）
戴爾（Dale）
迪克（Dick）
東（Don）
戴夫（Dave）

或者是：

查德（Chad）和克里斯（Chris）
莉娜（Lena）和賴爾（Lyle）
坦雅（Tonya）和特雷弗（Trevor）

或者，像我一個朋友劇本裡的：

吉娜（Gina）和葛溫（Gwen）

吉娜是女兒，故事的女主角，葛溫是那個可憎的媽媽，我一路讀著，搞不清楚為什麼那個被人鄙視的媽媽會受邀到兒子家吃晚飯。我只能往前翻，然後才明白，不，吉娜是好人，葛溫才是那個惡婦，我被徹底搞糊塗了。我努力裝作自己不是笨蛋，你的審稿人也是，別給他們不必要的挫敗感。

改成這樣如何：

丹（Dan）

阿爾傑農（Algernon）

法蘭基（Frankie）

贊普（Zap）

恐怖暴躁的老鬼（Scary Curmudgeon）

拜託，拜託，哦，我的老天爺！不要讓人物的名字押韻：

丹尼（Danny）

比利（Billy）

威利（Willie）

凱莉（Callie）

鮑比（Babby）

羅比（Robby）

薩莉（Sally）

萊尼（Lenny）

文尼（Vinnie）

還有，看在老天的分上，別用一樣長度的名字：

湯姆（Tom）

鮑勃（Bob）

提姆（Tim）

喬伊（Joe）

蘇伊（Sue）

派特（Pat）

艾安（Ann）

我有個學生居然把「珍（Janet）、簡（Jane）和傑（Jay）」這三個名字用在同一個劇本、同一個場景、同一頁裡！你跟審稿人有仇嗎？

有些作者喜歡替女性人物取男性化的名字。為什麼要這樣做？！真是一個謎。我猜你就是存心要把我們弄糊塗。

> 山姆、艾力克斯、崔西、傑西、珊迪、克里斯、傑奇、麥迪森、蓋瑞、卡梅隆、史黛西、泰瑞、比利、惠特尼、狄倫、泰勒、萊斯利、林賽、雷恩、朱爾斯、史蒂維、西恩、派特、傑米、馬里帝茲、布蕾兒、金、艾希莉、貝芙麗、萊兒、布萊克、安迪、布賴斯、海頓、賴利、喬迪、凱利、里斯、洛根、佩頓、尼奇、蓮、凱瑞、喬、布雷特、麥克斯、道格拉斯、特勒等等。令人作嘔。

男人也可以叫雪麗，但你從來沒有在劇本裡為一個男人取名叫雪麗吧？同理，也請不要讓你劇本中的女主角叫什麼艾力克斯或山姆了。

> 詹森先生：比爾先生，我跟您說清楚了嗎？

這個錯誤即使是業界老手也不能倖免。我最近看的系列書《超級大玩家》（*The Player*），作者是麥克托金（Michael Tolkin），書中就有很多容易讓人困惑的名字：

> 麗莎（Lisa）
> 薇拉（Willa）
> 潔莎（Jessa）

這些名字又押韻，長度還一樣，一個是第二任妻子，一個是第一任妻

子的孩子，一個是第二任妻子的孩子。

而茱恩（June）是第一任妻子，是潔莎的媽媽，真讓人抓狂，她們的名字長度一樣，而且都是以英文字母「J」開頭。最後，還有兩個人物：

伊萊（Eli）

伊森（Ethan）

天——啊！這本書看到一半，我還不斷翻到前面查對格里芬·米爾和哪個妻子生的是哪個孩子。

你是個作家，要有原創性！要多花點心思！買本取名字的書看看。用歷史人物的名字；用以前的足球運動員、F1方程式賽車手或者你四年級同班同學的名字，實在不行，你就去美國電影網站IMDB（www.imdb.com）從幕前幕後人員表的名字中組合出新的名字，去查查《哈洛和茂德》（*Harold and Maude*），看看那些超棒的名字。巴德·科特、薇薇安·匹克里斯、西瑞爾·庫薩克、艾瑞克·克瑞斯梅斯、湯姆·斯凱里特、高登·迪沃爾、哈威·布倫菲爾德、哈爾·阿什比、林恩·斯戴馬斯特、查理斯·馬爾維希爾和巴迪·喬·虎克。

我有一些超酷的名字就是從《哈洛和茂德》裡偷的：

薇薇安·迪沃爾（Vivian Devol）

西瑞爾·斯戴馬斯特（Cyril Stalmaster）

巴德·馬爾維希爾（Bud Mulvihill）

哈爾·庫薩克（Hal Cucack）

巴迪·喬·克瑞斯梅特（Buddy Joe Christmas）

查理斯·匹克里斯（Charies Pickles）

艾瑞克·斯凱里特（Eric Skerrit）

> 湯姆・布倫菲爾德（Tom Brumfield）
>
> 哈威・科特（Harvey Cort）

　　像狄更斯那樣為你的人物取名字。狄更斯從名字開始就已經在描述人物了，你也可以這樣做！

> 潘波趣（Pumblechook）
>
> 薩莉・布拉斯（Sally Brass）
>
> 約瑟亞・龐得貝（Josiah Bounderby）
>
> 阿貝爾・馬格維奇（Abel Magwitch）
>
> 亨麗埃塔・鮑芬（Henrietta Boffin）
>
> 簡・莫德斯頓（Jane Murdstone）
>
> 湯瑪斯・普羅尼希（Tomas Plornish）
>
> 蘇菲・瓦爾克斯（Sophie Wackles）

　　上美國電影網站IMDB檢查你幫人物取的名字之前有沒有人用過。你還很年輕，喬治・貝利[91]和亞力克西斯・卡林頓[92]也許你聽起來很陌生，卻能把製片人的眼珠子嚇到跳出來。

　　這個名字的發音，審稿人跟你想的一樣嗎？如果你給了人物一個比較古怪的名字，可能需要重新考慮一下。彼得・丹契克（Peter Dubchek），可能會被唸成「杜契克」或者「丹切克」，不要讓你的審稿人困惑。

　　記住，在西部片中好人戴白帽子，壞人戴黑帽子，這樣我們很容易就能區分兩者。想像一下如果導演讓每個人都戴白帽子會怎麼樣？你絕不能

91　喬治・貝利（George Bailey），1946年由卡普拉導演的經典名片《風雲人物》（*It's a Wonderful Life*）中好萊塢明星詹姆斯・史都華（James Stewart）飾演的主角。──譯注

92　亞力克西斯・卡林頓（Alexis Carrington），美國經典電視劇集《豪門恩怨》（*Dynasty*）中瓊・考琳絲（Joan Collins）飾演的女主角。──譯注

犯這樣愚蠢的錯誤。你不會吧？你不會的。

58 · 你對主角的描述沒做到簡明有力、不超過兩句話！

關於我們剛剛見到的傢伙，你得告訴我們一點什麼。你只有一次機會直接對審稿人介紹他們是怎樣的人，別浪費了。

下面這個作者需要再多告訴我們一些女主角的情況：

> 穆里爾·里德，一個場地管理員，把加里迷住了。她在噴霧器裡裝了蘇打水，朝玻璃噴上棕色的霧。

說說他們的特點、性格、毛病或者缺點，但不要是身體上的細節，除非它不可或缺、至關重要，像是他們有七呎高之類的。盡量不要說到人種，還有身高、體重、髮色、眼睛的顏色等等。如果你把一個人物描寫得只能是裘德洛，而湯姆·克魯斯讀到了你的劇本（如果！）而且有意出演，但因為想到自己可能不太適合這個人物而最終放棄，試想如果你遇到這種情況，會想找多高的樓往下跳啊！

盡可能模糊處理人物的年齡，「三十多歲」就比「三十二歲」要好得多——再說一遍，要給盡可能多的演員參演你電影的機會。

我有個朋友曾改編一本小說，小說中人物是五十二歲，她在劇本裡也照搬。某位大明星不覺得他能扮演一個五十二歲的角色，因為他只有四十七歲，如果劇本裡寫的是「接近五十歲」，他也許就會同意了——哦，那好吧。

看看以下的範例，研究他們是怎麼做的，然後也學著他們那樣寫人物描述。第一段選自麥特·戴蒙和班艾佛列克（Ben Affleck）編劇的《心靈捕手》（*Good Will Hunting*）：

庭上的人叫查克·蘇利文，20歲，一夥人之中個子最大的那個。他喧鬧、狂暴，是個天生的表演者。他身邊的是威爾·杭汀，20歲，英俊自信、言語溫和的領導者。威爾的右邊坐著的是比利·麥布萊德，22歲，笨重沉默，一個你肯定不想跟他爭執的傢伙。最後是摩根·歐梅利，19歲，比其他人的個子都小，瘦小結實，容易激動、焦慮。摩根既期待又嫌惡地聽著查克的恐怖故事。

以下這段摘自戴倫亞·洛諾夫斯基[93]和休伯·塞爾比[94]編劇的《噩夢輓歌》（*Requiem for a Dream*）：

電視裡是塔比·提本斯，全美最受歡迎的電視名人，魅力之耀眼足以讓全世界都看到他。

席維斯·史特龍編劇的《洛基》：

拳擊場上是兩位重量級拳手，一個白人，一個黑人。白人拳手是洛基，三十歲，臉上有疤，鼻子包著，黑髮發亮，垂至眼前。打拳時，洛基沉重緩慢、像台機器。

黑人拳手的猛擊就像舞蹈，極精確地打在洛基的臉上，但一連串重拳並沒有使他屈服……他對著對手咧開嘴笑，繼續堅持下去。

93　戴倫亞·洛諾夫斯基（Darren Aronofsky, 1969- ），處女作《死亡密碼》（*Pi*）一鳴驚人，榮獲聖丹斯電影節導演獎。2000年，他再次自編自導了《噩夢輓歌》，也贏得不錯的迴響。《力挽狂瀾》（*The Wrestler*）捧得威尼斯金獅大獎，2005年入圍「最需要關注的好萊塢100人」。——譯注

94　休伯·塞爾比（Hebert Selby, 1928-2004），美國演員、編劇，電影《噩夢輓歌》是根據其同名原著改編而成。——譯注

以下這段摘自吉姆・烏爾斯（Jim Uhls）的《鬥陣俱樂部》（*Fight Club*）：

> 泰勒一隻胳膊攬著傑克的肩，另一隻手握著手槍，槍口塞在傑克嘴裡。泰勒坐在傑克的大腿上。兩人都大汗淋漓、衣衫不整，都三十歲左右。泰勒金髮、英俊；傑克髮色淺黑，也很有魅力，但有點刻板之味。泰勒看著他的錶。

以下這段摘自艾倫・鮑爾[95]的《美國心玫瑰情》（*American Beauty*）：

> 卡洛琳・伯納姆修理自家門前的玫瑰灌木叢。一個優雅得體的四十歲女人，穿著顏色協調的園藝工作服，而且有很多實用且昂貴的工具。

以下這段摘自哈羅德・雷米斯[96]和丹・艾克洛德[97]編劇的《魔鬼剋星》（*Ghostbusters*），是「把最重要的詞放在句子的最後」的最佳範例：

---

95 艾倫・鮑爾（Alan Ball, 1957-），美國編劇、製片人、導演。2000年憑《美國心玫瑰情》獲奧斯卡最佳原創劇本獎。其他編劇作品：經典電視劇集《六呎風雲》（*Six Feet Under*）、美國熱門劇集《嗜血真愛》（*True Blood*）等。——譯注

96 哈羅德・雷米斯（Harold Ramis, 1944-），美國演員、導演、編劇，尤以喜劇知名。他最受歡迎的演出是在《捉鬼敢死隊》中。編劇作品：《魔鬼剋星》、《瘋狂高爾夫》（*Caddyshack*）、《今天暫時停止》（*Groundhog Day*）、《老大靠邊閃》（*Analyze This*）等——譯注

97 丹・艾克洛德（Dan Ackroyd, 1952-），加拿大裔美國喜劇演員、編劇、音樂家、釀酒師、UFO研究者。美國最著名的喜劇節目《週六夜現場》創始班底之一，《福祿雙霸天》的創始人之一。——譯注

彼得・文克曼博士正在為兩個學生志願者做超感官知覺測試，一個男孩和一個女孩，他坐在遠遠的桌旁，用螢幕把自己和其他人遠遠隔開。彼得是副教授，但他皺巴巴的衣服、眼中的狂躁都顯示了本性中潛在的不穩定因素。雖然欠缺一點學歷背景，彼得博士另有所長：信心、魅力和推銷術。

　　以下是我最喜歡的！寫得真是頂呱呱。超讚的人物簡介法！科恩兄弟（喬伊・科恩〔Joel Coen〕和伊森・科恩〔Ethan Coen〕）的《謀殺綠腳趾》（*The Big Lebowski*）：

　　時間很晚了，超市已經沒什麼人了。我們跟著一個四十歲的男人進入超市。他穿著百慕達短褲，戴著太陽眼鏡，走到乳製品貨架處。這個男人邋遢的樣子和散漫的態度，都顯示了他骨子裡的漫不經心。

第四場
場景描述

59‧你用的是小說的語言！

有一個超靈敏的警報器，就是「意識到」這個詞。

這個詞看起來似乎無關痛癢，卻像白蟻一樣預示著可能潛藏的大麻煩——小說式寫作。千萬不要試圖用語言讓審稿人進入人物的大腦，在大銀幕上你可看不到泰迪腦子裡的念頭：

> 看到佛萊迪，泰迪很驚訝，意識到已經幾年沒見到他了。

（你們是不是又迷糊了，因為佛萊迪和泰迪的名字很像？哈！現在你知道為什麼審稿人憎恨編劇用那些讀起來押韻或看起來差不多的名字了吧。）

在你的寫作生涯中，從三年級開始你就會自然而然寫出這樣的句子：「伴隨著溫柔的懷舊之情，蘇珊憶起趣味盎然的大學生活。」短篇故事裡這樣寫可以，但在劇本裡你不能這樣寫。在電影裡，我們沒辦法像看小說一樣感知人物的想法，我們只能看到他們所做、所聽和他們所說的，沒辦法看到他們所想的！行文時很容易就會鑽進人物的思想——但請杜絕這種

寫法。如果攝影機看不到，你就不要寫。

　　我們怎麼可能看得到以下這兩個「內在的思想」過程？沒錯，我們根本不能。

> 　　從釀酒廠湧出的好奇客人意識到，已經錯過了響鈴時間，發出噪音和焦慮的嘮叨。

> 　　大衛意識到，卡洛琳真的就是馬丁和紫克托星球奎因諾克公主的愛女。

　　以上的寫法會讓某些審稿人生厭，他們憎恨「進入人物的大腦」，你這樣做只會讓他們討厭你的劇本。

　　「以為」是另一個警報詞，提醒你已經進入人物的大腦了。

> 　　突然，她轉向燈光。她以為那是保羅。

　　就直接讓她說出來就好了：「保羅？」

　　你只能寫能在銀幕上看到的。這做起來很困難，你必須嚴格地訓練自己，留意什麼時候你又不小心岔到小說式寫作上去了。搜索「以為」、「意識到」、「感覺」、「顯得」、「想」這些詞，如果有就想辦法拿掉。想辦法讓我們在紙上看到動作、人物、張力和衝突，展示給我們看到底發生了什麼，像寫默片那樣寫場景。

　　這非常困難，卻有巨大的收穫。它迫使你去創造一些精采時刻，通過人物在做什麼告訴審稿人到底發生了什麼，而不是通過對白。然後你再回去為場景添加一丁點兒對白，不需要那麼多對白。有了！偉大的寫作！去租《哄堂大笑》（*They All Laughed*），看看彼得‧波丹諾維茲（Peter

Bogdanovich）有多偉大，幾乎不用對白就能清楚傳達意思。或者看看《佳麗村三姊妹》（*The Triplets of Belleville*），全片零對白。

但是，尊貴的審稿人並沒有因此而失望。

時刻提防，時時警醒自己不要犯小說式寫作的愚蠢錯誤。讓我跟你再說句悄悄話：只寫一丁點兒人物的感受還是可以的。《長日將盡》劇本中，艾瑪·湯普遜問安東尼·霍普金斯讀的是什麼書，劇本告訴我們：「他感到受威脅，而她只希望能夠接近他。」

你可以不時給演員一點心理狀態，但一定要很節制。

> 鮑伯和沃森中士互相對視。這裡最好的士兵已經失去理智了嗎？

> 當驚慌失措的難民包圍著他，他抽出卡特的磁帶答錄機，想扔出去，卻按下了錄音鍵。他的心碎了。

以下是我最喜歡的例子，在場景描述中告訴我們人物的情緒，是我的一個學生寫的：

> 內景　馬克的塔霍湖
> 　　△馬克開車回家，放著一首慢板小曲。他加速駛上高速公路，尋找某些能讓他有所觸動的東西。

小說式寫作，只能用一點點或者壓根兒一點都別用，「根本不要」更安全些。打個比方，就像跳傘，當然要選最安全的方式。

60 · 你的場景描述中了「繫詞」的毒！

這是改進你的寫作最有效（也是最簡單）的方法之一，即使你成不了偉大的編劇，去掉「繫詞」起碼會讓你看起來像個上道的編劇。

我五年級的老師希爾小姐，總是不厭其煩地教導我用「動詞」，我從未領會她的意思，但我實實在在地知道了怎麼去掉「繫詞」。仔細檢查你的每一行場景描述，如果有任何形式的繫詞，請改成主動的動詞。

　　內景　廚房　日景
△男孩們在吃煎餅。糖漿滴得到處都是。多蒂來回奔波於滋滋作響的燻肉、平底鍋裡的烤香腸和炒蛋之間。金博在讀報紙的體育版。卡拉在幫多蒂把早餐分到幾個盤子裡。格蘭特走進來時還睡眼惺忪。

　　內景　明蒂的房間　日景
△明蒂在洗淋浴。瓦特被聽見跑進她房間裡的浴室。她的浴室是有裂縫的。克莉絲汀搬起床邊的椅子，朝奧斯汀走去。

　　內景　金博的卡車　日景
△金博在卡車內的大駕駛室裡，鄉村音樂在輕輕柔柔地流瀉著。格蘭特在睡覺。金博嘖嘖有聲地喝完飲料時，波也在吞下他最後一口漢堡。

　　外景　城市的小學　一會兒之後
△吉米和亞倫是剛剛抵達學校操場，已經有一群孩子集合了。這有兩個隊長，其他男孩都在排著隊等著被他們挑選。男孩的人數為奇數。

　　內景　體育館　日景
△薩曼塔走進來。
△布莱在踩著腳踏車。安娜在動著小腿肚，洛克珊在鍛鍊腹部肌肉。

繫詞從第一頁就告訴審稿人，你不是一位有經驗的作者，你正在成為威廉‧高德曼的梯子上努力向上攀爬，繫詞卻能立馬讓你失手墜落，摔個屁股開花。

戴夫跑向他的車。保險桿是被膠帶黏著。
戴夫跑向他的車。保險桿靠膠帶黏著。

本書所列的100個方法中，這是最簡單，也是最有效的一個。只要你遵從這個簡單的規則，你的劇本將迅速獲得改善：

去掉「繫詞」。

現在你知道了。
不過，「繫詞」還不是劇本寫作中最令人頭疼的頑疾。

61‧你沒盡可能去掉多餘的「這」和「那」！

如果審稿人看到「這」隨處可見，就會知道你不是優秀的作者。「那」也是一樣。

點擊Word「編輯」裡的「尋找」功能，搜索「這」和「那」，然後盡可能地刪去，將會改善你的寫作。

艾力克斯垂下眼，擠出螃蟹腿裡的那些肉。
艾力克斯垂下眼，擠出螃蟹腿裡的肉。

以下短短一句話有五個「這」和「那」，真強。

> 當那艘船靠近那岸邊，那些波浪開始衝擊那旁邊礁石上的那前槳。
>
> 當船靠近岸，波浪開始衝擊旁邊礁石上的那前槳。

要我繼續舉例嗎？你當然想要！

> 那棵像他的伴侶一樣的橡樹給予克羅斯力量，他的孩子們寫的那些鼓舞人心的信，還有他哥哥的無私奉獻，給了他繼續前行所需的這力量。
>
> 我們看到那個偵探艾博正在偷聽。

每次你想要寫「非常」時，找別的詞代替；否則就會被編輯刪掉，作品還是會變回到原本的樣子。

——馬克‧吐溫

劇本寫作的七宗死罪：

按Ctrl F或者Apple F，找出下列這些字，不管它們以何種形式出現，去掉或者換個詞，都會讓你的劇本有顯著的改善。

在搜索欄中輸入「is」，前後都帶一個空格，這樣就只會找到你想找到的「is」，而不是你劇本裡所有的「is」。

在（is）　　　　他在咧嘴笑——他咧嘴笑。

正在（are）　　罪犯們正在唱歌劇——罪犯們唱著歌劇。

這（the）　　　納柯急忙撤離出這小鎮——納柯匆忙撤出小鎮。

那（that）	那是拉爾夫不能說出來的：她是個法國人。——拉爾夫不能說出她是法國人。
然後（then）	她笑了。然後看著愛麗絲——她笑了。她看著愛麗絲。
走（walk）	提卡走向禮堂——提卡嫋嫋婷婷到了大廳。
坐（sit）	多克坐在撲克牌桌旁，玩起牌來——多克在撲克牌桌玩牌。
站（stand）	外科大夫站在手術臺旁做手術——外科大夫在手術臺工作。
看（look）	謝麗爾看史蒂芬妮——謝麗爾觀察史蒂芬妮。
只（just）	我只是累壞了——我累壞了。
的（of the）	湯姆坐在商場的入口處——湯姆坐在商場入口。
開始（begin）	磁帶開始播放——磁帶播放。
出發（start）	她出發向洞穴移動。——她朝洞穴移動。
真的（really）	貝蒂真的很漂亮——比辣椒還要火辣的貝蒂，神采飛揚地進來。
非常（very）	那些孩子唱著一首非常老的歌——那些孩子們唱的是一首經典老歌。（「非常」意味著後面跟著一個很弱的詞）
地（ly）	（副詞的結尾）搜索「ly加空格」，如果「ly加空格」搜不到句尾的副詞，那麼再搜「ly加句號」、「ly加逗號」等等。小學時代的寫作狂戀副詞很正常，但現在你早就小學畢業了，所以要非常節制地使用——如果非要用的話。

　　不管你寫的是什麼，找到這些詞，改掉這些詞，結果絕對是更緊湊、更有力。

　　是的，這是十六宗死罪，不是七宗罪。我涉嫌詐欺，有本事來告我吧。

62 · 你沒把最重要的東西放在句末！

要改善寫作，有個簡單方法是：把最重要的詞放在句末，最重要的句子放在段落的最後面。

> 斧頭的呼嘯聲，我已經能聽到了。
>
> 我已經能聽到斧頭的呼嘯聲。

一個句子的力量來自於句尾的最後一個詞。一個句子如果這樣寫，審稿人立馬就能感覺到。特別有力！就像笑話。包袱總在最後，有包袱的那個詞也是放在一個句子的最後，直到你聽到最後一個詞，笑話才變得好笑！

讓你的審稿人滿懷期待、身體往前傾，直到最後的一個詞──包袱來了。以下這個例子是第一稿：

> 費茲吉本先生：好了。就這樣。你可能會希望馬上提出訴訟，爭取航空公司的利益。

現在把它改成：

> 費茲吉本先生：好了。就這樣。為爭取航空公司的利益，你可能會希望馬上提出訴訟。

講一個我在網路上看到的故事，注意它是如何一直吊著你的胃口，逐字逐句，直到最後一個字。你會好奇這個故事的走向，期待著結果，直到最後它才給你帶勁的那一擊！

羅伯鰥居多年的爸爸生病了，等到他父親過世後，羅伯就能夠繼承一大筆錢。他想找個女人跟他一起分享這筆財富，便去了一家單身酒吧，四處逡巡，直到目光聚焦在一個女人身上，她的美讓他幾乎無法呼吸。「現在，我只是一個普通人，」他走向她，對她說：「但是一、兩個月後，等我爸爸過世，我就能繼承兩千萬美元的遺產。」那個女人就跟羅伯回家了，四天後她成了他的後母。

很多不會講笑話的人，不是因為不會講笑話，而是因為他們記不住包袱，當然最大的可能是他們記不住抖包袱的順序。

我舉一個黃色笑話來說明這個觀點：

夫妻親熱的三階段是什麼？
滿屋親熱。臥室親熱。門廳親熱。
所謂門廳親熱，就是在那裡你們只要碰見彼此，總會說：「我操！」

好吧，這不是地球上最棒的笑話，但如果你弄錯了包袱的順序，那它就一點都不好笑了。有次一個朋友來，吵著要講個笑話給我聽：

「你有聽說過，聽說過夫妻親熱的三階段是什麼嗎？」
「沒有，說來聽聽。」
「嗯，一開始時滿屋親熱，之後是臥室親熱，再之後就是門廳親熱。」戲劇性的停頓。「他們在門廳一碰見對方，就會說『我操』，這就是所謂的門廳親熱！」

這個笑話被他一講，就像一條躺在陽光下的死狗，從此以後我再也不回他的電話了。

63 · 你居然在場景描述裡寫對白！

只要有人說話（除非是跑龍套的），就要寫對白。

> 一個男孩攫住那惡棍的脖子，用頭撞向他，血染他的鼻子。惡棍開始哭喊，求他們住手。

這不對，你必須把惡棍的對白寫出來。

下面這個則屬於跑龍套的演員，寫在描述裡是可以的：

> 暴民朝工廠大門蜂擁而來，對著工賊咆哮、尖叫著。

以下這個不是跑龍套的，請認真對待，寫出對白：

> 那個惹人討厭的野蠻小孩一直不停地閒聊瞎扯。

也不要這麼做（在你忙於創作時，記得啟動你的拼寫檢查）：

> 兩個九歲大的雙胞胎男孩，奧斯汀和克莉斯蒂安就像兩股旋風一樣跑進廚房。多蒂阻止了他們，讓他們把嫩腰肉拿進餐廳。

如果演員必須要說話，那就必須有對白：

> 一個警員走進騷亂人群。是里歐，一身巡警裝束。戴爾叫里歐過來檢查一個藍色手提箱裡的東西。戴爾拿起幾包海洛因。

經過改寫後，變成了這樣：

> △一個警員走進騷亂人群。是里歐，一身巡警裝束。
>
> 戴爾：里歐！過來檢查這個藍色手提箱。
>
> △戴爾拿起幾包海洛因。

也可以寫：「戴爾揮手示意里歐過來檢查藍色手提箱裡裝了什麼」，這樣沒問題。沒有對白也可以表達意義。

下面這個例子則是為了說明：①「不要把對白放在場景描述裡」；②「不要在場景描述說了，之後又在對白裡再說一遍。」

> △暗場繼續……格里高利吟唱……銀幕上開始寫出火紅色的文字。一個帶著法國口音的男人的聲音開始說話，好像在讀這些文字。
>
> 西倫：（旁白）1677 年 11 月 4 日，教皇英諾森 VII 之姪、西倫的回憶錄。第四章，關於聖方濟阿西西（St. Francis of Assisi）。

把場景描述的最後一行刪掉，把（法國口音）放進演員提示裡，其餘的可以不變。最後，把「VII」改成一個演員能說的詞。

> △暗場繼續……格里高利吟唱……火紅色的文字開始在銀幕上出現。一個男聲唸這些文字。
>
> 西倫：（旁白）1677 年 11 月 4 日，教皇英諾森七世之姪西倫的回憶錄。第四章，關於聖方濟阿西西。

64 · 你忽略了場景描述中的影像順序！

某人讀你的場景描述時，他們在腦海中生成影像，影像一個接一個地閃進他們的頭腦，講述你的故事——按照他們閱讀的順序。所以你必須給他們依正確順序排列的影像，否則他們看到的就會和你想的不一樣。

這裡有個例子的影像順序就使人困惑：「美國獨立戰爭期間，安德魯·傑克遜被英國士兵擄獲並射傷。」這句話的意思是不是說他們抓住了他，綁住了他，然後再開槍射傷他？我想應該不至於如此吧。

> 蘿拉和丹奇開著超大型載貨卡車疾馳，在電子遊樂場。

影像是如何隨著這個句子一個接一個地出現在審稿人的腦海中呢？

蘿拉和丹奇開著超大型載貨卡車疾馳，哇，蘿拉和她爺爺什麼時候買了大型卡車？！我想他們只是在騎馬……哦，等等，讓我看看……在電子遊樂場。我知道了——終於。喔。

這樣表達更準確：

> 在電子遊樂場，蘿拉和丹奇開著超大型載貨卡車疾馳。

要時時考慮到審稿人，讓他們彷彿就站在攝影機旁邊，腳就踩在畫幅（frame）的邊上，親眼目睹故事一個影像接一個影像一點一點地展開。

> 街道
> △緊張慌亂的越南人，從支撐杆上掉下來，當休伊救援直升機飛至樹梢高度的時候。

第一個影像是越南人從直升機的支撐杆上掉下來，但是我們還不知道任何足以使我們將這個影像妥善安置於上下文之中的事件。經過重新排序之後，它就能在審稿人腦中生成更清晰的影像。

> 街道
>
> 　　△當休伊救援直升機飛至樹梢高度的時候，緊張慌亂的越南人從直升機的支撐杆上落下來。

如果我們不知道直升機快到達到樹的高度，太早說到人們從支撐杆上墜落，就很容易使審稿人困惑。

發現這個問題最好的方法就是把你的作品大聲唸出來。

這也適用於場景時空提示行。我們需要看到什麼，你才需要告訴我們什麼，以下這個是我自己犯的錯誤。

原始場景時空提示行：

> 外景　混亂的街道—春祿縣（「天鵝水閘」）　夜景
>
> 　　△難民人流湧來。全體工作人員迅速準備，記者艾倫，精力旺盛、健康、三十歲，是個徹頭徹尾的專業人士。工作人員之一，塗，是個年輕的越南人。

同一頁有一個場景時空提示行：

> 外景　美國海軍陸戰隊—西貢　下午
>
> 　　△一個年輕的黑人海軍陸戰隊衛兵從白帽子底下眼也不眨地往外看。他熱得大汗淋漓。

嗯，真愚蠢。

我應該要先寫遠景，然後才是特寫，告知我們人在春祿，然後再說這是一條人頭攢動的街道；我們在西貢，然後再說我們看到了一艘美國軍艦。

外景　春祿縣（「天鵝水閘」）—混亂失序的街道　夜景
　　△難民人流湧來。全體工作人員迅速準備，記者艾倫，精力旺盛、健康、三十歲，是個徹頭徹尾的專業人士。工作人員之一，塗，是個年輕的越南人。

在同一頁：

外景　西貢—美軍陸戰隊　下午
　　△一個年輕的黑人海軍陸戰隊衛兵從白帽子底下眼也不眨地往外看。他熱得大汗淋漓。

多感覺、體會這個方法，每一點領悟都會在你的寫作中有所助益：

記住，場景描述只寫攝影機看到的。不要說「一個馬尼拉信封裝滿一疊紙」，除非等到他打開信封，向攝影機展示這是一疊紙。你可以說「一個鼓鼓的信封」，但你不能告訴我們裡面是什麼，除非攝影機能看到。

以下還是一個影像順序不正確的例子：

外景　人行道　日景
　　△美洲野蠻人模樣的加里和草地小組，看板上寫著：「沾上草了？請上草地專家網站：thegrassuru.com。」

這反映了一個很有趣的寫作問題，當你重讀自己寫的東西時，必須時時刻刻惦記著你的審稿人。他們看到的第一個詞，也就是他們腦中生成的第一個影像，「美洲野蠻人模樣的加里」讓我想到加里拿著長柄草耙筆直地站在人行道上，然後我看到了「草地小組」的字眼，我想像他身邊站著一夥人，都在人行道上。然後，而且只有之後，我才看到「看板」的字眼。頓時，我得重新整理腦中的圖像，這真不太容易。你必須知道你要為審稿人創造怎樣的一幅圖像，然後按照準確的順序傳達給他，因為審稿人只能依據你給的順序得到資訊。

外景　人行道　日景
　　△他們頭頂的看板上，美洲野蠻人模樣的加里和草地小組，上頭寫著：「沾上草了？請上草地專家網站：thegrassuru.com。」

最後一個例子：

椿子砸在岩床上，當法蘭西斯滾到一邊時。

法蘭西斯得先滾到一邊去，然後椿子才會砸在岩床上。別給我們錯誤的指令，讓我們想像先是椿子砸到岩床，然後再努力聯想到法蘭西斯滾到一邊去。既然椿子都已經砸到地上了，那他還有什麼必要滾到一邊去？

影像順序，至關重要！

再一次，但絕不是最後一次強調，把你寫的東西大聲唸出來！

65 · 少即是多，你沒盡量壓縮場景描述！

如果劇本寫作更接近詩而不是小說（事實上也確實如此），那麼偉大的劇本寫作就應該名列俳句的隔壁。你現在應當頂禮膜拜的是在寫作方面奉行「少即是多」的偉大禪師華特·希爾（Walter Hill），他寫過《艱難時世》（*Hard Times*）、《48小時》（*48 Hrs*）和《異形》的大半部劇本。

我也嘗試過幾乎無對白的華特·希爾風格，通過這種嘗試，相信每個人都能向極簡主義邁出一大步。

> △攝影機在車內
> △車內很黑。
> △香菸在黑暗中發光。
> △安然無恙，貝克·馬爾圖奇笑了。
> △後座是馬特·瑪索。
> △馬特給了瘦得皮包骨的黑人一個紙袋。
>
>
> 外景　墓地　日景
> △波特的墓前。悲傷之地。
> △牧師和哀悼者唱著浸禮會教徒的讚美詩。
> △T-曼尼的家人。他媽媽痛哭。
> △凡妮莎陪著艾斯利。艾斯利真的很傷心。
> △N.O.D.在旁邊觀看。既傷感，又厭煩。
> △孩子們穿著印有T-曼尼頭像的T恤。
> △背景裡是白人政客對著電視攝影機鏡頭宣講政見。
> △讚美詩漸至尾聲。
> 牧師：現在讓我們以此刻紀念我們所有在獄中的家庭成員。
> △艾斯利引起N.O.D.的注意。

△所有人禱告。

外景　運河街　日景
　　△公車停下。
　　△艾斯利下車，憂心忡忡。

外景　布羅德莫—小別墅　日景
　　△整潔的房子，草坪。
　　△艾斯利撿起報紙，取信。
　　△牛頭犬認出艾斯利，警覺起來。
　　△艾斯利停住。
　　△要一決雌雄了。
　　△牛頭犬兇惡地一步步前進……擺動著牠的屁股。
　　艾斯利：嘿，祖魯，你在跟我鬧著玩嗎？小妞。
　　△艾斯利差點被咬死。

　　慎選用詞，仔細斟酌，選用最準確的那一個。想像你的鉛筆足足有50磅重，你非常不情願用它，這方法其實並不像看起來那麼容易，但確實很值得一試。

　　如果你在www.script-o-rama.com網站讀到了《異形》的劇本，同時又看了DVD，就會由衷驚歎劇本與電影如此相像，用字卻如此之少。對於好萊塢的審稿人來說，這才是最理想的劇本。這個編劇的腦子裡有清晰的動作，而且幾乎沒什麼台詞！

　　簡潔是美德，喋喋不休則是不可饒恕的死罪。

　　當你轉到新的地點，用一個場景時空提示行和一點場景描述介紹這個地點，然後就可以繼續下面的正文了。不要變成冗長瑣碎、詳述內部裝修細節的長篇大論，別去搶小說家的飯碗。在審稿人的腦中創造一個影像，

然後繼續講你的故事，以下這個場景描述一直是我最喜歡的：

> 內景　鮑伯的公寓　夜景
> 　△狗窩一樣的房間。

它立即提供了一幅影像給審稿人，你腦中的影像和我的可能不完全相同，但大同小異，總之我們僅僅藉由一句話就得到一幅影像，真經濟。我忘了第一次是在哪裡讀到這個的，真希望這是我寫的。

但是如果有什麼事情是審稿人必須知道的，你就必須告訴他們，多幾個字多幾句話都無妨。

> 內景　鮑伯的公寓　夜景
> 　△狗窩一樣的房間。沙發後面，九個飢餓的火星人。

描述場景每段最多不要超過五行，四行更好。很幼稚，是嗎？可好萊塢就吃這套。在克里夫‧霍林斯沃思（Cliff Hollingsworth）和阿齊瓦‧高斯曼（Akiva Goldsman）編劇的《最後一擊》（*Cinderella Man*）中，場景描述是每段兩行——從來沒有超過兩行。好傢伙，真是一次飛快的閱讀！

段落過長，往往會讓我們錯過真正重要的東西，而且更壞的是，審稿人總想直接跳過。

> 　房間裡擺著好幾把椅子，但只有康納一個人獨自坐在房間裡。他在電腦上打字，大腿上放著一堆等著歸檔的文件。他望向窗外那些在草坪上放鬆休憩的人們，其中有些情侶都睡著了。他為自己乏味的人生嘆息。電話響了，他帶著熱情的微笑接電話。

好一大段描述，我第一次讀的時候都漏掉了電話鈴響這部分。把大段落分得更細、更短，一個意義一段：第一段關於他邋遢的辦公室世界；第二段則通過說到一些完全不同的新東西推動故事前進；電話鈴響是非常重要的資訊，讓它成為單獨的一個段落。

> 房間裡擺著好幾把椅子，但是只有康納一個人獨自坐在房間裡。他在電腦上打字，大腿上放著一堆等著歸檔的文件。他望向窗外那些在草坪上放鬆休憩的人們，其中有些情侶都睡著了。他為自己乏味的人生嘆息。
>
> 電話響了，他帶著熱情的微笑接電話。

瞧，是不是更好一點？壞消息是它變得更長了，但世事無完美。

你的場景描述必須用盡可能少的文字傳遞你想要傳遞的意思。

> 透過後照鏡，吉米看到一輛警車閃著警燈跟在他後面。
> 吉米看見一輛警車閃著警燈，在他的後照鏡裡。

我們以更快的速度得到了一樣的資訊，以更少的時間看到了更好的影像。以下這個句子的第一稿是這樣：

> 草地上有啤酒杯和捲起的「溜滑道」[98]四處散落著。

後來變成：

---

[98]「溜滑道」（Slip n' Slide）是 Wham-O 體育用品公司 1961 年推出的玩具，是西方人在公園、海灘等戶外聚會的遊樂項目之一。一條窄長的塑膠片，塑膠一側用熱塑密封，這一塑膠管道可與任何普通製花園水龍頭對接，水流經管道時會從小孔中冒出，潑灑在滑道的表面上，這樣滑道就變得夠濕滑，可供遊戲者跳到滑道上或仰或伏滑過這段長長的管道。——譯注

> 啤酒瓶和捲起的「溜滑道」四處散落在草地上。

更有力的場景，以更好的詞結束，嘿，還更短了！第三稿更進一步：

> 散落在草地上的啤酒瓶和捲起的「溜滑道」。

　　為了讓審稿人讀得更快，理解得更清楚，請刪除一切多餘的東西。不要把影像的意義隱藏在成噸堆砌的字詞中。你不再是英語系學生了，現在可是按磅計酬，要努力向極簡主義靠近。記住，除非審稿人是你的男朋友，否則他根本不會真的想讀你的劇本，所以請盡可能減少他閱讀的痛苦。紙上的空白＝審稿人繼續讀下去。

　　你是不是經常想辦法節省出一行的空間？

> 吉米將駕駛速度減慢，把車開到道路右側停下。警員疾駛而過。
> 吉米減速停車，警員疾駛而過。

　　記著你的審稿人，也記著你的總頁數，盡可能將整個劇本壓縮得更緊實一些。檢查你的劇本，看看哪一行有孤字可以合併到上一行，這樣就能偷到整整一行。

> **SERENA**
> I've met your mother; she
> doesn't really seem like the
> type.

CONNER

She knows her views are not
welcome in the mainstream,
bourgeois society. She fears
reprisals.

瑟琳納

我剛才碰到你媽媽，她看起來真的不像她
那個類型。

康納

她知道自己的觀點在主流人群、布爾喬亞
社會中不受歡迎。她害怕被人報復。

　　你可以跟「最後定稿」軟體要個詐，把最後那個詞移到上一行，就可以省下整整一行！啊哈！

　　把游標放在「她」字上，點擊一次，按住不動，小小的本壘狀物就會出現在頁面上方。一條垂直縱線將出現。把線向右滑動，這段對白的頁邊空白就會變窄。移動「歡迎」兩個字，你就節省了一行。它只是稍微壓縮了一個空格的頁邊距，沒有人會留意。但是你，聰明的傢伙，省下了一行！喲！另一邊的頁邊距也可以如法炮製：

SERENA

I've met your mother; she doesn't
really seem like the type.

CONNER

She knows her views are not welcome
in the mainstream, bourgeois society.
She fears reprisals.

節省一行55次，你就節省了一頁！我知道這遊戲挺瞎的，但這是你自己選擇的職業，好的和壞的你都得接受。

Lucy frowns, packs the sliced fruit pieces, heads down hallway.

SECURITY OFFICER

It's okay He likes things sliced
up.

露西皺眉，包好切碎的水果，走向門廳。

警衛

是的。他喜歡把東西切片。

場景描述一樣可以這麼做，把頁邊距稍微變窄一點，沒人會注意到這個——啊哈！

Lucy frowns, re-packs the sliced fruit pieces, heads down
hallway.

SECURITY OFFICER

It's okay He likes things sliced up.

露西皺眉，重新打包已經切碎的水果，走向門廳。

警衛

是的，他喜歡把東西切片。

以下這個例子中，為什麼要去掉「盡她最大的努力」？因為如果佛斯曼博士竭盡所能，那就已經盡了她最大的努力，所有重複、多餘的東西統統都要刪掉。

> 從此以後，佛斯曼博士將盡她最大的努力竭盡所能去阻撓華特。
> 從此以後，佛斯曼博士將竭盡所能去阻撓華特。

同樣的事情不要告訴我們兩次（哈！）：

> 她擲出去，扔到西恩的大腿上。
> 她扔到西恩的大腿上。

所謂「失敗」，意思就是「做什麼失敗了」：

> 就在電腦看起來像要運轉時，運轉卻失敗了。
> 眼看著電腦就要運轉，卻失敗了。

下面這個例子很有趣。你猜得到我為什麼要在句子之前加一個「當」字嗎？答案跟「讓語意和由語言創造的影像更加清楚」有關。這真的是很挑剔的要求，但既然你想得到一大堆錢，你最好成為極度挑剔的人。先回答：為什麼要加一個「當」字？

> 沃爾特和他的小隊向地面爬著。幾十噸碎石倒坍，至關重要的手工藝品被壓成粉末。
> 當沃爾特和他的小隊向地面爬著，幾十噸碎石倒坍，至關重要的手工藝品被壓成粉末。

我是在看第五遍的時候才發現到底哪裡怪怪的。如果天花板已經塌下來，就會把沃爾特和他的小隊壓成碎片。如果他已經被壓扁了，要怎麼爬呢？放進一個「當」字，就讓兩個動作——天花板塌下和沃爾特爬梯子同時發生。如果兩者發生在同一時間，印第安那·瓊斯就可以逃出生天。吹毛求疵？是的，但這樣一來確實更準確了。

　　下面這個例子充分說明，一般來說更短也更好。

> 我們開始聽到一個男人和一個女人做愛的聲音。
> 我們開始聽到一個男人和一個女人做愛。
> 我們開始聽到做愛聲。
> 我們聽到做愛聲。

> 能聽到滴答聲。
> 滴答聲。

> 山姆吃雞蛋時簡直像頭豬。他狼吞虎嚥，還呷呷有聲地喝著咖啡。
> 山姆吃得像頭豬，呷呷有聲喝著咖啡。

> 他立刻警覺起來。他問發生什麼事了。
> 他立刻警覺起來，問發生什麼事了。
> 他立刻警覺，問發生什麼事了。

　　下面是另一個你必須讀很多次才能發現問題的例子，但是你的審稿人卻可能在第一次讀的時候就被這個問題絆倒！

> 彼得森先生知道某天他得把韁繩遞給加文，但是讓出控制權簡直就像是把他撕開（tear）！
>
> 彼得森先生知道某天他得把韁繩遞給加文，但是讓出控制權簡直就像是把他撕裂（rip）！

「tear」這個詞有兩種發音方式，分別代表把某物撕成兩半，或者從臉頰淌下的淚水，我把它換成「rip」，以避免哪怕一丁點兒引發困惑的可能性。

以下這個錯誤很明顯，而且現在你已經找到訣竅了：

> 沒人能改變他們的選票。也沒人知道哪個人是棄權的人。
>
> 沒人能改變他們的選票，也沒人知道誰棄權。

養成一種癖好：更短，更清楚，更迅速才更好。在你的螢幕上打出：長，討厭。

審稿人、製片人和導演其實都在乎這個。如果你的描述給他們留下這樣的印象：這個作者了解好的寫作是什麼，你的作品就會從如山堆積的劇本中脫穎而出，輝煌耀眼的金色大門將會為你打開。讓你的場景描述完美無瑕、熠熠發光吧！

行文盡可能生動鮮活。史蒂芬·史匹柏在《第三類接觸》（*Close Encounters of the Third Kind*）裡就是這麼做的，他將汽車刮蹭描述成：

> 卡車和柵欄柱交換油漆。

展示，不要告知！用詞語創造一些讓人興奮的影像，不要讓人覺得無聊乏味。別把創造力浪費在讓審稿人迷糊上，而要盡你所能讓每個場景都

像一部小電影——而且讓它成為一部好的小電影！

除非是我們非知道不可的東西，其他的就不要告訴我們了。如果可以拿掉，那就不用留著。推動故事向前，否則就是死路一條。不要無目的地說笑打趣，不要玩文字遊戲。

看看以下一些很棒的場景描述。乾淨俐落，沒有一絲贅肉，還為審稿人提供了很好的影像。

> 本吉把球擲到泥濘的垃圾罐裡。那個溫尼貝戈人（居於東威斯康星等地的北美洲印第安人）輾過，把男孩留在一片煙塵中。

> 卡曼·「耳朵」·德班奈托（70歲）走出去。如狐狸般矯健，似禿鷹喙般堅強，不過他身上不知怎麼有點不對勁。也許是他70年代的休閒服，也許是因為他的右耳比左耳大。

> 本吉吐了口水，瘋狂地收拾拖車，把髒衣服扔到浴室，打開前門。

> 那個嬉皮女孩走過來，和山姆舌吻，把大麻煙吹進他嘴裡。山姆含著煙，微笑。
> 她給他來了個讓骨頭都咯吱作響的熊抱。穆克什啜泣著。

表達一定要清楚：

> 戴夫：他都在（He was here every other night）。

你到底想表達什麼意思？「Every other night」可以解讀出兩個意思，是他每晚都在那裡，除了兇殺案發當夜？還是他定期在，每隔一晚都到那裡？

如果之前還沒提過，就不要稱「那」。「環繞著警察局的那條步行小徑」應該是「一條步行小徑」。我們見過它一次之後，下次你就可以說「那」了。

不要用「（滴答聲）」，除非真的很危急！你的計時和羅素‧克洛（Russell Crowe）的肯定不同。檢查你的劇本，把它們統統清理掉。

不要用「走」這個字，盡可能找到更準確的那個詞：蹣跚、曳行、昂首闊步、加速、閒逛、疾走、緩行、停住、移動、猛衝、迂迴而行、滑行、靈活地移動。讓你的場景描述在審稿人的腦中創造出更具體的影像。以下例子都選自第一稿：

> 蘇珊娜進房間。

這顯然不夠！藉由展示她是怎麼走路的，透露一點她的性格和情緒給我們。

> 蘇珊娜飄然進入房間。
> 蘇珊娜緩緩步入房間。
> 蘇珊娜邁著行軍步進入房間。
> 蘇珊娜受驚般疾跑進房間。
> 蘇珊娜偷偷摸摸溜進房間。
> 蘇珊娜嘟嘟囔囔著進入房間。

再看看下面這個描述有什麼問題：

> 最後面的座位坐著一位非常年輕的女孩——20歲，凌亂的金髮，她的頭疲倦地靠在窗戶玻璃上，打著盹兒。

別說廢話。我們都知道窗戶是玻璃做的。還有，好好校對很重要。

> 最後面的座位坐著一位非常年輕的女孩——20歲，凌亂的金髮，她的頭疲倦地靠在窗上，打著盹兒。

要說清楚，車窗不會打瞌睡，她的頭也不會打瞌睡。

> 最後面的座位坐著一位非常年輕的女孩——20歲，凌亂的金髮。她的頭疲倦地靠在窗上。她打著盹兒。

你還可以把「坐著」這個動詞刪掉，既然有個座位，我們自然會想到她正坐在上面。

> 最後面的座位上，一位非常年輕的女孩——20歲，凌亂的金髮。她的頭疲倦地靠在窗上。她打著盹兒。

如果她很年輕，就不要說年齡了，你就可以再省下一些欄位！哈！

> 最後面的座位上，一位非常年輕的女孩——凌亂的金髮，頭疲倦地靠在窗上。打著盹。

再重複一遍：不要告訴我們任何我們不必知道的東西。先看第一稿：

外景　諾曼街　日出之前
　　△西倫搭帳篷，卸下馬背上的包裹，把馬拴在木樁上。
　　△展開鋪蓋，躺下。

外景　西倫的帳篷　日景
　　△一隻小黃鼠狼在翻找西倫的包裹，包裹被隨便扔在一旁。牠翻出了牛皮酒袋。西倫就在咫尺之外打鼾。

外景　西倫的帳篷　傍晚
　　△西倫醒來，開始收拾傢伙，準備明晚的旅行。他發現他的牛皮酒袋被咬成碎片散了一地，上面都是乾掉的血漬。他詛咒著，在一片狼藉中翻找，最後終於找到了一個沒壞的酒袋。他嘆了口氣，拔去瓶塞，喝掉裡面的血。

　　上面這個場景裡發生的事很有趣，也很吸引人。但是這個場景的戲肉卻被藏在一些沒必要非寫不可的東西裡。刪減精簡之後如下：

外景　諾曼大道　日出之前
　　△西倫搭帳篷。

外景　西倫的帳篷　日景
　　△一個小黃鼠狼在翻找西倫的包裹。西倫就在咫尺之外打鼾。

外景　西倫的帳篷　傍晚
　　△西倫醒來，發現他的牛皮酒袋被咬成了碎片，上面都是乾掉的血漬。他詛咒著，最後終於找到了一個沒壞的牛皮酒袋。他喝掉裡面的血。

比較一下兩者。刪除那些細微的瑣屑，變得更快、更短、更加清楚。試著去理解我為什麼修剪掉那些東西。我是不是有點太過分了？有時候確實如此。

再來看看下面這個優秀的例子——這段文字拚命大聲疾呼，要求分成更短、更強烈的段落。當作者完成這次改寫，他的那頁劇本看起來就應該像這個樣子，討人喜愛、與審稿人為善：

HRE. KTSDMFSDLL SSI

Olk sroir djdjs enn jfjskjjdskj lksk ekslks qeuruhs edj jedjs smd. Slkdlsk mcx，mcskhedfdlka sdlds sdkjds skjdks ejeiogtl dk kkzs jkmxlk ddj flflroeiu djd jjsja vmfndn sllslsss.

Yiyiy fjfjd fk wwir fngnfh ssss, ktjrh ssbxvs gkhkk dkdkkcjcjkg, cmcmcc. Fjdjs ssik dssgsgs yuigmkinecxct. Xtdxd drd rrxr rx.

Uskekss secttctc in ininin n I ni mojin plmohtf. Seazxrc knm mtcrsx kmijx ftx.

而不是他一開始寫的那樣：

外景　禮堂　日景

△在禮堂門外寬敞長椅上的是傑夫和莎莉。莎莉安靜木訥，傑夫狂野古怪。他穿著一件沒人能忍受的邋遢夾克，但他不是癮君子。可以看出他們的衣著即使在普通中學生裡也不算流行。兩人正在分享多汁的漢堡。傑克小口抿著健怡可樂，莎莉喝沛綠雅礦泉水。今天熱得像蒸籠一樣，長椅剛好位於樹蔭底下，對他們來說真是棒極了，此刻兩人都沉默著。莎莉看見傑夫茫然地瞪著天空。

如果你在先前的一稿是這樣寫的，沒關係，亡羊補牢，為時未晚。現在就去修補、改善你的初稿吧。歡迎來到下一場——改寫。

第五場
改寫

66 · 不要重複！任何東西都不能重複！

改寫就像神鬼奇航裡的傑克船長[99]！切！砍！鑿！剪！劈！總之甩掉所有腐臭無用的東西！

「我寫它，我讀它。如果它聽起來像已有的作品，我就改寫。」

——埃爾摩·倫納德

以下這個描述有什麼問題？

> 內景　費茲吉本先生辦公室　日景
> 　　△一間豪華的辦公室。通過落地玻璃窗可將城市一覽無遺。

我們知道窗戶是玻璃做的，不要告訴我們任何我們已經知道的事情，永遠不要。有時很難一眼看出我們已知的事情。所以我才建議你把寫出來

---

99 傑克船長（Jack Sparrow），好萊塢著名系列電影《神鬼奇航》中由強尼·戴普飾演的海盜船長。是黑珍珠號（The Black Pearl）的船長，加勒比海的海盜王，也是實力最強大的海盜。——譯注

的東西大聲唸出來。

> 所有人都認真聽，除了凱姆。他變得坐立不安，~~引人注目地動~~
> ~~來動去。~~
> 馬修掉到地上，臉上毫無表情。
> 馬修掉到地上，毫無表情。

　　如果故事中有什麼事情我們已經了解，就不要再重複。換句話說，不要告訴我們已知的東西，不要有多餘的廢話，確保同一件事不要說兩遍。盡你最大的努力，不要告訴我們已經知道的。如果某事觀眾之前已經知道，竭盡全力提醒自己不要再次告訴我們已經知道的事情。

　　哈哈，我重複多少遍了，你這下總該記住了吧？

> 奧斯汀和克莉斯汀斜睨著眼珠子，好像在算計明蒂。
> 他們擁抱。愛麗絲坐進計程車的後座裡，驅車離開。
> 旋律湧出她的辦公室。

　　這類最簡單的例子莫過於某人睡在床上，只要告訴我們他睡了就夠了。這個傢伙是在醫院裡：

> 路易士~~躺在床上~~，連著一台呼吸機。
> 路易士躺著，連著一台呼吸機。

　　或者這個：

> 他看著牆上的鐘。

你不需要再說鐘在牆上，因為大多數鐘都在牆上。如果一個女孩跳入游泳池，我們就知道：直到她從游泳池裡出來，她都是在游泳池裡，所以也就不用告訴我們這個場景的其他時間裡她一直待在游泳池裡。也不要說「她游過游泳池」，有點娛樂性嘛，改成說「她一路水花飛濺地朝水深的那頭游去」。

> 他看著斯蒂芬妮，臉上掛著咧著大嘴的笑容。
> 他看著斯蒂芬妮，咧著大嘴笑。

沒有人用他們的胳膊肘咧嘴笑。你當然可以再次精簡。

> 他對著斯蒂芬妮笑。

如果人物聽到喀啦喀啦的巨響：

> 崔維斯：咦，那是什麼聲音？
> 卡拉：那是格蘭特的車。我聽過這聲音。

咫尺之隔的重複實在太刺眼了，千萬別犯這個錯誤，不要在同一頁裡兩次提到一個女孩「身形健美」。另外下面這個作者還漏掉了一大段時間：

外景　海灘　黎明
　　△奔跑的麥迪森（麥德）‧格林斯潘健美體格的背部鏡頭。
　　△日出鏡頭

內景　浴室　日景
　　△身體離開淋浴，用毛巾擦乾。

內景　廚房　日景
　　△吐司砰地從烤吐司機裡跳出來。麵包塗上果醬。

外景　停車場　日景
　　△麥德停下1974年雪佛萊皮卡車。她停在一個明顯很擠的位置，勉強才能把她的車卡進去。
　　△她跳下車，抓著背包和棕色的午餐包，又從乘客座位下拿出一束向日葵。
　　△她個頭小，卻短小精悍，身形健美，穿著黑色Converse帆布鞋。她開始走向醫院，又轉身走回車旁。

不要老用同樣的詞：

　　凱特轉身，開始用一支大紅色記號筆在地圖上標注記號。

求你別在兩行之後又寫道：

　　她拿出另一支記號筆，開始在過去謀殺案的發生地做記號。

審稿人會注意到的，如果他們認為你很懶，他們就不會用你了。你只要告訴我們一個女孩很火辣就夠了，不用把你腦中幻想的性感女神細細描摹出來。

> 有人拍馬克的肩膀，他轉身，站在那裡的是艾麗西亞·薩西。23歲的金髮芭比娃娃，~~有著淺金色的頭髮，花花公子插頁圖片的身材，~~讓碧昂絲都會嫉妒的凹凸有致曲線。

不要重複你在場景時空提示行裡已經告訴我們的資訊：

> 內景　聖詹姆斯救濟院　日景
> 　　△聖詹姆斯救濟院內。
>
> 內景　法拉利　早晨
> 　　△鄧恩把車減慢到正常車速。

不要在描述中告訴我們一遍，之後又在對白中再說一遍：

> 內景　上場區／義演　夜景
> 　　△伊芙和魯迪從後臺看著各種演出上演。最後，到了演出的尾聲。
> 　　伊芙：到尾聲了。

或者，像這樣：

> 內景　電視吧　夜景
>
> 　　△大衛找到被誘拐男孩的故事還在電視裡上演。晚間新聞在複述。
>
> 　　新聞主播：一個名叫大衛的當地男人看見被誘拐男孩在商場並上前干涉，號稱籬笆幫的誘拐者逃跑了。

　　你在聽我上課之餘，找找上面這段對白中作者犯的語法錯誤。我找到兩個。另外還有兩處格式錯誤。

　　也不要在對白裡把同一件事說兩遍，在醫院裡工作的每個人都知道這個對講機女孩，何必再浪費筆墨。

> 　　接待員：請稍等，你就是那個對講機女孩？~~那個每天早上在對講系統裡說話的女孩？~~

　　下面這段裡「那張桌子」也出現了兩次：

> 內景　皮特和山姆餐廳
>
> 　　△這家義大利餐館簡直是直接照抄《教父》中的那家餐廳，氣氛陰鬱，食物是老派的義式風味，來的人都是常客。氣氛很熱烈，除了角落裡的那張桌子。
>
> 　　△角落裡那張桌子旁坐著馬克和里德格斯太太。

　　去掉重複的東西就會更直接、更乾淨，正是你需要的！

67 · 你在寫劇本的時候進行改寫！

千萬不要在寫第一稿的時候就折回去改寫你剛寫的東西，那是一個無底洞。

每次寫作階段告一段落時，把你那天寫的列印出來，和昨天的堆在一起，然後去喝一杯、出去散步或翻翻雜誌。

等到下次你坐下來寫的時候（也就是第二天！），讀你昨天所寫的內容，把想改的東西做好筆記，之後就開始寫今天的。不要讀前天寫的，不要回顧開頭，如果你現在就開始改寫，你的劇本就永遠寫不完！

折回去會揭露到目前為止你尚未察覺的問題，這麼做必將增加你的焦慮與苦惱，因為你的劇本顯得那麼不充分、不完美、不柴里安式[100]。折回去勢必讓你非常沮喪，沮喪得你可能冒出一個看似更好的辦法——放棄，開始寫另一個劇本，別陷入這傻瓜的遊戲。

每天都寫，要不斷增加那堆紙的頁數，幾星期之後就會變成不那麼薄的一堆紙。一個月之後，你這堆紙就相當可觀了，你可以引以為豪。堅持不懈地寫，當你結束第一階段，去喝兩杯。

可以短暫抽離一段時間，我說的是從這個故事，不是說從寫作。腦子裡得一直轉著一些念頭：為你的下一個劇本構思人物，繼續苦幹寫出一個大綱。短暫離開一段時間之後，之前你寫的劇本會在你的大腦中冷卻。這時再懷著新鮮愉快的心情返回你的劇本，你已經完成了一部110頁的作品，現在你已經有了一稿劇本，是時候改寫了。

但在此之前可千萬不行，這點請你務必要相信我。

---

100 柴里安式：史蒂芬・柴里安（Steven Zaillian, 1953-），美國編劇、製片人、導演。1994年憑《辛德勒的名單》獲奧斯卡最佳改編劇本獎，1991年憑《無語問蒼天》獲奧斯卡最佳改編劇本獎提名，2003年憑《美國黑幫》獲奧斯卡最佳原創劇本獎提名。其他劇本作品有：《天生小棋王》（Searching for Bobby Fischer）、《不可能的任務》（Mission: Impossible）、《人魔》（Hannibal）。美國《時代》雜誌稱之為「繼羅柏・湯恩之後，好萊塢最精巧、最敏感的編劇」。作者以柴里安式指稱成功的劇本寫作。——譯注

68·你在讀完整個劇本之後馬上改寫！

大錯特錯！你應該放自己假才對。

你問：「什麼意思，不讀完整個劇本？那你還能怎麼做？」

如果你握著紅筆，說：「嘿，現在是改寫時間。我想坐下來，喝點帶勁的咖啡，好好改造我不夠成熟、不夠完美的劇本初稿。」你已經深陷在致命流沙之中，不要從頭到尾讀完整個劇本，而是要像雷射手術那樣各個擊破。我的意思是說，你可以從頭到尾讀一遍劇本，現在就去做而且再讀一遍都是好主意，但是我誠心建議你每次通讀都要有具體的議程。

打個比方，劇本是一個口香糖做的九足團塊狀軟物，像黏糊糊的粉紅色星球漂浮在我面前。如果你想要立刻看清整體，簡直是不可能的任務，但是如果你進行核心採樣，就能透過研究一小部分，而真正了解你的研究對象。如果你讀劇本時帶的是雷射手術刀，而不是老式喇叭槍，那麼每次閱讀都會為你帶來更大的收穫。

舉例說明：

讀劇本時只看破獲神祕謀殺案的偵探故事（或者情節的_____方面，空格裡你想填什麼都行）。如果對你來說，檢查謀殺情節時不去考慮劇本的其他方面很困難，那就把關於偵探故事的那些頁面列印出來。閱讀及改寫這15頁，一遍一遍又一遍，直到你欣慰地看到你故事的這部分流暢順利地就像在冰上滑行。然後放下這一疊，再回到你的劇本，做另一次雷射光束式閱讀。

檢查你劇本裡兩個主角的愛情故事，所有鮑伯和卡羅爾的場景，只看鮑伯和卡羅爾的場景。故事的這部分都發生了什麼，你將得到一個非常清晰完整的判斷，其中的錯誤與不足也會豁然躍入你的眼簾，就像火上的老鼠騰躍而起，直撲向你。之後再看只有泰德和愛麗絲的場景。之後換成鮑伯和愛麗絲，之後則是卡羅爾和泰德。有些發現會讓你大吃一驚：比如，愛麗絲在劇本中消失不見長達30頁之久，而你之前居然絲毫沒有察覺。

只讀場景時空提示行，它們是否完成了你想要完成的任務？

通讀劇本，檢查是否有邏輯錯誤。

把劇本唸出聲來，這樣就能檢查教區牧師愛爾頓‧史密瑟的對白（囉嗦一句，對每個人物的對白都得一視同仁）。他說的話是否符合他一貫的形象和性格？他說起話來是不是像英格蘭人，而他本人應該是蘇格蘭人？他的話是不是總像是一百歲的老頭子說的？他有沒有說一些他不太可能會說的話，像是：「喲，哥們，我那輛凱迪拉克Escalade在哪？」

為了檢查打字排版和校對錯誤再讀一遍。不看故事，就看拼寫。

然後再讀一遍，只檢查每個場景的情緒，是你在這裡需要的情緒嗎？

只讀場景描述，不讀對白。是否流暢？是不是已經去掉了所有形式的繫詞？影像順序是否正確？凡是能刪的字詞是不是都已經刪了？是不是已經檢查過「劇本寫作的七宗死罪」？是不是已經把場景描述美化到熠熠發光？你的場景描述詼諧而有趣嗎？你已經把它分成短的段落了嗎？

通讀劇本來檢查每個日和夜，確保時間是一致的，還有路線是正確的。

「及其他，等等，等等！」

——暹羅國王（《國王與我》〔*The King and I*〕）

雷射光束式閱讀的作用很大，因為正是這些小小的部分加在一起就成為一個統一的整體，當它們組成你的電影時，任何一部分的缺陷都可能造成全盤皆輸。當然，如果你不在乎是否有人真的會把你的劇本拍成電影，因為你只是寫寫而已，因為你可以藉此瞞著伴侶和你的寫作搭檔膩在一起。如果是這樣，見鬼了！那就略過這整個步驟。

但我還是很高興你買了這本書。你真慷慨。

69‧你的第一頁不夠吸引人！

審稿人只讀半頁劇本就可以判斷你是否上道，如果你寫得夠好或者夠

糟，他可能只需要看完第一個句子就有答案了。當然為了確定，他們還是會等到看完第一頁後再判定你會不會寫作。

有那麼點兒沮喪，是嗎？

或者，振奮。因為如果你的第一頁寫得神采飛揚，就可以把審稿人推到第二頁，然後第五頁，第十頁，再到第三十頁，嗖，像泥石流裡的水獺，身不由己地直奔第110頁！一切都取決於頂呱呱的第一頁，這樣一想是不是就覺得更容易了？

第一頁需要注意的事項：

對白盡可能少。這是你唯一一次營造氣氛的機會，所以珍惜時間，寫點實用的。告訴我們在哪裡，告訴我們它想要什麼，告訴我們它看起來怎麼樣，讓我們能感受到這個世界。

我們碰到的是好人還是壞人？

我們得到關於地點、時間、類型的資訊了嗎？

如果你有打字排版錯誤或語法錯誤，你死定了。

如果你多用了幾次繫詞，你死定了。

審稿人的天線已經伸出，機警地搜尋你的寫作並非一流的蛛絲馬跡。審稿人和之後的演員都祈禱你知道自己在做什麼，你要做的就是讓他能一直待在睡蓮葉上，除此之外別的事一概不用考慮。

你勾住審稿人了嗎？第一頁有什麼能促使他們翻到第二頁？看看《愛的故事》（*Love Story*）的開場：寒風凜冽中，一個男人獨坐伶仃，旁白中他說：「你會怎麼說起一個死去的女孩？」一上來就攝住人心。

淡入和淡出所在的位置都對嗎？沒有什麼比放錯「淡入淡出」位置更能宣告你根本就不是內行，而且還是在第一頁的第一行。

　　　　　　　　　　　　　　　　　　　　　　　　　　　　　　淡入。

　內景　洗車場　日景
　　鮑伯的洗車場受到皮瑞威克瀑布鎮上所有人的青睞。

正確的放法應該如下，注意：「淡入」在頁面左邊，後面跟的是冒號。

淡入：

內景　洗車處　日景
　　鮑伯的洗車場受到皮瑞威克瀑布鎮上所有人的青睞。

還要注意「淡入：」下面要空一行。如果你像我一樣每個場景時空提示行（或者如「最後定稿」軟體裡所稱的「場景標題」）上空兩行，那就需要調整第一個場景時空提示行，總之「淡入：」下面只能空一行。

在「最後定稿」軟體中，把游標放到第一個場景時空提示行的左邊。點擊格式／元素／場景標題／段落／之前空格／1──

看起來應該是這個樣子：

淡入：

外景　寒冷黑暗的外太空　永夜
　　卡羅爾‧海肯薩克，一個漂亮的家庭主婦兼太空人，在令人興奮的太空漫步時，銼著自己的手指甲。

不能像這樣：

淡入：

內景　斯德布里奇家的廚房　日景

一隻花斑貓優雅地走過昨晚激烈爭執和扔盤子比賽留下的一地碎屑。

　　這也適用於光學效果（optical effect）之後。以下這樣用不對：

溶接：

內景　約克姆臥室　夜景
　　年輕的小倆口缺乏激情的親熱。看著就讓人難受。真是可惜。

　　場景時空提示行上面、光學效果（最後定稿稱之為「轉場」）之後，要空一行。正確的用法應該是這樣：

溶接：

內景　馬戲團圓形帳篷　夜景
　　蒂米，大笑，使勁拉著媽媽的袖子，指給她看沒穿褲子的小丑。

　　當然，你怎麼處置淡出沒這麼重要。相信到那時他們已經決定買下你的劇本，給你一輛豪華轎車、一個司機，另外為你孩子上大學買單。有些人在淡出後會加個句號，有些人則什麼都不加，不過因為故事不是從這裡開始的，所以冒號是不能加的。

　　「淡入：」放在頁面的最左邊，因為你的眼睛總是從這裡開始看，淡出則在頁面的最右邊，因為這是你的眼睛結束閱讀的地方。

淡入：

淡出。

　　如果你去買劇本或者在網路上看劇本，經常會看到一些劇本帶有場景數字。在頁邊緣，場景時空提示行的左側，有小小的數字。

> 51　外景　橋—從很遠的上方　黃昏
> 　　△運貨車停下，門打開，幾個歹徒卸下布雷瓦德和萊弗里特的屍體。
> 　　△他們的屍體被扔進河裡，油汙的河水吞沒了他們。

　　你可以讓「最後定稿」軟體在你的劇本中加入場景數字，對你進行改寫會很有幫助，但是到了把劇本寄出去的時候，你還是得把數字去掉。

　　執行製片在為影片做預算的時候就會用到場景數字，不過他會自己為場景編號。我想他們應該不至於打電話給你，說要麻煩你把「最後定稿」版帶場景數字的劇本遞給他們，以方便他們替場景編號。而你待價而沽的劇本不需要有數位，因為它都還沒賣出去呢。別做這種一廂情願而幼稚的事，只會讓他們扣分！

　　一開始就得讓你的審稿人感到舒適自在，別讓他暗生疑竇：「我搞不清楚這發生在什麼時間？」去掉所有讓他產生不安、不快、不適、不爽感覺的可能，首要問題就是：「我在什麼時間？什麼地點？」

> 淡入：
> 　　內景　漆黑的廚房　　　　　　　　　　　　　　　（現代）
> 　　內景　太空站　　　　　　　　　　　　　　　　（西元5035）
> 　　內景　褶皺花邊裝飾的閨房　　　　　　　　　（很久很久之前）
> 　　外景　懷俄明州的小鎮　　　　　　　　　　　　（1857年）

看看以下這兩頁。這兩個學生對格式都非常了解，但是第一頁的小瑕疵多得足以讓審稿人擔心接下來的109頁。

淡入：

外景　特拉維斯，阿拉巴馬　夜
　　　黃昏。松樹蔭。
　　　俯拍，一座普通的兩層樓別墅坐落在一片起伏的草坪。三輛沾滿汙泥的輕運貨車在前院熄火停著，旁邊是亮黃色的國民汽車和一輛迷你麵包車。陽光照耀著這典型的中產階級美國之家。

內景　廚房　夜
　　　多蒂・費什，46歲，身材健美，保養得很好，極具母性特徵，在她裝飾豪華卻一片狼藉的廚房裡發狂地攪混拌豬里脊肉。櫃檯上精美的瓷器堆得高高的。一鍋米飯在爐子上沸騰。剛切好的蔬菜被《特種部隊》(GI. JOES)的戰場包圍著。
　　　微波爐內的空間幾乎都被乾掉的黏糊填滿了。四個有柄水罐盛著剛泡的甜茶，如孤島般坐落在一片玉米鬚的碎片當中。奧本的洗碗布和隔熱墊在廚房裡到處亂丟。門框都被孩子們的身高線畫滿了。

多蒂

　　　金博，我需要你幫忙！

　　　金博・費什，55歲，多蒂的丈夫，肌肉發達，疲倦懶散，很有男子氣概。朝廚房探頭探腦。

金博

　　　什麼？
　　　多蒂開始拌沙拉。

金博（繼續）

　　　我不是擅長交際的人，波是他的意思是，她家裡人也許會嚇死人的友好。當然我沒被嚇死。只是一個週末長假而已。我將在外頭待到星期二。
　　　星期二……

內景　多蒂的廚房　夜景
　　　多蒂把甜茶倒進玻璃杯。擦擦汗。從小書房裡傳來一聲巨大的咆哮。

現在，我關心的是那些可能讓審稿人「咯噔」一下的瞬間：

- 淡入：下面應該只空一行，而不是兩行。
- 你還沒有告訴我們故事發生的時間。
- 第三個句子有一個語法錯誤。應該是「坐落在……之上」。
- 在第二段，繫詞出現了兩次「在」和「是」。
- 輕運貨車真的是「熄火」了嗎？怎麼看出來呢？或許它們只是停在那。
- 房子被描述為「普通」，廚房卻是「豪華」，這算不算一個邏輯錯誤？
- 只要你一說什麼是「典型」，我們就會懷疑這樣的家庭有什麼值得我們關注。
- 對多蒂的描述都停留在身體特徵，關於她的性格特徵則隻字未提。
- 你最好還是含糊其辭一點「40多歲」，而不是斬釘截鐵地寫出她的具體歲數。
- 我不很明白「母性特徵」是什麼意思。是「媽媽」的另一種奇特表達方式，還是你對她身體特徵的解釋？
- 不要重複。「體形健美」和「保養得很好」，基本意思相同。
- 「正攪混著」應該是「攪混」。只是個人看法。
- 米飯都煮得溢出來了，多蒂是不是該有點反應？
- 戰鬥場地就是一個詞：戰場。
- 「被 G.I.Joes 戰場包圍」，恕我愚鈍，我完全搞不懂這個影像到底是什麼意思。
- 四個帶柄水罐喝茶這符合現實嗎？是不是太多了，只是個人看法。
- 「玉米鬚」就可以了，你不需要再加「碎片」了，因為玉米鬚不可能被切碎。
- 奧本（auburn）在英文中同時也是赭色的意思，所以第一次提到的時候應該稱全名「奧本大學」。

- 不要重複：如果金博肌肉發達，我們自然就會認定他是很有男子氣概的。如果他是她的丈夫，我們自然也就知道他是一個男人。不要告訴我們已經知道的事情。
- 跟他妻子的情況一樣，我們需要人物性格的一些描述，別只給我們體貌特徵。
- 不用說:「開始」，只需要說「多蒂拌沙拉」就行了。
- 多蒂要金博來幫她，之後卻忘了自己提出的要求。這是不是一個邏輯錯誤？
- 在「波是」後面需要一個逗號，這樣我們就可以感受到對白正確的節奏。
- 也許「他的意思是」之後，不需要再加逗號。
- 你讓金博連說兩次「嚇死」？
- 「多蒂倒甜茶」，之前你已經告訴我們是甜茶了。那麼從此以後，就稱之為「茶」好了。
- 「咆哮」是聲音，我不確定你能有一個「巨大的咆哮」，當然可能我有點太吹毛求疵了。
- 我不曉得我讀的是哪一類故事。正劇（悲喜劇）？喜劇？

　　睡蓮葉上有那麼多的刺、枝蔓、滑溜的地方，讓審稿人不得不放慢速度，當心腳下。「多蒂開始拌沙拉」很悲哀地告訴你，只此一句就足以讓審稿人把這個劇本直接扔進沼澤。
　　再看另一個學生的第一頁：

透過金色鳥籠的柵欄看去。等待這個婚禮結束時，牠們自由飛翔的鏡頭。

內景　擁擠的猶太教會堂　日景

蘇姍娜·戈德，年輕的待嫁新娘，沿通道走來。

她容光煥發，衣著考究的人群都被她吸引。

本吉·史克普，25歲，馬上就會成為她的丈夫，迷醉在她的一舉一動中。每一步都讓她離他更近。幸福的生活即將降臨到他身上。他們的眼神炙熱地交織在一起。他熱淚盈眶。

本吉（旁白）
你也許應該知道我以前結過婚，差一點。

新娘走到中途，一個上了年紀的商人衝進通道，擋住她的去路。他抓住她的手，單膝跪下。他對她悄聲輕語。

她扔下手中的花束，突然大哭起來，給了老傻瓜一個激情之吻。

本吉驚懼地往後縮，從臺上掉了下來。

本吉
這真令人難以接受。

內景　接待大廳

醫護人員在包紮本吉的斷腿。他悲痛欲絕。

山姆·史克普，73歲，一個皺紋滿臉的律師，頂著一頭讓人驚駭的猶太——非洲式鬈髮，正忙著和新娘的父親鏖戰。他們為結婚禮物起了口角。

本吉（旁白）
聽說過山姆·史克普嗎？他是六十年代著名的人權律師，我父親。

這兩頁差距明顯，對吧。審稿人可以疾跑穿過這一頁的睡蓮葉！

·開始沒有「淡入：」，也許這並不要緊。

·開場影像很有趣。「等待牠們自由飛翔的鏡頭」尤其驚豔。突變的段落很容易讀。

- 視覺化的寫作：我們不費力就能看見影像。
- 我希望能有一些蘇姍娜的性格描述，但是我願意再等等看。
- 本吉的對白很好，勾住了我們。
- 我不太理解那個老傻瓜之吻是什麼意思。但是，又一次，好的寫作拉著我繼續看下去，我願意再等等。
- 「醫務人員」需要大寫。

　　我們第一次見到本吉，他正處於巨大的壓力之下，而且第一頁還有一些有意思的瞬間。本吉父親的形象——知名律師，為結婚禮物和新娘的爸爸起口角都是很好的人物介紹。旁白短而有力。場景描述寫得簡省有效，只用寥寥幾個詞就迅速創造了有效的圖像。我最喜歡的是「幸福的人生即將降臨」，我都可以看見穿著白紗的新娘以慢動作對著本吉微笑了。

　　審稿人會翻到下一頁繼續讀下去！

70・你浪費了前十頁的機會，哎——喲——喂呀！

　　傑出的前十頁＝生命。平庸的頭十頁＝麻風瘡，酸液入眼，另外再加上沒完沒了的煎腸熬肚。前十頁非常重要，如此重要！真、真、真的很重要。你的前十頁，會成就或毀掉你的劇本。

　　前十頁也是你唯一確定能得到的機會。一些人會讀到二十頁，一些人如果看不到什麼大事發生會堅持到三十頁，但是不管怎樣他們都會看完前十頁。也許第十一頁看到一半，他們就會把它扔進垃圾桶，但是你最起碼鎖定了十頁！啊哈！

　　好好把握這個機會。

　　一開場就要發起攻勢，一開場就得有事情發生，已經有問題存在，我們也許還不知道是什麼問題，但是人物知道，我們也想要找出問題所在。

　　丹尼爾・伍卓爾（Daniel Woodrell）扣人心弦的小說《冰封之心》

（*Winter's Bone*）開場是蕊兒・多莉，一個年輕窮困、艱苦掙扎的的女人上奧札克山。上山途中，遇上兩個小孩、瘋狂的母親和製造冰毒的父親。作者剛交代完地理環境，一個警員就開車上山告訴蕊兒一週之後要審判她父親，但是最近沒人見過他。然後約翰・洛告訴蕊兒，她父親抵押了土地和房子作為保釋金，如果審判時他沒有出現，星期一蕊兒就會失去農場，必須搬走。

現在她必須去找她的父親，故事一開始就處於巨大的危機之下。

頭十頁。故事一開始，我們對蕊兒還不甚了解，但我們已經知道她有一個要命的問題，這個問題讓我們感興趣。

不需要暖身。

一個故事已經極其敏捷地開始前進。

展示主角的日常生活——我們的主角在哪裡生活，怎麼生活。

介紹主要人物。

確保我們知道自己看的是什麼類型的故事。

告訴我們核心衝突、緣起，還有主題會是什麼。

第十頁左右某處是那個引發事件。

你怎麼介紹你的主角？多花點功夫在這上面。他們亮相的瞬間是戲劇化的、生動有力的、引人注目的或者溫暖人心的？你的人物介紹準確嗎？能做點什麼改善？讓它更富戲劇性嗎？

《巫山風雨夜》一開場是隔板造的教堂雨中的外景，告示牌上寫著佈道的題目。然後我們緩緩進入教堂裡面，看見牧師李察・波頓和他的教區居民，教眾都擠到房椽上了，如飢似渴、專心致意地盯著他。然後（依然在電影的頭45秒內）波頓變得瘋狂，痛責他的會眾，徹底失去了控制。這就是開場！

我們迫切想知道這個傢伙是誰，為什麼會有如此憤怒的佈道。他深受折磨，顯然處於極度痛苦之中，他的問題激起了我們的興趣。我們想要發現他過去做了什麼，因為他說他的親戚有的「胃口」他仍然有。開場場景結束於他的會眾像從沉船上奪命而逃的老鼠一樣從教堂湧出，來到雨

中——多麼吸引人的開場！審稿人被一個他們想要了解更多的人物推著向前，不由自主地翻頁繼續看下去。

同樣的問題也適用於我們怎麼認識主角的對手？

快速掃描一些劇本的頭十頁：

《絕命追殺令》（*The Fugitive*）——主角的妻子被謀殺，他被拘捕，押送他的火車撞車了，他趁機逃走。

《巴頓將軍》（*Patton*）——那餘音繞樑、縈縈不絕的演講啊！（不是普通的頭十頁，是真正的偷心者！）

《西雅圖夜未眠》（*Sleepless in Seattle*）——他的妻子死了，他搬到了西雅圖。

《窈窕淑男》（*Tootsie*）——主角沒有得到演員的工作，他和泰瑞·卡兒一起離開，她也沒有得到這份工作。他決心裝扮成女人的種子已經種下。

《絕命大煞星》（*True Romance*）——那人遇見一個女孩，共度良宵。她承認是他的老闆因為他過生日雇她來引誘他，他們意識到已經愛上了彼此。

《畢業生》（*The Graduate*）——班傑明的畢業派對。有人告訴他未來是「塑膠業」。羅賓遜太太要他開車送她回家。在她的日光室裡，故事的第十分鐘，他說：「羅賓遜太太，您是在勾引我嗎？」

再看看《摩登大聖》的頭十頁是怎麼透露資訊的！令人應接不暇的豐富資訊。主角史丹利，廢物一個，被女房東鄙視，被女同胞無視。

(1) 一次海底打撈意外事故中，一個古老的箱子被砸開，面具漂到河面上。

(2) 史丹利的女同事要他把票讓給她，她想帶朋友去音樂會。這票本來是史丹利買來想約女同事一起去的，他真可憐。

(3) 損友告訴史丹利他需要改變，他們要去獵豔！電閃雷鳴。

(4) 一個絕色美女從雨中跑入銀行，她正眼都沒瞧一眼史丹利的損友，筆直走向我們的主角，每個人都覺得不可思議。

(5) 史丹利想為她開個帳戶，卻怎麼都打不開抽屜。她用他的面紙撩人地輕拭胸前的雨滴。

(6) 她拉著他的領帶，把他拉向自己，性感時刻。他挑的領帶花色應該是要讓人覺得有力，她問他覺得有用嗎？

(7) 他介紹了各種帳戶類型。我們看見她包包裡有個攝影機。呵呵！
剪接至：二號壞蛋和他的手下，他們討論銀行的警報系統，還談到頭號壞蛋。

(8) 二號壞蛋野心勃勃，想取代頭號壞蛋成為老大。**剪接至**：史丹利去一家修車廠。

(9) 修車人員完全不把史丹利當人看，漫天要價，形同搶錢，他得到一輛爛得快解體的「替代」車。

(10) 椰鼓俱樂部。史丹利開著他的破車來見他的損友和兩個正妹。二號壞蛋和他的手下在酒吧外面。史丹利再次遭到非人待遇，被意外地擋在酒吧外面。

　　所有主要演員都跟我們打過照面了，包括那張面具和頭號壞蛋的照片。我們得知影片類型是現代喜劇，還知道史丹利沒有女朋友，基本上是個受氣包，無論是面對女人、修車行的人還是他接觸的任何人。

　　所有資訊都是在頭十分鐘裡給我們的！我都要筋疲力盡了。

　　就在第三分鐘，史丹利的損友跟他說他需要改變──一句對白點明這部電影的主旨，《40處男》也是這麼幹的！

> 大衛：你就跟這些超級英雄玩具一樣，你把自己包得密不透風。

　　以下是從我兩個學生寫的劇本裡抽出的前幾頁：

外景　城市附近　夜景

城市？（現代）　陳腔濫調＝死定了.

一個極為普通的市中心住宅區，一輛骯髒的巴士在巴士站停下。一個年輕的黑人婦女從巴士下來，踏上龜裂而不平整的人行道時，用夾克緊緊地裹住自己。巴士沿路邊開走，她環視幾乎空蕩蕩的街道，走向一張貼滿競爭黨派傳單的長凳。她把包包放在長凳上，拿出一個附防狼噴霧器的鑰匙圈。她緊緊抓住這小小的噴霧器，把包包背到肩上，迅速地走上人行道。

太多細節　有必要嗎？　段落太長.
分成小段.

壓縮至現在的 1/2 到 1/3

內景　公寓大廳　片刻之後

誰在乎？

黑木鑲板和暖色光線，讓大廳的對比更加強烈，更突顯了外頭街上的亂糟糟。女人猛拉打開門，大步經過門口旁的一排郵箱，她筆直走到樓梯，往樓上爬。

加場景時空

樓上，環境不那麼溫暖熱情，木頭鑲板取代了渣煤（空心）磚牆。門廳天花板是嵌壁式照明，走廊零星點綴著間距較遠的聚光燈。隨著一聲迅速的警報聲，女人輕拍防狼噴霧，找到鑰匙圈中的房門鑰匙。她打開門，進入她的房間。

細節太多了　場景時空提示行上面是兩行空格　對情節有必要嗎？

內景　年輕女人的公寓—繼續

當門廳微弱的那壁燈光線流瀉進公寓，有一聲低低的狗叫，之後是一聲輕微的嗥叫。狗跑過來時，伴隨著跑動聲和叮噹聲。

這句必須挪動.

年輕女人

噓，奧斯卡。是我。

女人將身後的門關上，她伸手愛撫上前迎接她的約克夏。她輕按門旁的開關，

一個燈泡砰一聲爆掉，把她嚇了一跳。客廳裡微弱的光線根本無法驅散她家中夜的黑暗。一聲短促的狗叫，奧斯卡小跑進另一間房間。女人轉身鎖好門上的一排鎖。

當一聲從咽喉裡發出的低聲怒吼從另一個房間傳來的時候，她疲憊不堪、彎腰駝背的身體一下子變得緊張、警覺。

年輕女人（繼續）

奧斯卡？

當劈哩啪啦聲

一聲短促的狗叫，還有長聲尖叫，緊接著是讓人作嘔的劈啪聲從另一個房間傳來。女人的眼睛睜得老大，因為劈哩啪啦的噪音從附近傳來。

細節太太太多了！用塗黑機去掉
這些雜草.

年輕女人（繼續）

奧斯——

她看見某種大型動物，馬上察覺這是一個人形怪獸。從另一個房間四腳著地

緩慢移動。從門廳的陰影裡爬出來。它瞪著她，用後腿直立起來，用它的後腿站著，直到它完全站直。像一個人。

[手寫] 也許應該是敏捷的…站著不是…注意用詞.

[手寫] 女，她此修改是甚於整個劇本的力量！

年輕女人（繼續）
（摸索著她的噴霧）
哦，操你媽的給我滾！

[手寫] 無聊的詞

[手寫] 這種反應真實嗎？

那怪物走向女人的時候，發出一聲短促的噪叫。血的飛沫濺滿了那畸形的人獸臉。女人不再勇敢，扔下她的鑰匙，摸索著門上的鎖，想逃出去。怪物逼近，展示8吋的鋸刀。它微笑著舔著嘴唇。

[手寫] 她為什麼會勇敢？

[手寫] 太多細節.

年輕女人（繼續）
（哭著）
天啊……求你……別……

最後。人形獸揮舞著手中的刀，居高臨下俯視這無助的獵物，用發自喉嚨的低啞嗓音說。

[手寫] 拖慢了整個節奏

人形獸
不要祈禱。沒有寬恕。只有緩慢的刀鋒，
只有絕望的死亡。

外景　公寓樓—繼續
一聲。一個年輕女大的尖叫聲穿透寂靜的夜晚。然後是血肉被劈剁的聲音。然後，是嗚咽聲。然後是寂靜。

[手寫] 音效需特別區分開來（某文大高）

[手寫劃掉] 淡出

淡入：

[手寫] 在哪裡？紐約市？

內景　哥德式教堂　日景
門可羅雀的哥德式教堂最近擠滿很多人。儘管日光可以透過髒汙的玻璃窗，教堂內仍被昏暗籠罩。
每支蠟燭的表面都積滿幾十年的燭煙蠟油。窗上的彩繪甚至比屋裡的灰牆還黯淡。

[手寫] 太多細節

現在，你開始明白為什麼我說前十頁很重要了吧，而且這絕對不是我一個人的意見。

71 · 你沒撕掉前二十頁！

「不要背景故事。」

——華特·希爾

把背景故事放在第一幕——幾乎所有人都會犯這個錯。

新手編劇總是在電影開始時花太長時間。沒必要磨磨蹭蹭等候引擎預熱，你的審稿人迫不及待要愛上你的劇本，自始至終你都不要讓他失望。寫完第一稿時，看看如果撕掉前二十頁是否有幫助。

電影更接近短篇故事，而不是小說。因為遊戲規則就是簡潔，和你準備給審稿人多少資訊。精心選擇要告訴他們什麼，什麼才是真正重要的，你必須無比挑剔、異常精鍊。

先找到前二十頁裡你必須要有的那一小部分背景故事，然後將它掰開、揉碎，像撒鹽巴一樣分散到第40頁，第62頁，第93頁。然後扔掉前二十頁。如果審稿人在第二十頁停下，而你的故事還沒有真的開始，要到第三十頁才開始，那麼他們將永遠看不到你的故事。

「我總是努力找一個點：要從故事的哪一個點開始我的電影，這個點要盡可能往後，但又不能讓觀眾迷惑……從第15分鐘開始如何，他們能不能跟上？」

——彼得·威爾[101]

---

101 彼得·威爾（Peter Weir）澳洲導演，1971年拍攝了處女作《三人行》（*Three to Go*），隨後的《懸

作者經常在應該開始講故事的時候，卻在「故事準備」上花了太多的時間。不要一個接一個解釋誰是誰，把他們放在向前推進的動作中，讓他們藉由動作向我們展示他們是誰。一個經典的例子：

　　男人早晨醒來。
　　男人洗澡和刮鬍子。
　　男人開車去火車站。
　　男人買了一張票。
　　男人上了火車。火車開出火車站。
　　向觀眾揭示男人箱子裡有一個炸彈。

　　很好的揭示，即使那些開場場景裡可能有很多刻畫人物的精采時刻，但直到我們發現這枚炸彈，故事才算真正有了點意思。當我準備拿我巨大的紅筆劃掉你那些開場場景時，你也許會可憐巴巴地說：「但我得向你展示這個傢伙是誰！」我會回答你：「不！這個傢伙已經上了火車，火車滾落出軌道時，讓我們自己去發現他是什麼樣的人。」
　　不如這樣開始：

　　男人上了火車。火車出站。
　　向觀眾揭示男人手提箱裡有個炸彈。

　　之後，我們知道他離了婚，孩子們討厭他，等等。就像擠牙膏一樣，這些事是在巨大的壓力下從這個男人身上一點一點地擠出來。（他迫切地

崖下的野餐》（*Picnic at Hanging Rock*）成為其經典之作。1981 年的《加里波底》（*Gallipoli*）使威爾首次蜚聲國際影壇，也使主演梅爾・吉勃遜成為大明星，威爾因本片贏得澳洲電影協會（Australian Film Institute）最佳導演獎。1989 年威爾又和羅賓・威廉斯合作了《春風化雨》，獲奧斯卡提名。1998 年，威爾和金凱瑞合作《楚門的世界》（*The Truman Show*），再次獲得奧斯卡提名。——譯注

需要一個名字，一個和其他任何人物的名字都不押韻的名字！）

經常會出現這樣的情況：當你細讀你的頭二十頁，會發現有一個場景就像一部電影的開場場景。「淡入：」自然就要往那兒跑，聽從你腦袋裡那個微弱的聲音。很多你認為非常重要的資訊其實都可以丟棄，或者被一些對白替代：

> 灰姑娘：我有一個艱苦的童年。

「咻」地一聲！前17頁就——沒了！

72 · 你沒去除所有無關的動作！

你已經盡你所能剪除所有無用的枯枝了嗎？

> 「你寫了然後擦掉。你稱之為一種職業？」
> ——索爾·貝婁（Saul Bellow）[102]的父親

如果有位蘇丹說：「把那匹白色種馬給我們的朋友。」你會指示僕人走向馬廄，替馬戴上馬鞍，帶著牠穿過檢閱場來到金鑾殿；或者你會讓蘇丹說：「帶那匹白色種馬給我們的朋友。」然後剪接到：我們的主角跨騎在這匹白色種馬之上，迫不及待地準備出發？

看《午後七點零七分》（Le Samourai）的DVD，有很多亞蘭·德倫在

---

102 索爾·貝婁（1915-2005），美國作家，1941年到1987年的40餘年間，共出版9部長篇小說：《奧吉·瑪琪歷險記》（The Adventure of Augie March, 1953）、《赫索格》（Herzog）、《洪堡的禮物》（Humboldt's Gift）等。這些作品揭示了中產階級知識份子的苦悶，從側面反映了美國當代「豐裕社會」的精神危機。1976年，索爾·貝婁榮獲諾貝爾文學獎。1968年，法國政府授予「文學藝術騎士勳章」。貝婁被譽為美國當代最負盛名的作家之一。——譯注

長長的走廊上來回行走的場景，街道上、樓梯上、小巷裡……我最終放棄，按下快轉鍵快速溜過這些浪費時間的場景。如果你也寫了這種磨人的場景，刪掉它們，故事會更加緊湊。如果審稿人看著你的劇本只希望自己有快轉鍵，你會很受傷。

即使是大導演科波拉，有時候也需要劇本美容術的幫助。《現代啟示錄》DVD的第13章，小船上一夥人收到信件，他們受到河岸上的襲擊，克里恩被打死了。他們經過一架被擊落的飛機，在霧中繼續沿河而上。威拉德有一個很酷的鏡頭，他和他的M-16自動步槍位於濃霧籠罩的畫框左邊。更多的霧，他們受到河岸上的襲擊，只是這一次換成了弓箭。一旦他們意識到弓箭無法傷害到他們，他們就放鬆了——然後長官被長矛穿胸，就像姆富穆（Mfumu）在康拉德原著小說《黑暗之心》（Heart of Darkness）裡被描述的那樣。

俐落。簡潔。一個傢伙死於現代的方式，另一個傢伙死於古老的方式，故事就像彼得兔[103]一蹦一跳地向前推進。

但是，如果你看了《現代啟示錄重生版》（Apocalypse Now: Redux）的第24章：他們乘船溯河而上，克里恩被殺；經過墜落的飛機下面時，有個很酷的鏡頭：威拉德拿著他的M16自動步槍在霧中小船的前端，然後一個法國人從霧中現身，歡迎威拉德和一群易怒的法國人吃一頓漫無目的的大餐，之後跟一個老女人無聊的親熱，再之後這個法國人把他們送回霧中的小船，之後我們看到威拉德抱著M16自動步槍鏡頭的後半部分。至少他們吃飽喝足之後還重新制定了計畫，因為受到弓箭襲擊，克里恩死了，只得沿河而上。但威拉德只得到了一場性事和一頓好飯，整整25分鐘的段落裡（25頁！）沒發生任何事情推動威拉德的故事向前。

所以，想像這是你的第一稿——已經寫得很好了，但還有一點點鬆散：

---

103 彼得兔（Peter Rabbit）是英國著名童話作家波特小姐（Beatrix Potter）所著的繪本《彼得兔的故事》（The Tale of Peter Rabbit）中的主角。——譯注

重生版：

第23章：「克里恩之死」

第24章：「法國植物園」

第25章：「克里恩的葬禮」

第26章：「晚餐」

第27章：「失蹤計程車兵」

第28章：「弓箭襲擊」

你改寫的時候，要去掉那些不能推動故事向前的多餘東西。

《現代啟示錄》

第13章：「克里恩之死」

溶入霧中（哎喲！法國植物園段落到哪去了？）

第14章：「弓箭襲擊」

劇本寫作精采的一課。科波拉先生，謝謝你！剪掉枯枝，讓你的劇本賣出天文數字的高價！

相信我，更短往往等於更好。

你可以藉由去除那些乏味的東西增加張力。酷吧，哈？

每個場景都必須充滿向前衝的動作，好的場景能推動情節向前發展，進入下一個場景，讀的時候你會感覺到背後像是被人猛推一把，就這樣一路推著你前行。

你的故事向前推動時，得像一列沒有煞車的貨運列車才行。

下面這段第一稿，結尾有點變弱了，不應該這樣。

　　△他跳出計程車，卡洛琳還來不及阻止他。他屁股冒煙地沿街飛奔而去。

> 卡洛琳：哦！別這樣！
> 計程車司機：去哪？
> △卡洛琳沉默。
> 計程車司機：去哪？
> 卡洛琳：自助洗衣店。

如果你刪掉最後那一點尾巴，這個場景就乾淨俐落地戛然而止，保持高度張力，推動我們向前。

> △他跳出計程車，卡洛琳還來不及阻止他。他屁股冒煙地沿街飛奔而去。
> 卡洛琳：哦！別這樣！
> 計程車司機：去哪？
>
> 外景　洗衣店　日景
> △計程車停下。大衛在裡面，踢著兌幣機。

你也可以去掉中間的無聊過程：

> 「爸爸，我肚子痛。」

下一個場景

> 孩子躺在醫院裡性命垂危。

在《溫柔的憐憫》（*Tender Mercies*）中：

> 「你想過結婚嗎？」

下一個場景

> 他們結婚已經有段日子了。

　　刪掉中間過程其實就是省略，這有助於保持張力，推動故事向前。有事情發生，並不意味著你就必須展示給我們看！

　　以下這一頁取自我的劇本，還有我自己在上面潦草的塗塗改改。

父親（旁白）

馬特，馬特！上帝啊，我真幸運，你知道嗎？

有你這樣的兒子，我真驕傲……

馬特是如此孤獨……閃電擊中那棵橡樹，驚醒了他的白日夢。馬特看見一個海盜攀著一根樹枝垂吊而下，轉瞬不見。然後，這幻影就消失了，馬特朝小鎮疾跑而去。

[手寫：恢復] [手寫：他]

外景　玉米田上方的砂土路　夜景

馬特奔跑著，絆倒在路邊。岩石翻滾進玉米田裡。馬特聽見噗通一聲。

他停住。把一顆石子扔進遠處漆黑一片的田裡。噗通。

馬特感到迷惑，彎腰爬下田裡。接著，遠處的小鎮上空升綻放著煙火。

[手寫：泥塊滾進]

外景　馬特的視點　遙遠小鎮

前方，張燈結綵，就像7月4日美國獨立紀念日，達格利什海盜節歡欣若狂、失去控制。

[手寫：恢復]

鏡頭對準馬特　玉米田

馬特的注意力被吸引了，跑向那個小鎮。他的腳濺起更多灰塵，滾下路堤，打在玉米上，讓它們像水面一樣泛起起伏漣漪。馬特不會看見……

[手寫：踢起更多泥土] [手寫：讓玉米] [手寫：沒有]

外景　城市邊界標誌　夜景

「歡迎來到達格利什——海盜節的家鄉」，馬特飛奔而過，進入這個小鎮。

外景　大街／港

跨街橫幅：達格利什海盜節。不遺餘力製造喧囂。劍槍到處可見，哀嚎聲隨處可聞。

馬特害羞地在街上四處閒逛。沒有人留意他。

港口，繫在橋墩上喬裝成海盜船的船隻中，馬特發現有一艘裝備齊全的雙桅帆船。「冒險」，他敢嗎？

[手寫：四處探查] [手寫：移到27頁]

外景　小巷　夜景

馬特走路經過一條黑暗的小巷。聽到低語。

[手寫：聲響]

醉鬼（畫外音）

你給我地圖子嗎，老弟？

[手寫：喂，好心人，你給我地圖了嗎？]

馬特嚇壞了。

馬特

誰在那裡？

讓我們一起重溫一遍修改過程。先打個預防針，這會很枯燥，但請挺住：

- 我刪掉了「驚醒他的白日夢」，因為我已經說他一個人孤零零的，我認為審稿人會知道閃電擊中樹時，他正神遊天外。
- 如果他看見一個海盜又「轉瞬不見」，我想我們就已經知道了「幻影消失不見」。
- 我把「馬特」改成「他」，因為我這段已經用了兩次「馬特」了。
- 「岩石翻滾」改成「泥塊滾」，因為這是玉米田，不可能有很多岩石。
- 「馬特聽見」不見了，是因為「噗通」就是他聽到的聲音。
- 我去掉了「遠處的」，因為他把一顆石子扔進玉米田，誰在乎扔多遠？我又刪掉「漆黑一片的田裡」，因為我們通過上下文已經知道他扔到哪裡了，何必還要重複？
- 我刪掉了場景時空提示行，只留下「小鎮」，事實上在之後一稿中我又把「遠方的」加回去了。我喜歡場景時空提示行也能幫助創造影像。
- 「前方」——我們已經知道小鎮在他的前方。
- 小鎮在遠處，所以「張燈結綵，就像7月4日美國獨立紀念日」就夠了，儘管我十分喜歡「達格利什海盜節歡欣若狂、失去控制」，但不要重複。
- 不需要「攝影機對準馬特」，不能搶導演的工作，只需要告訴我們攝影機在哪就行了。
- 「奔向那個小鎮」刪去「那個」，有趣的是它是怎麼不見的，什麼時候不見的，原來你根本就不需要它。
- 「他的腳踢起更多泥土，滾下路堤。」比我第一稿寫的要清晰一點。
- 既然我已經說了「讓玉米像水面起了漣漪」，就不需要再說石子「砸」到玉米了。
- 我說「馬特不曾看」犯了一個錯誤，一切都應該是現在時態。

・我刪掉了外景。因為審稿人已經知道我們現在在哪裡。

・「馬特飛奔而過，進入這個小鎮。」我們知道他是朝著小鎮的方向跑，而且會經過邊界標誌。又有一個無用的「這個」。

・我一直不確定自己在這裡的決定是否正確，「劍槍到處可見和哀嚎聲隨處可聞」，很棒的一句。「不遺餘力地製造喧囂」字數更少，但也許不是最好的影像。

・首先我去掉了副詞「害羞地」，然後把「在街上四處閒逛」改成了「四處查探」。這麼一改，用詞好多了，比「閒逛」包含了更多內容。

・「走路經過」跟「走過」是一樣的，但是節省了兩個字。

・「喂，你給我地圖了嗎，老弟？」以最重要的詞結束。

・瞧，聰明的我把「嚇壞了」從場景描述改到了演員提示，整整節省了一行，不過今天再看，我更想要把「嚇壞了」直接拿掉。

*　*　*

現實生活中，保羅・里維爾大叫的不是：「英國人來了！英國人來了！」而是：「正規軍出去應戰！正規軍出去應戰！」但就對白而言，這兩句哪個更好？毋庸置疑當然是改寫的那一稿。

改寫，或者毀滅。

73 · 你以為你的第一稿（或者第九稿）很完美！

別犯這個錯誤。

要假設裘蒂法官正審視著你的手稿，化身為惹人生厭、吹毛求疵的批評家——如果你對劇本裡寫的東西沒有一個很好的解釋，她就會把你批得體無完膚。你必須把自己變成裘蒂法官，這很不容易。如果你寫的時候愛它，讀的時候愛它，那麼你可能就有麻煩了。暫且把這如火的熱情放下，當你準備改寫的時候，得問自己一些尖銳的問題：

- 我的故事所傳遞的東西，是我想要它傳遞的嗎？
- 我的故事有盡可能延遲開始嗎？
- 結尾有足夠的情緒和力量嗎？
- 人物的行為像他們應該有的嗎？或者跟他們在其他場景裡的行為一致嗎？
- 我們關心人物和他的問題嗎？
- 賭注夠高嗎？而且越變越高了嗎？
- 那些在意幕結點的人能找到它們嗎？
- 所有的場景描述都簡潔明瞭嗎？
- 每個人物說的話顯然都是出自他們之口，而且只應該出自他們之口嗎？（別忘了區分人物對白的那條戒律。）
- 頁面看起來是它們應該像是的那樣嗎？
- 這個劇本真的好嗎？還是只有我自己這麼覺得？
- 我能從每個場景裡擠出更多關於人物的東西嗎？
- 我要怎麼做才能讓場景更好、更令人難忘、更饒富趣味？
- 我已經讀完整本《你的劇本遜斃了！》了嗎？整張自我檢查表都對照劇本一一核對過了嗎？

　　改寫不僅僅是美化修飾文本，讓閱讀更順暢無礙，還包括為了某些原因而改變一些場景。為了讓人物刻畫更加深刻，調動對白、微調故事節奏、修補架構問題——總之盡一切努力讓你的劇本把故事說得更好。

　　你必須一直大聲朗讀，然後改寫，朗讀，改寫，直到所有發生的事不是因為你想要它們發生，而是因為對人物和故事來說這就是最好的處理方式。這種方法有助於你具備批評家的眼睛，也能防止你對你的劇本過分自戀。

　　以下是我寫的一個場景：

第一稿：

內景　商業攝影工作室　日景

　　△音樂響起。一個健壯的年輕攝影師，衣衫不整的模特兒、美容師、經紀人、瑪琳、一群助理。整個過程都伴隨著搖滾樂聲。

　　△攝影師在幫三個女人拍照。羅伯特拿著法律文件像雷神一樣突然闖入。門發出砰然巨響，一切都瞬間停住。

　　攝影師：（被闖入者惹惱）我們正在工作。

　　△每個人都惱怒地瞪著他。

　　瑪琳：羅伯特。我在工作。

　　羅伯特：我剛才也是。我本來正在做報告。

　　瑪琳：冷靜點。

　　羅伯特：我想我們得解決這件事。

　　攝影師：顯然你忘了把這件事記在備忘錄裡。

　　第一稿讓我得意了很長時間，正在跟羅伯特辦離婚的妻子瑪琳，嗯，不是一個好人，在把劇本讀了幾百遍之後，我意識到如果瑪琳是個張牙舞爪的女妖，那麼審稿人就會覺得跟她結婚的羅伯特也是個白癡。

　　改寫時我讓她變得柔和一些，整個場景也隨之柔和了。改變看似細微，卻卓有成效。

第二稿：

內景　商業攝影工作室　日景

　　△音樂聲響起。一個健壯的年輕攝影師，衣衫不整的模特兒、美容師、經紀人、瑪琳、一群助理。整個過程都伴隨著搖滾樂聲。

　　△攝影師在幫三個女人拍照。

> △羅伯特拿著法律文件從後面溜進來。他沒想到門砰地闔上的聲音就像是晴天霹靂。所有動作都猛然停下。
>
> 攝影師：（被闖入者惹惱）我們正在工作。
>
> △所有人都逗趣地瞧著。
>
> 瑪琳：羅伯特。我在工作。
>
> 羅伯特：（搖著文件）我本來正在做報告。
>
> 瑪琳：天啊，我很抱歉。
>
> 羅伯特：我想我們得解決這件事。
>
> 攝影師：顯然你忘了把這件事記在備忘錄裡。
>
> △瑪琳領著羅伯特從前面出去，身後眾人議論紛紛。

　　瑪琳對羅伯特好一點了，不像之前那麼尖刻。她沒有再把他攆出去，而他也就不再像一個愛上女妖的傻瓜。

　　即使像這樣看起來並不起眼的改變，也會產生日積月累的長期效果。一個在第48頁做的改變會影響到第49頁、第50頁、第51頁——每一頁，直到第110頁。打個比方，你的故事就像一條河流，每個場景都是上一個場景的下游。如果你在第48頁做了改變，比如讓瑪琳變得更友善一點，這就像你朝河裡倒了一桶藍色染料——隨著故事繼續流動，下游的一切就會染上顏色。

第六場
吹毛求疵

74. 你沒做到字字精準！

審稿人很在乎這一點。真實人生中，你也許不是字字計較的人，但是在你的編劇生涯中，你最好這樣！

舉個例子，「水泥」這個詞，你可能就用錯了。你聽到有人這麼說過，並不意味著就是對的。水泥是裝在袋裡的粉末，混凝土才是水、沙、石頭、水泥的混合物。馬路不是水泥做的。是的，老奶奶就會把混凝土砌成的游泳池叫成「有硬幣的池塘」。沒人在乎，她又不準備賣出劇本。

他拿出那支總是在夾克口袋裡的自動鉛筆，在「那書還像從前那樣新鮮而獨特」這個句子上畫了個獨特簡潔的記號。他把它改成「依然獨特，而且如常新鮮」。肖恩先生彬彬有禮地說：「因為獨特沒有程度等級之分。」
　　——莉蓮·蘿絲（Lillan Ross）如此描述威廉·修恩（William Shawn）

既然你寫作的時候可能很愛上網，那麼去www.dictionary.com討教一下，常去逛逛。

> 大衛和蒂莫西在那小鎮上閒晃，心花怒放、如癡如醉。

首先，去掉「那」。如果這兩個傢伙對彼此感到迷醉，他們是喝開了，還是愛上了？到底是哪個？

注意以下這些地雷：

· 「影響」（affect）vs.「效果」（effect）。

· 「出於所有意圖和目的」（for all intents and purpose）vs.（教劇本教了十三年，這是我最喜歡的例子）「出於所有強烈的意圖」（for all intensive purposes）。

· 「你的」（your）vs.「你是」（you're）。

· 「這裡」（there）、「他們的」（their）、「他們是」（they're）。

· 「披風」（mantle）、「壁爐架」（mantel）。

· 「猛衝」（career）vs.「傾斜」（careen）（「猛衝」意味著匆忙沿街奔跑），「傾斜」的意思是「一邊歪倒」，就像把船放倒一邊，在海岸上刮船底的藤壺。

· 「迫不及待」（champing at the bit）和「煩躁不安」（chomping at the bit）（查字典，你覺得自己知道，也許並非如此）。

· 走為上策（get the hell out of Dodge）。（道奇〔Dodge〕是個城市，開頭的字母要大寫。）

· She reigns him in. She rains him in. She reins him in. 到底哪一個的意思是「她對他嚴加管束？」三選一，找出來。

· 海洛因（Heroin）、女主角（Heroine）。人物經常想要在他們的靜脈裡注射女人。這什麼意思？！匪夷所思。

· 頂峰（Peak）、窺視（Peek）、憤怒（Pique）。當她不能一窺頂峰時，她被激怒了。（She was piqued when she couldn't get a peek of the peak.）

· 場所（Site）、視力（Sight）、引用（Cite）。三者的意思天差地別，傻子才會搞混這三個字。

它是（It's）vs. 它的（its）。用電腦的搜索功能搜索所有「它是」，確保你的用法都是對的。It's的意思是它是，its是所有格。

> 那隻狗盯著牠的碗。它是空的。狗悶悶不樂。

告訴你一個祕密，就是這「牠的，它是」的小故障，確實惹惱了一些審稿人。

有個叫比利・雷的傢伙說：「I'm for it！」是否跟那個叫奈傑爾說的是同樣的含意呢？可能不是。奈傑爾是英國人，他惹了大麻煩，可能會鋃鐺入獄，他的意思是「我罪該如此」，而比利・雷想說的只是「這主意很好，我舉手贊成」。你必須知道你筆下寫的這句話到底是哪個意思。

除非正在讀這本書的你是六年級小學生，而且在寫第一個劇本的同時，正在寫你的第一份期末報告（真想不到！），除了這種特殊情況，我想你應該已經知道自己能否掌握並運用英語這種語言。對某些人來說，文法和拼寫是極度困擾的難事。這不是什麼罪過，就跟有人需要戴眼鏡是同樣的道理。但如果你明明需要戴眼鏡，開車時卻偏偏不戴，就不可原諒了！如果你在劇本中犯了文法錯誤，審稿人和製片人會直接把你釘在十字架上，所以，如果你自己的文法沒有信心，最好找個朋友幫你把關，修正錯誤。「我的文法亂七八糟」，說句這話肯定很難為情，但總好過你花了一大把時間寫完劇本，卻因為文法亂七八糟或令人費解，而白白浪費了貴人賜予你的寶貴機會吧？

當然，字字精準的要求並不適用於對白。不是所有人物都像珍・奧斯汀那樣說話的。對白的文法沒必要處處完美──這不是廢話嘛！

75 · 你用的是數字而不是文字！

特別是在對白中：

> 大衛：我們5點必須到那裡。
> 康妮：把135個丘比特娃娃全帶上？
> 大衛：事實上是235個。

你寫的對白是演員要說的，審稿人要讀的——那就請寫成能聽能讀的形式。所以，要用文字而不是數字。

> 大衛：我們五點必須到那裡。
> 康妮：把一百三十五個丘比特娃娃全帶上？
> 大衛：事實上是二百三十五個。

這也適用於人物的名字。人名最好也能向我們透露一點人物資訊。酷朋友。浪漫小子。時髦寶貝。物盡其用——利用一切可用資源，時時刻刻竭盡所能告訴我們更多的資訊。

> 1號朋友：她現在正準備打扮得花枝招展。
> 2號朋友：毋庸置疑。我也是。漢克斯真他媽的愛做白日夢。
> 3號朋友：如果安琪跟他好上了，那實在是太糟了！
> 4號朋友：她是我們當中最有膽量的。

一定要記住，爛校對會趕走審稿人！而且親愛的，記著要啟動你的拼寫檢查！別像上頭的作者那樣輸在校對和拼寫檢查上！

76 · 你居然要求鏡頭！

其實這是常識，但還是值得一提。因為你可能會碰上一個編劇老師或者看到一本編劇書，告訴你寫出以下這樣的場景時空提示行是個聰明的主意。

內景　潛水艇—中景—極小景的船舵鏡頭　夜景

外景　遠景—老舊的麥克唐納農場　日景

外景　中近景—愛因斯坦的長尾鸚鵡

讓你的寶典或良師光榮下課吧。

永遠不要提出鏡頭要求。這不關你的事。這件事有拿著高薪、專門思考這個問題的電影導演和攝影師負責。很久很久以前，在普利史頓‧史特吉的時代，劇本也得涵蓋攝影角度的範圍，但那都是陳年舊事了，早已時過境遷。

我說的是「永遠不要」，但其實也沒有那麼絕對，也許在一個劇本裡你可以提出鏡頭要求兩到三次而僥倖逃脫，但最好出現在極其重要的地方。比如說，為了讓審稿人了解到底發生了什麼事，攝影機必須處於即將爆炸的車上方，只有這樣你才有給攝影角度的必要。

即使如此，只能有一、兩次踩過界的行為，如果超過，你就可能就會激怒某人，何必冒這個險呢？不過，你還是可以透過寫場景描述來巧妙而隱蔽地「放置攝影機」。

> 外景　金門大橋　日景
>   △一個小小的身影，陶比西在橋中央躊躇徘徊。

　　半文盲的傻瓜看了這句話都會知道這是一個遠景，在畫框裡陶比西只有很小很小的一點。你不需要非要白紙黑字地寫出來這是一個遠景。同理，你想讓我們靠近時，也不需要寫成這樣：

> 外景　金門大橋　日景
>   △一個小小的身影，陶比西在橋中央躊躇徘徊。
>   △攝影機從很遠處向前移動，揭示這個小傢伙正在哭泣。

　　其實完全可以藉由你告訴審稿人的內容就達到這個目的：

> 外景　金門大橋　日景
>   △一個小小的身影，陶比西在橋中央蹣跚而行。
>   △一滴眼淚滑過他的臉頰。

　　因為你跟我們說了他的臉頰和一滴眼淚。我們就感覺好像跟他臉貼著臉，所以，根本不需要加那惱人的鏡頭描述，你想要的特寫鏡頭自然就有了。

　　透過場景描述在審稿人腦海中創造一幅圖像——結果跟你提出鏡頭要求一樣，但不會惹惱導演。或者審稿人。

77 · 你竟然要求特定的歌曲！

不要告訴我們正在播放的是哪首歌，除非如果他們不用那音樂，你就馬上刎頸自殺——即使是這樣，也不要。

康納坐在沙發上，挨著那個人，他看著《笑彈龍虎榜》（ *Naked Gun* ），但沒有節目的同步音響，背景音樂是拱廊之火（ the Arcade Fire ）的《醒來》（ *Wake Up* ）。他看起來無聊至極。

首先，審稿人也許不知道拱廊之火樂團唱的《醒來》聽起來是如何。我就不知道。其次，製片人也許覺得你很難打交道，因為為了一首歌你就準備拚命到底。第三，他們也許會擔心這種歌的版稅貴得讓人咋舌。只要說「一首羅曼蒂克的民謠」，或者「一首尖銳刺耳的龐克搖滾」就好了，或者「類似德國容樂團（ Accept ）的《竭盡全力》（ *Balls to the Wall* ）之類的藍調」就好了。總之，只要讓我們知道這音樂聽起來是什麼感覺就好，不必確實指出歌名。

不要踩過界，那也是導演的工作。

那個寫《霸道橫行》的傢伙沒有為割耳朵的場景欽點 Stealers Wheel 樂團的《進退兩難》（ *Stuck in the Middle With You* ）。他把這個決定留給了導演。不，等等，他確實點名要求了——因為他就是導演昆汀·塔倫提諾。

所以，只有當你準備自編自導時，才能要求音樂。除此之外，最好還是做好自己的本分，別去挑戰導演的權威。

78 · 你沒有啟動錯字檢查，你這個笨蛋！

對很多人來說，這是個敏感問題。我就是其中之一。

> 她把花塞進雷蒙多胸前（breats—breast）的口袋中。
>
> 一個笨（clumbsy—clumpsy）小孩跑過街道，手裡握著冰淇淋甜筒。

過去我常在學生作業中圈出拼錯的字，並寫道：「啟動你的單詞拼寫。」我已經厭倦了在同一批人的作業上一週又一週地寫上「啟動你的單詞拼寫」，所以後來我改變策略，只要有一個單詞拼錯了，我就只給這份作業「F」。檢查拼寫！這能有多難？如果你認為這要求很嚴厲，那我告訴你，如果你讓製片人抓到一個打字排版錯誤，他們立刻就會把你的劇本扔進垃圾堆！

記住，他們在尋找任何能夠不讀你劇本的理由，這樣他們就可以跟漂亮的救生員美眉或電影明星出去閒晃了。或者都不是，是陪他們的媽媽逛街。

「為什麼那些發生在笨蛋身上的事，總是發生在我身上？」
—— 荷馬·辛普森[104]

好的劇本就是電影的藍圖。如果一棟別墅的電路系統一團糟，你會去買嗎？正確的單詞拼寫是基礎，如果連這個基礎都沒有，沒有人會買這個劇本。而且一個拼寫錯誤就會讓審稿人停止閱讀，轉移他們對劇本品質的注意力。

所以，一定要注意你的拼寫檢查，它真的、真的事關重大。也許你不把它當回事，但是可能會把你的劇本給他的老闆看的那些人並不這麼想。

---

104 荷馬·辛普森（Homer Simpon）是美國經典電視卡通《辛普森家庭》中的一家之主。在龐大而成功的辛普森卡通系列中，荷馬可能是最受歡迎的成員之一，他的口頭禪「D'oh！」還被收錄進牛津英語詞典。荷馬是美國藍領工人階級的典型代表，雖然貪吃、懶惰、常惹是非且非常愚蠢，但偶爾也會展現出自身的才智與真實價值。——譯注

倒敘一二十年前

　　我的第一個劇本在歷經九稿之後終於投入製作，就是用打字機寫出來的。一台IBM改錯電動打字機二代，文字處理的經典利器，直到今天我有時還會用它寫對白。在1980年它價值1000美元，而它能做的就是打字。外形美觀，還有專為人類設計的最佳鍵盤，用這玩意打字簡直就像馭風而行，輕鬆愜意。但是有時候，我會打錯字。

　　使用IBM改錯電動打字機二代時，如果你打錯字，倒退一個空格，點擊「改正」鍵。一個白色的薄膜打字機帶就會出現，你把打錯的字再打一遍，錯字就會被一個白色的字母覆蓋住。然後你接著打正確的字母，就會壓在已經被覆蓋的錯誤字母上。聽起來很複雜？比起以前的折騰，簡直就是極樂世界。你肯定不想再聽我跟你講古代修正液的故事吧。

　　IBM打字機的改正功能就像護身符——只要紙在打字機裡，被緊緊夾在滾筒與彈簧之間的原始系統中。即使你一路打到紙張的底端，回頭看，在頁面頂部發現了一個打字錯誤，你都可以把紙卷回到頂部的位置，把字母放在正確的那一點，按下「改正」鍵，覆蓋那個寫錯的字，再打上正確的字，然後你就可以繼續你的寫作了。

　　但是，僅限於紙張還在打字機裡的時候。

　　一旦你把紙拔出來，那就是另外一個故事了。如果你發現一個錯誤，一旦這張紙不懷好意地躺在你的桌上，大聲尖叫：「你這個笨蛋，你居然沒發現這個錯誤！」卻沒辦法將紙再放回打字機，回到原來的位置——這就意味著，你必須把這一整頁重新再打一遍。

　　我重複一遍：「把這一整頁再打一遍。」

　　這意味著再放入一張紙（它後面的那張紙是為了保護壓紙捲筒〔就是那個滾筒〕不會出現凹痕，因為有個東西〔小球〕會用力地敲擊它！），然後看著你剛才打出的那一頁（沒有好好校對的那一頁），重新把這頁再

打一遍。這個令人惱火而抓狂的操作過程可能耗時兩分鐘至十分鐘不等，取決於你的打字技術。

而且這個過程因為你的自責與懊惱會加倍煎熬，你浪費在重打你那頁劇本的整段時間裡，自始至終（衷心期望你的劇本像是華特・希爾式風格）[105]，你都心如刀割，一切全因為你之前沒有發現那個該死的打字錯誤。

溶接：

今天

幾乎沒有人再用打字機了，這就是為什麼 Royal 和 Smith Corona 牌打字機被當作古董炒到天價。幾乎所有人都在用電腦，如果你在電腦上發現一個打字錯誤，你需要做的只是按刪除鍵，改正這個小差錯，然後按列印鍵——看啊！閃亮亮的嶄新一頁就從你的印表機裡吐出，漂亮整潔得就像是一杯波本酒。

它只會花去大約十秒鐘！

所以請解釋，親愛的讀者，當我開始寫作時得花三分鐘改正一個打字錯誤，為什麼現在的人不願意花十五秒鐘來改正呢？是因為加工過度的食物？降低智商的電視？還是一個殃及全球的驚天大陰謀耗盡、污染了我們寶貴的體液？

我知道這令人難以置信，但製片人和經紀人之中的一些人事實上跟我年紀一樣大，也不喜歡打字錯誤。而且，對身處自我象牙塔中的你來說這或許是個衝擊——他們不喜歡那些犯這種低級錯誤的人。

電影這個行業裡，人們被雇用最常見的理由不是天才、魅力或者他們

---

105 華特・希爾（Walter Hill, 1942-），美國電影編劇、導演、製片人，導演作品：《殺神輓歌》（*The warriors*）、《南方的安慰》（*Southern Comfort*）、《魔鬼紅星》（*Red Heat*），編劇作品以《異形》系列的劇本最為著名。華特・希爾的作品大多節奏緊湊、動作不斷，少有對話，這裡作者以他代指字數少的劇本。——譯注

認識誰——而是因為人們喜歡他們，想和他們一起共事。如果你有打字錯誤，人們不會喜歡你，也不會想和你共事。

「為什麼呢？」你會問，帶著我已經看慣了的樸實天真笑容。

因為他們認為如果你實在太隨便，隨便到懶得去校對劇本，或者（但願不要如此！）懶得校對一封附上的投稿信——這樣你就不可能成為他們能夠依靠信賴的人。而且，這是每天有數以百萬計的美元在門外飛來飛去的行業，可靠是可雇用的關鍵條件之一。

我曾經在博多[106]書店辦過寫作研討班。我帶著好萊塢編劇和製片人去不同的城市回答關於寫作的問題。我永遠忘不了當一個製片人說如果她收到一封有錯字的投稿信，她就直接扔掉。人群中有位女士反應很激動，「你怎麼能這樣做？如果那個劇本是部曠世佳作呢？」製片人看著她說：「我不在乎。如果你不能寫一封文法正確的信，為什麼我該認為你能寫出一個好劇本呢？」人群中的那位女士覺得因為她花了整整一年寫這個劇本，所以在那裡的某人理所應當應該去讀。

錯了。

他們不欠你任何東西。什麼也不欠。

所以，如果你知道你的信裡有個打字錯誤，他們就會直接扔掉，也許你會仔仔細細、認認真真地檢查你的詢問函和劇本裡的拼寫。也許不會。你自己決定吧。

記住，他們不想和笨蛋一起工作，為什麼你要讓他們覺得你很蠢呢？

美國編劇工會（Writers Guild of America，簡稱WGA）每年登記在案的新劇本有幾千個，所以你大可放心，經紀人和製片人會收到大量沒有錯字的投稿信和劇本，他們根本不稀罕扔掉一些劇本，其中就包括你的。

---

106 博多（Borders）公司是全美第二大圖書經銷公司。——譯注

79 · 你太信任自己的拼寫檢查了，哈哈哈哈哈！

對待拼寫檢查就像對待惡婆婆！如果可能，你可以讓她幫你，但是絕不至於信任到託付身家性命的程度。永遠不要忘記，某些電腦告訴你對的事情，不一定就是對的。如果你不自己校對，你就是在自找麻煩。要一遍接一遍，聚精會神地校對。

> 莎莉和潔西卡兩個都微笑著，像兩頭雌獅露出（bear-bare）她們的牙齒。

如果你沒發現上面這個句子有什麼問題，你需要找個朋友替你完成校對工作了。讓我來提醒你，去掉「兩個都」和「兩頭」，另外還有一個錯字。下面這些校對錯誤，你千萬別犯。

> 男孩只戴著耶穌十字像回到聖壇（alter-altar）。
>
> 卡門透過窗戶往外窺視。（peak-peek，前者是頂峰的意思，後者是窺視、偷看的意思。）
>
> 湯米停下來誇獎（admire at-admire）科倫。
>
> 鮑勃看著靠近（adjacent-adjacent to）伊莉莎白的床旁邊的那些書。
>
> 神父以閃電般的速度（with lightening speed-at lightening speed）解除了凱特的武裝。

糟糕的校對會讓你顯得相當、相當、相當的愚蠢。

80・別以為越長越好！

更大不等於更好。業內的鐵律過去是至多不超過120頁，因為「一頁對應電影裡的一分鐘」，超過120頁，他們就會想：「這個笨蛋根本不懂電影這一行，我也完全沒必要讀他的劇本。」

我可以確定的是，每個拿起你劇本的人都會做同一件事：他們會快速翻到最後一頁，看看劇本究竟有多長。如果你的劇本少於120頁，每個人都會習慣性地認為你還算OK。但現在情況不同了。

因為電影製作如此昂貴，現在這個標準縮水到110～115頁。

不要說：「但是有些電影有三個小時長，那些劇本遠遠超過120頁，所以如果有必要，我可以打破這條鐵律。」是的，這種例外確實存在，但是那些劇本都不是出自籍籍無名、正在努力尋找第一個經紀人的作者之手，而是出於那些身價值成千上萬美元的編劇之手，如果一個作者靠改寫作品每週就能賺二十五萬美元，他無疑已經擁有特權到可以無視一兩條規則。

但是你不是，我也不是。如果你正削尖腦袋想鑽入這個行業，那就把你的劇本頁數壓縮在110到115頁之間。接近110頁更好，因為執行經理都看編劇書，他們相信這個115頁規則，所以你也不得不順應。

《英倫情人》是一部長達三小時的電影，但誰會想到它是從104頁的劇本裡榨出來的！

81・你沒把你的劇本大聲唸出來！

我最喜歡的非文學作者約翰・麥克非[107]就把他寫的東西大聲唸出來。

---

107 約翰・麥克非（John McPhee）曾任《時代》雜誌和《紐約時報》的固定撰稿人。1965年他寫出了第一部著作，自此之後他發表了一連串非小說類作品大獲成功，贏得了無數崇拜者，著有《控制自然》等書。現於新澤西州的普林斯頓大學教授新聞學。——譯注

你也應該如此。為什麼？因為當你只在腦中對著你自己唸的時候，聽起來很不錯，爽滑順暢，像是給嬰兒的肥屁股拍上痱子粉。這麼完美，哪還需要修改？但是如果你大聲唸出來，你就有希望聽到錯誤。

透過大聲唸出聲來，你會發現場景描述中的小失誤，也會發現故事的問題。最後，你要聽人物的對白。既然對白是給演員說的，為什麼你自己不把這對白大聲唸出來聽聽？

我開始寫作的時候養成一個習慣，一個特別好的習慣。當我有一稿正在改寫的劇本時，我會拿著三孔文件夾裡的劇本坐到沙發上，大聲地唸出來。如果我把一頁大聲唸出來三遍而沒有做出任何修改，我就翻到下一頁。如果我發現了需要修改的地方，我就做出校訂，之後重新開始第一遍閱讀。即使在第三遍閱讀時，我讀到這一頁末時改了一個逗號，我都會把這一頁重新再讀三遍。這麼做似乎永遠都讀不完劇本了，但確實是一個改進劇本的好方法。

如果真的想要聽到你的錯誤，就找個人大聲把劇本唸給你聽。那些曾經完美的一切，現在可能變得像夏日豔陽下的垃圾一樣臭不可聞。科學將這種現象稱為「觀察者效應」（Observer Effect）：「觀察的行為可能會改變被觀察的現象。」這就是為什麼我們在車裡唱歌聽起來像歌神，但是在錄音間卻是災難。如果對著你唸劇本的那個人唸到哪裡磕磕絆絆，或者對白邏輯不通，或者不管什麼，先潦草地做好筆記，再懇求他們不顧困難繼續前進。等你的朋友幫完你的忙，別忘了請他吃頓午飯！

82 · 你用了台破印表機！

你的劇本是用好的印表機打出來的嗎？用的是好墨水嗎？頁面有汙漬嗎？有模糊不清的地方嗎？有一點點弄髒了嗎？品質管制是你的份內事。你沒機會走到別人面前，為你廉價的爛印表機道歉。洛杉磯的人看不到你那間屋頂都漏水的佃農小木屋，他們也不會因為你沒有鞋子，你的孩子幾

週都吃不上飯而可憐你。只有你跟我知道你是多麼幸運，能夠列印出這麼一份劇本而你的房子沒有燒成一片平地，但在好萊塢沒人會在乎這個。

他們看的只是你的劇本，所以它最好看起來不錯。是「你的劇本」給人留下印象，不是你。而且你只有一次機會。

在把劇本遞出去之前，從頭到尾再檢查一遍，確保沒有少一頁，頁數排序沒有出錯，而且也沒有哪一頁是背面朝上放反的。你會奇怪影印機怎麼這麼不把你的前途放在心上。

而且最後：

啟動你的拼寫檢查，我萬分誠摯地懇求你。

淡出

第三幕

接下來該做什麼？

寫劇本是最簡單的部分。

「宇宙就像一個密碼保險箱，但密碼鎖在保險箱裡了。」
——彼得·德·弗里斯[108]

「原始部落很尊敬說故事的人，但是如果他的故事沒講好，
他們就會殺了他，然後當晚餐吃掉。」
——威廉·馮格[109]

「我知道你跟我一樣，什麼也不想幹，只想要現金支票。」
——剛剛幫大明星談妥一筆電視買賣的製片人

「難以置信：電影業的殘酷削弱了我多少自信心，經濟上的
窘迫又傷害了我多少自尊。」
——前電影編劇

「悲觀主義者抱怨風，樂觀主義者期待風能轉向，現實主義
者調整風帆。」
——威廉·亞瑟·韋德[110]

108 彼得・德・弗里斯（Peter De Vries, 1910-1993），因辛辣睿智的諷刺而聞名的美國知名小說家，1944年至1987年間任職於《紐約客》雜誌，他十分多產，一生創作眾多短篇、評論、詩歌、散文、戲劇、中篇小說和二十三本長篇小說，被美國哲學家丹尼爾・丹尼特（Daniel Clement Dennett）喻為「可能是宗教方面最幽默的作家」。──譯注

109 威廉・馮格（William Froug）美國艾美獎電視編劇、製片人，製片作品有：《陰陽魔界》（*The Twilight Zone*）、《吉利根島》（*Gilligan's Island*）、《神仙家庭》（*Bewitched*）。編劇作品有：《霹靂嬌娃》（*Charlie's Angels*）、《新陰陽魔界》（*The New Twilight Zone*）等。此外他還寫了許多關於編劇的書，也在加州大學洛杉磯分校和佛羅里達州立大學教劇本課程。──譯注

110 威廉・亞瑟・韋德（William Arthur Ward, 1921-1994），《信仰之泉》（*Fountains of Faith*）的作者，他的勵志格言在美國經常被引用，約百餘篇文章、詩歌、沉思錄被《讀者文摘》等報刊、雜誌刊載並廣為引用。──譯注

淡入

劇本寫作是一半寫，一半賣。

別再擔心「你是否寫出一個偉大的劇本」了，如果這是你的第一個劇本，它很有可能很爛。別害怕失敗。先寫完幾個劇本，再擔心、焦慮「我做的對嗎？」。現在，先高高躍起，不用去操心有沒有安全網。享受過程，咒罵結果。努力找到一點樂趣。如果它沒什麼樂趣，為什麼還有這麼多人躍躍欲試呢？

如果你對失敗憂心忡忡，好萊塢肯定會把你生吞活剝。

這是個艱難的行業，太多人想進來。出於某些原因，這行聽起來很吸引人。至於究竟為什麼，真問倒我了。如果你曾經到過片場，你就會知道壓根兒一點也不性感。只是一份工作而已。

「編劇沒挖煤苦，但比挖煤黑。」

——達伯・科奈特（Dub Cornett），編劇、製片人

人們對編劇很好，我是說，那些成為金字塔頂端的編劇。大概也就只有十五個男人和十五個女人，他們享受了皇親國戚般的待遇。除了這一小撮人，我不知道為什麼，好萊塢的人對編劇不怎麼樣。也許是因為每個人都能寫出一兩句話，他們怨恨你，是因為你比他們擅長做某些他們已經能做的事情。也許是因為如果編劇不寫完劇本，他們就開不了工，就沒有錢拿。也許是因為如果一部電影失敗了，只有編劇拿到了報酬。

「說來奇怪，作曲家研究和絃與音樂表現形式的理論，畫家如果不了解色彩和設計就無法作畫，建築師也需要基礎學校教育。只有當某人做了要開始寫作的決定時，他卻相信自己不需要學任何東西，似乎任何知道怎麼把字放在紙上的人都能成為作家。」

——屠格涅夫（Turgenev）

也許每個人都認為自己能夠寫東西，我不知道。不管出於何種原因，拉斯維加斯以西的人們經常對作家不怎麼好。知道這個，也許你就不會那麼氣惱了。高興起來吧。享受美好的食物，享受你的工作，感謝你有這個天賦。如果你還是氣不過，向你的治療師求助吧。但是別跟這個行業裡的某人嘔氣，這無疑只會為你進入這行增添障礙。

對你來說，進入這個行業的好方法就是寫一個超一流的劇本。但是完成之後，你只是跨過了第一個門檻而已。

現在你必須把你的劇本賣掉。

第一場

別當傻瓜，當專家

83 · 你想要的是出名，而不是寫作！

有很多作者不是想要寫劇本，而是想要變有錢。

如果你心底也有這麼一絲念頭，花點時間捫心自問，如果你心裡確實是這麼想的，趁早扔掉這本書，趕緊逃離這個寫作遊戲。寫作很艱難，而且最大的可能就是失敗。如果你想要的只是錢和名，我沒辦法幫你。

「這裡可不全是可樂和辣妹」。
——助理掉了一個10K的燈泡到老燈光師腳上，燈光師對助理如是說

你寫作的目的必須正確，而且，還必須單純。你需要寫作是因為你必須寫作。不是因為你想要拍成電影，不是因為它能付你的貸款。

真正好的作家即使得不到報酬，依然會寫。因為寫作對他們而言，是難以遏制的衝動，而且寫作給予他們的東西超越了金錢。你必須寫作，是因為如果不寫你就會死。

如果還有其他的原因，比如想把你的照片登在《人物》雜誌上等等，那你從踏上寫作之旅的那一刻起，已然朝著深重的悲慘而去。快樂的（或者半快樂的）作者是那些喜歡寫作，而不怎麼關心是否成功的人。

相信我。

別挖空心思尋找抵達成功的捷徑。不如把這時間花在你的劇本上，讓它組合裝配得像一只瑞士精工錶。在確定你的劇本確實很棒之前，不要貿然寄出。我是非常非常認真的。

我寫的上一個劇本，寫到最後一頁的時候我都哭了。頭兩個讀到它的人也哭了。這劇本很棒。當我把它遞給某人的時候，我不知道他們是否會買下，但是他們會認為這是一部很不錯的作品。

因為我在其中投入了時間。

你也必須如此，不要妄想你寫了一封空前絕後的偉大投稿信，某人就會買下你並不真的萬事齊備的劇本。在你把劇本寄出去之前，它必須他媽的刀槍不入了。寫完一稿劇本，然後把它放在一邊放上一段日子。寫另外一個劇本。然後再把第一個劇本拿出來看看。重新投入進去，捲起袖子，下點功夫，讓你的劇本好得冒泡。

檢查劇本中有沒有什麼東西是你在其他電影中見過的。如果有，改掉它。改進、完善，讓它變得更好。不要複製其他電影，因為看你劇本的人也許也看過這部電影。我敢打包票他們肯定看過。我最好的一位學生的行文、對白都新鮮地像還冒著熱氣，我向他討教，他回答說：「我把劇本唸出來，如果聽起來像某些我曾經聽過的東西，我就改掉它。」

所有藝術家都孜孜不倦地勤勉苦練。瑪歌・芳婷[111]、朱利安・施納貝爾[112]、米克・傑格[113]、索爾・巴斯[114]、畢卡索、唐娜泰拉・凡賽斯[115]、米

---

111 瑪歌・芳婷（Margot Fonteyn, 1919-1991），英國芭蕾女伶。評論家盛讚她為20世紀偉大芭蕾舞女演員之一。1940年成為舞團首席芭蕾舞女演員，1956年受封大英帝國爵級司令勳章。她在《水妖奧婷》、《羅密歐與茱麗葉》和《睡美人》中的表演尤其令人難忘。──譯注

112 朱利安・施納貝爾（Julian Schnabel, 1951- ），美國畫家、導演，他的繪畫作品在紐約、倫敦、巴黎和洛杉磯等地的各大美術館中都能找到。1996年，施納貝爾初執導演筒，拍攝了講述美國街頭畫家巴斯奇亞（Jean-Michel Basquiat）成名經歷的影片《輕狂歲月》，獲威尼斯電影節金獅獎提名。2000年，他將古巴著名作家雷納多・阿里納斯（Reinaldo Arenas）的人生歷程拍成電影《在夜幕降臨前》（*Reinaldo Arenas*），該片不僅獲得獨立精神獎提名，還在威尼斯電影節被授予評審團特別大獎。2007年的作品，根據前《ELLE》雜誌主編、記者讓・多明尼克・鮑比（Jean-Dominique Bauby）生平改編的《潛水鐘與蝴蝶》，又在第60屆坎城國際電影節上榮獲最佳導演大獎和評審團大獎。──譯注

爾頓‧坎尼夫[116]，每一個都是不辭辛勞的工蜂，這意味著起得比別人早，幹得比別人苦，而且真心想要成為你口口聲聲說鍾愛的這門手藝的專家。

你想要向他們兜售劇本的那些人可都是專家。為了站到能夠收購你的作品的這個位置上，他們投入了時間。所以你怎麼能比他們投入得少？

84‧你認為你的劇本與眾不同，不適用任何規則！

很不幸地通知你，不管你媽媽跟你說了什麼，你並沒有那麼與眾不同、獨一無二。好吧，也許你是，但你的劇本不是。我覺得這一點你趁早知道比較好。

今天的劇本跟一百年前的樣子差不多。你最完美的劇本也無法改變好萊塢寫劇本的方式。審稿人想要讀你的劇本，除了你的劇本，其他一切他們都不想看到。他們想要你的劇本看起來跟其他劇本的樣子差不多。封

113 米克‧傑格（Mick Jagger, 1943-），滾石樂隊主唱，是搖滾樂有史以來最有影響力的主唱之一。1964年5月，滾石樂隊發行首張專輯。到60年代末，滾石已成為全世界最知名的搖滾樂隊之一。70年代初，米克‧傑格還曾涉足影視圈。——譯注

114 索爾‧巴斯（Saul Bass, 1920-1996），美國動畫片繪者、美工師、導演、知名平面設計師，學院獎獲獎電影導演。他也是動態圖像和動態片頭的開山鼻祖。在他從業的40年裡，曾與一些偉大的好萊塢電影導演們合作，其中包括希區考克、史丹利‧庫柏力克和馬丁‧史科西斯。在他創作過的眾多片頭當中最為出名的是：為大導演奧圖‧普里明傑（Otto Preminger）的《金臂人》製作的那段以動態剪紙表現一個吸毒癮君子手臂的動畫；大導演希區考克的《北西北》中，上下疾馳的文字最終變成了高角度鏡頭俯瞰聯合國大樓的那段情節；為《驚魂記》所創作的雜亂無章的文字、一起飛馳然後被拉開的畫面。——譯注

115 唐娜泰拉‧凡賽斯（Donatella Versace, 1955年-），知名服裝設計師吉安尼‧凡賽斯（Gianni Versace）的胞妹，在兄長意外遭槍擊身亡之後，多娜泰拉毅然扛起凡賽斯大旗，以年輕、鮮活、性感、銳意求新的大膽設計征服了時尚界，被喻為「時裝界最有權力的女人」、「活著的美杜莎」。——譯注

116 米爾頓‧坎尼夫（Milton Caniff, 1907-1988），美國知名漫畫家，代表作品：《迪基‧戴爾》（Dickie Dare）、《特里和海盜》（Terry and the Pirates）、《史蒂夫‧坎勇》（Steve Canyon），其漫畫風格對於20世紀中葉美國歷險主題的連環漫畫影響深遠。——譯注

面、劇本，請給他們最符合一般常規的劇本格式。

下列這些錯誤應該沒有出現在你的劇本裡吧？但願沒有。

不要用三個曲頭釘。傻瓜。他們在紙上打三個洞就是為了引誘你墮入這惡毒的陷阱。用兩個曲頭釘。在為本書做調查的時候，我跟一個製片人談話，當我跟他說起三個曲頭釘時，他假笑著說：「是的，當我告訴一些編劇新手只用兩個曲頭釘時，我忍不住大笑起來，因為這規矩確實很傻。但當我看到一個有三個曲頭釘的劇本，我立刻就會把它扔到一邊。」之後他又大笑起來，就像這種：「哇——哈哈——！」

用「兩個曲頭釘」的原因很荒謬？助手必須影印你的劇本，不想花時間解開三個曲頭釘，既然兩個曲頭釘就能把你的劇本釘在一起，所以當他們看到有三個曲頭釘的劇本，他們就知道你並不熟悉他們的需要。就從拿起你劇本的那一刻起，他們就開始討厭你！

你用的曲頭釘對嗎？上 www.writersstore.com 網站訂購吧。

要用 1¼ 吋 5 號黃銅螺絲的曲頭釘。在你的家鄉可買不到，你能買到的那些金屬層太薄，根本無法固定。知道如何把「業餘」這個詞寫在你劇本的封面上嗎？除了直接寫上「業餘」二字，首推蹩腳的辦公室補給站[117]曲頭釘。

不要壓縮頁邊空白，企圖讓你過長的劇本能塞進珍貴的 110 頁裡。你真以為這些人的腦子都傻的嗎？如果你這麼做，他們只會想：「想鑽空隙，休想得逞！」然後把你的心肝寶貝劇本扔出窗外。別耍這些沒用的小聰明，做你該做的工作，讓你劇本變得短一點。

不要附上插圖、照片或者地圖，希望這些東西能「把劇本詮釋地更好」。媽呀，只要劇本！你必須用文字講述故事，只有文字。如果你半途中來一句：「現在打開這張地圖……」，你就直接出局了。

不要電影配樂的 CD，不要演員名單列表。不要那些有朝一日可能想

---

117 辦公室補給站（Office Depot）成立於 1986 年，總部位於美國佛羅里達州，年銷售額 150 多億美元，全球員工近 52000 人，為 43 個國家和地區的客戶提供辦公產品與辦公服務。——譯注

演出這個角色的演員照片，什麼都不要，只要劇本。你想要脫穎而出，這是肯定的，但是你想要的是憑「寫作」脫穎而出，而不是因為你像個笨蛋而從他們辦公室裡 1500 本劇本中脫穎而出。

不要加寬對白的頁邊距。

不要在金考快印[118]裝訂劇本。

不要把劇本放在三孔文件夾裡寄出去。

只用卡紙做封面！

不要以95%的比例縮印劇本，讓它顯得有更多空白。想法很可愛。但可別真的這麼做。

不要嘗試眼花繚亂的新格式，妄想好萊塢一直翹首期盼你這位曠世奇才給他們帶來生機勃勃的新意。我很遺憾地告訴你，好萊塢沒有你也繁榮昌盛了這麼多年了。如果你真的做了什麼稀奇古怪的大膽嘗試，你自以為新穎而改良的新品種只會讓他們認為你是個傻瓜。

而且他們也不會回你的電話。

85・你的扉頁放了不該放的東西！

扉頁上不要寫上代表版權所有的符號：© 。

扉頁上不要寫西部編劇工會什麼的字樣。

也不要寫東部美國編劇工會。

扉頁上也不要寫美國編劇工會註冊號349683。

扉頁上也不要寫「版權所有」。

---

118 金考快印（Kinko's），即聯邦快遞金考，是一家以印務為主要業務的全球連鎖公司，總部設在美國德克薩斯州的達拉斯市。金考快印的主要客戶是商務公司及 SOHO 族。——譯注

我精采絕倫的劇本
作者：
威廉‧M‧艾克斯

我的名字@網域.com
我住的街道
我的家鄉，州 12345
212/555-1212

除了劇名、你的姓名和聯絡資訊，別的東西一概不要寫，不要。你問我為什麼？

遊戲進行到這一階段，當你耗盡血汗為這個劇本埋頭苦幹了誰知道多久，終於有了一個很棒的劇本——你仍然有可能在最後一分鐘將它毀於一旦。我敢說，你想要顯得很酷，而不是像一個妄想症患者。

如果你把「如果你偷了我的創意，我就會把你告到斷氣」諸如此類的傻話寫在扉頁上，或者寫在應徵函裡，你就玩完了。只要你給人一丁點「你

擔心他們會偷走你寶貴作品」的感覺，我的朋友，你的劇本馬上就得到垃圾桶一遊了。

等等，我還沒說完！如果你和你的寫作搭檔把這個寫在標題扉頁上：

作者：

威廉・M・艾克斯和威廉・高德曼

這馬上就告訴他們：你完全不了解這一行。你當然不希望這樣，對吧？這個「和」字在業內是個公認的用詞，代表第一個作者被解雇了，第二個作者出現，取代了他。「及」的符號──&──意思才是你們是一個寫作團隊。

作者：

威廉・M・艾克斯&威廉・高德曼

這才意味著我們坐在同一個房間裡一起寫作。當然我只是打個比方，我也希望自己能有這份榮幸和威廉一同工作。

知道了這個小常識，現在你坐在電影院裡就可以喋喋不休：「嘿，那個女人被炒了魷魚，他們雇了這兩個人來接替她，後來又炒了他們兩個，最後這個傢伙清理戰場。」當然，大銀幕上的人員名單不會告訴你這部電影一路走來，另外還有十九名編劇在途中像蒼蠅那樣默默無聞地死去，而沒有得到署名。

你的劇本遜斃了，因為你在扉頁上寫了日期！永遠別這樣做！

要知道，在好萊塢，年輕比其他任何東西都珍貴。一個新劇本總是比一個老劇本值錢──即使那個老劇本更好。很傻，但事實就是如此。

遞出去的劇本就像潑出去的水，你永遠無法預知它的遊歷和際遇。如

果你在劇本上寫了日期，有人可能會在兩年後拿起它，然後認為它只是一個沒被投入製作的陳腐老舊垃圾——所以它鐵定是個爛劇本。

我曾經寫過一個劇本，當然，扉頁上沒有日期。我的經紀人把它遞出去，沒人買它。有人讀了它，差點就被拍成了電影，但是後來還是沒有。時間流逝。另一個經紀人把它寄給了一個劇本開發人員，他喜歡這個劇本。不幸的是，她的上司不喜歡，所以她只好把劇本放在抽屜裡——直到她有了一個新的上司。謝天謝地，他們喜歡這個劇本。又過了一段時間，他們找到了一個執行製片人和一個導演。

我去洛杉磯和製片人、執行製片人和導演共進午餐，吃午餐時曾有過這樣一段對話：

「那麼，這個劇本你是什麼時候寫的？」

我對怎麼回答這個問題早已做好了準備。

「哎呀，前不久吧。我居然都不記得了。」

那個執行製片人說：「是啊，有時老劇本是最好的。」

圍坐一桌的人齊聲嚷嚷：「是的。」「確實。」

然後那個執行製片人說：「我前幾天還看了一個老劇本。沒被拍成電影，但是確實很不錯。它就是五年前寫的。」

又一次，圍坐一桌的人一陣激動——只為了一個寫於內燃機引擎誕生之前的老劇本。我當然聰明地三緘其口。這席對話和這頓免費午餐都源於我的劇本，而它寫於二十年之前。如果他們知道這個劇本究竟有多老，就會像扔燙手山芋一樣扔掉它，因為每個人都知道：在好萊塢，舊的就等於糟的——因為如果它很好，那麼比他們精明的人早就把它拍成電影了，哪裡還會等到現在！

當然他們之中沒有人知道這個祕密，因為二十年前我沒在劇本的扉頁上留下日期。

86 · 你沒做過台詞排演！

所謂對白就是必須被聽到的話語。

你先在大腦裡寫它，又把它寫到一張紙上，然後在你的頭腦中唸它，這並不真的管用。要想發現你對白中的問題，你必須聽到它。

台詞排演是個好主意，尤其是如果你認識某些演員的話。如果只是你的朋友，效果會差一點，但是依然很有幫助。把人們召集到一塊，請他們吃晚餐，讓他們圍坐在桌邊，花一個半小時或者兩小時唸劇本。你不要參與，人物對白或者場景描述你都不要讀。你需要做的就是坐在那裡，傾聽，然後做筆記——可以用筆記型電腦，或者就在你面前的一本劇本上瞎畫都行。

確保：
- 給演員足夠的時間熟悉劇本。
- 準備足夠的咖啡和水。
- 讓自己有點幽默感。
- 帶點巧克力讓大家分享。
- 降低你的期望值。
- 簡明、直接地回答所有問題。
- 做好即興創作的準備。
- 做好失望的準備，這個不一定。
- 深呼吸。

請允許我給你一個小小的警告。如果你或者演員沒有做好準備，台詞排演的效果可能會令人非常沮喪。如果演員以電話直播的方式參加台詞排演（這意味著你沒有把他們伺候好或者給他們的報酬不夠，很顯然他們只是勉強為之），台詞排演結束時，你可能會想跑去自殺。

我曾在倫敦為一個製片人和投資公司做過一次圍桌排演。一個高檔酒

店的包廂裡擠滿了演員、製片人，還有我。投資人來之前，他們通讀了一遍劇本。演員的表現乏善可陳，無精打采而且枯燥乏味。這是我整個創作生涯的低谷。走出那個房間時我覺得自己毫無才華，之前拍出的每一部電影都是笑話，我根本就不配在這個行業裡混飯吃。我壓根兒不知道演員還沒發揮正常的「表演水準」，只是在熟悉素材。投資的人一現身，他們的表演馬上變得勁頭十足、激烈飽滿。對白像長了翅膀，從紙上飛起，在桌邊環繞。因為這次精采的排演，投資人拍板決定投資這部電影。

87 · 你還沒準備好，就急著把劇本遞出去！

如果你可以找到某位「實權人物」想讀你的劇本，你真是個幸運兒。所謂實權人物，我的意思是指導演、製片人、開發部人員或者演員，他們所在的位置能幫助你把劇本拍成電影，簡而言之也就是身處於電影行業之內的人士。

這樣的機會比金子還要寶貴，你一定要萬分珍惜。如果你把你的劇本交給某位實權人物，他們讀了而它並不優秀，他們就會：①永遠不會讀你以後寫的任何東西，或者②如果他們讀到你的下一個劇本，他們也會記得第一個不怎麼樣的那個，他將戴著有色眼鏡來判斷你的新作品。嚇著你了，但是，我說的是真的。

他們會說看到你的作品有多興奮，但是你別相信這種話。不要墮入這樣的陷阱：「這個傢伙想讀它，所以我最好趕快把劇本給他。」他們根本不在意你是否遞出了劇本，所以你最好再花六個月把你的劇本打磨得閃閃發光。每隔兩個月給他們打個電話，讓他們知道你還活著，這樣他們就沒法忘記曾向你承諾要讀你劇本的話。

我寫的第一個劇本《威洛比追逐的狼》（*The Wolves Of Willoughby Chase*），改編自一本書，讓我不間斷工作了三或四個月——也許是六個月。一個晴朗的日子裡，我終於寫完了。我心花怒放，想讓它下週就投入

製作。哦，快樂的日子，我姊姊的一個朋友正在和一個知名女演員約會，她自願讀我的劇本，而且，居然不可思議地想要幫我。我加倍地心花怒放。我開車到夏特蒙特酒店（Chateau Marmont），把劇本留在櫃臺，然後興高采烈地離開。我的劇本完工了，而通往財富幸福的金光大道已經在我面前徐徐展開。

我中途去了我朋友史蒂夫・布魯姆（Steve Bloom）的家。後來，他與人共同創作了《校門外》（*The Sure Thing*）、《神兵總動員》（*Tall Tale*）、《飛天巨桃歷險記》（*James and the Giant peach*）。他自願讀我剛印出來的劇本，這段時間我到他的臥室看本書。他看完劇本的時候天已經黑了，我回到他的辦公室。

我仍然記得他坐在椅子裡，向後一靠，我的劇本就放在他的大腿上。他開始快速翻動我的劇本，但不是為我的劇本唱頌歌，而是把它批得體無完膚。他像用十六吋的炮彈射擊我的劇本，而我的心血之作就眼睜睜在我面前爆炸。說來也奇怪，他剛開始溫柔地將我的劇本開膛破肚，我的眼前突然一下子清晰起來。我看見劇本裡成噸的錯誤，有些甚至他都還沒有指出來。這真讓人沮喪，當然，從另一個角度說，也令人振奮，因為有了他一流的批評意見武裝我的劇本，我可以讓它變得更好！

然後我想起了那個知名女演員，我把劇本給了她！她正準備讀這超級垃圾，讀了之後她不僅不會幫助我，也許還會追捕我、殺掉我，因為我居然用這麼爛的劇本浪費她的寶貴時間。

我覺得恐懼、愚蠢，還有其他一千種導致汗流浹背的情緒。羞愧難當的我在紐約打電話給她，準備告訴她我必須改寫劇本，請她不要讀我給她的那本。但在我開口之前，她先向我道歉，因為酒店把我的劇本弄丟了！哈！太好了！

躲過了一枚子彈。

我快速衝向我的劇本，又花了三個月進行改寫。整個寫作時間是九個月。但是，當我完工的時候，它確實是個好劇本了。它得到了優先購買權，最後被拍成了電影。我的編劇生涯開始了。一切都得感謝我的朋友斃掉了

我自認為已經很完美的半成品劇本，沒讓它搞砸一切。

銘記這些不朽的語錄：

「你對你的劇本感到厭倦了，並不意味著它就完工了。」

——威廉・M・艾克斯

還有：

「你怎麼知道你的劇本準備就緒了？當你再也做不了什麼，只能開始另一個故事的時候，或者當你把腦子都想炸了的時候。」

——製片人馬克思・王[119]

---

119 馬克思・王（Max Wong），美國電影製片人，製片作品：《恐怖怪譚》（*Disturbing Behavior*）、《魅力四射》（*Bring It On*）、《女排交鋒》（*All You've Got*）、《塔克，嘿咻嘿咻嘿休》（*I Hope They Serve Beer in Hell*）、《Capture the Flag》等。——譯注

第二場

電影業

88 · 你根本不知道電影業如何運作！

不要顯得你對「一部電影是怎麼製作出來的」缺乏了解。

做好你的功課，成為專家。

「他不只是一個牙醫。他在寫劇本。」

——蘇珊·莎蘭登在《管到太平洋》中（*Anywhere But Here*）

現在你的劇本已經竣工，你必須把它賣出去。這意味著要找到某人讀你的劇本，這個某人不是你的男朋友，除非你的男朋友就是製片廠的老闆。如果有這樣的美事，打電話給我。

到你的通訊錄裡挖寶。然後，向你的朋友求助：你認識誰有個堂兄弟或者姊妹是燈光師？或者前男朋友的媽媽有沒有朋友是克林·伊斯威特的劇本顧問？你的老師跟洛杉磯有什麼關係嗎？或者你有沒有碰過某些人曾經在好萊塢混過？也許他們有認識什麼人？

如果你不認識任何和好萊塢有關係的人，你可以試試從好萊塢創作人員名錄（www.hcdonline.com）中找到某人讀你的劇本，裡頭有每個製片公司和在那工作的人員的聯絡資訊。永遠不要把你的劇本寄到製片廠。找到

一個拍過跟你劇本類似影片的製片公司，然後寫信給劇本開發部主管，用甜言蜜語努力說服他，目的就是讓他讀你的劇本。因為電影業內人士每一年半換一次工作，一番走馬換任之後，名錄上幾乎一半的內容都不對了，所以你也要隨時更新，再買本新名錄。

你的詢問函最好寫得精采一點，多花點功夫在上面，最好花幾週好好琢磨琢磨。

在等候審稿人的同時，去組織一個作者小組。你可從中得到回饋意見，採納一些意見或者全部，完善加工你的劇本。記住，任何一個讀你劇本的人都是在幫你的忙。

與此同時，再學習一些這一行中的其他技能，為自己加分：你可以是演員，你可以是劇作家，你可以寫小說等等，不要只是一個電影編劇。

與此同時，創作短片。《南方公園》的預告片令人忍俊不住。這成功的預告片最終為那幫怪傢伙帶來了工作。很多曾在www.youtube.com或www.funnyordie.com上傳過短片的人，後來都得到了一紙工作合約。

如果你終於得到某公司的某人同意讀你的劇本，他們會遞給你一份授權書（release form），是為了避免捲入麻煩的訴訟。如果你不願簽署，最好找個娛樂糾紛律師遞交你的劇本。

他們收到你的劇本後，公司會把它交給一位審稿人。如果是小公司，這個審稿人可能就是櫃檯人員、助理，或者一個不支薪的大學實習生。一般來說，經紀公司裡的審稿人會讀完你整個劇本，製片公司裡的審稿人則不會。所以，你搞不搞得定審稿人就在十頁之內見分曉。

審稿人看完劇本後會寫一個報告，包括你劇本的概要，和推薦給其他什麼人讀它，或者不推薦。這個報告可能會對你整個創作生涯產生深遠的影響，而你只有這麼一次機會。如果他們不喜歡你的劇本，就永遠不會再讀你寫的東西。所以別寄出你的第一個劇本，要寄出你的第一個「好劇本」。

如果這個審稿人推薦你的作品，劇本開發部主管就會讀到它。如果他們喜歡，就會把它交給製片人。如果製片人喜歡，你就會接到一通電話。最好備有2號劇本，因為製片人可能會說：「嘿，寫得不錯，但是我們對

這個故事的興趣不大，你還有別的故事嗎？」如果你的回答是有，他們就會邀請你來一趟，跟他們說說你的下一個想法。

這一路道來你聽到了許多波折起伏吧。這就是說故事。

如果你有機會去開會，要做好二十分鐘之內完成全部任務的計畫。當閒談告一段落，用十分鐘陳述你的故事，然後走人。事前一定要預演一下，對著一個人──不要對著一面鏡子。

我喜歡迅速設置故事的世界，加一點氛圍，然後開始。

稍微介紹一下主角，他的性格，他的問題，他想要的是什麼。

接著是稍微介紹一下壞蛋，他想要的是什麼。

第一幕終點：事情是怎麼發生轉變的？

通往第二幕終點的一路上發生的主要波折，和第二幕終點。

主角的低潮，在那時，他覺得自己失去了一切。

他做了什麼來解決問題？

然後，當一切結束後，透過這些經歷，他發生了怎樣的轉變？

乾淨俐落。就這樣。

帶走你面前免費的水，見好就收，趕緊撤退。

如果他們對這個想法或你的劇本感興趣，之後你就會得到一個經紀人，輕而易舉，因為對於經紀人來說幾乎不用花什麼力氣，錢就自動上門了。公司會優先購買你的劇本，然後要求你改寫。（哇哦！）開始想方設法吸引演員。這些日子裡，你要分文未取地進行劇本改寫。你可以向你的新經紀人抱怨此事，但製片人都習慣免費得到東西，最後的結果還是你懷著他們能賣出這個劇本的期望改寫一稿。還有其他人對你的劇本表示興趣嗎？沒有，對吧，你沒有太多選擇。

也許他們能賣出它，也許不能。也許他們會讓你把生命中一年或者兩年時間浪費在無用的改寫上，也許不會。這是這個行業最令人洩氣的地方，而且無法避免。發展階段。如果你夠幸運，遇上一個擅長故事的製片

人，你的劇本會得到改善。如果你很倒楣，製片人對故事完全沒感覺，會逼得你毀掉你的劇本，而且一分報酬也拿不到，最後只能把它當垃圾扔掉，因為它已經不再是一個好劇本了。表示哀悼。

如果他們找到一個導演或者一個演員對你的劇本感興趣，他們就會去找錢了。

如果他們找到了投資，他們就會把你的劇本拍成電影，而你就會在影片拍攝開始的第一天拿到屬於你的那張面額不菲的支票。

然後，你為下一個劇本找到審稿人也許就會稍微容易一點點。

永遠不要忘了競爭之殘酷令人難以置信。學院獎得主湯姆‧舒爾曼剛畢業時去拜訪朋友，他的朋友是李察‧德瑞佛斯[120]的房屋託管人。吃完晚飯，郵差送來給德瑞佛斯先生的劇本。如果一個信差送劇本到演員的家裡，那就意味著這個劇本已經殺出一條血路，抵達了食物鏈的頂端。

舒爾曼的朋友問：「所以你想成為編劇？」她走過門廳打開一扇門，把劇本扔了進去。滿懷恐懼的舒爾曼跟著她往裡面看了一眼。他看見一間小小的空臥室裡地上堆著足足四呎高的劇本。

舒爾曼差點就放棄了。

對艱苦的未來有足夠的心理準備，你的生活也許會變得更容易點。

89‧你不知道好萊塢的人什麼時候吃飯！

要不然，你不會在太平洋時間下午一點一刻打電話。真會挑時間。

娛樂行業的人都在下午一點吃午飯。全城都是。所以不要在洛杉磯時間12:45分打電話給任何人。要知道這個時間他們要嘛在對助手說起剛才

---

120 李察‧德瑞佛斯（Richard Dreyfuss, 1947-），美國知名演員，因出演《美國風情畫》嶄露頭角。1975年他演出史蒂芬‧史匹伯轟動一時的影片《大白鯊》，人氣急升，在《再見女郎》中的表演令他以黑馬姿態勇奪奧斯卡影帝寶座。他在其後的20多年中主演過多部影片，1995年以《春風化雨1996》再創表演事業高峰。——譯注

打的電話，要嘛就是把腳塞進高跟鞋，要嘛就在尖叫著要泊車小弟把他的車停到樓下——就在此時！——你老人家從某個偏僻小村打電話來。你覺得他們有什麼理由想跟你說話呢？這個人顯然不知道他們的屁股都迫不及待想離開座位了。

不要像個笨蛋一樣。在辦公時間打電話，12:30之前和2:30之後。

除非——總有一些「除非」。

不要在午餐時間打電話，除非你只想要交差式地回過他們的電話，而不是真的想跟他們說話。另外，避開某人或者是你選在午餐時間打電話的原因。如果這些才是你在午餐時間打電話的原因，那麼准許你在薩米·格里克[121]成功之梯上前進兩步，你無疑是達成所願了。

再來說說電話：好萊塢是孕育各式各樣不良行徑的搖籃，過於講究的禮貌、極端野蠻的殘酷在此地並行不悖。這些曾被認為是反社會、不道德、不可原諒的行為，如今卻變成了標準。當一流、A級的導演、經紀人、製片人把劇本遞給演員的經紀人，他們從來不會告知自己是喜歡還是不喜歡，有時甚至有沒有讀過也不說，你和我壓根兒就別期待任何人能回答任何問題。

沉默就意味著不。

這並不意味著他們不喜歡你的劇本，也不意味著他們喜歡，劇本也不會回到你手中。沉默意味著你永遠也沒法從他們那裡得到消息，而你的本分就是永遠不要問為什麼。法律允許你再發一個提醒式的郵件或者電話，之後就放棄吧，舔舐傷口，退回洞穴，謀畫更好的策略或者寫出一個更好的劇本。

---

121 有「濱水」作家之稱的美國作家巴德·舒爾伯格（Budd Schulberg）在小說《是什麼讓薩米奔跑？》（*What Makes Sammy Run?*）中，塑造了為了自己的抱負、不擇手段的美國原型經典形象薩米·格里克（Sammy Glick）。薩米出生於紐約下層東部貧民區，自幼就立志擺脫貧困的她，為爬上成功的階梯不擇手段、不惜一切，小說講述了薩米的崛起和失敗。——譯注

90·你的自尊心過勞了！說白了就是「別跟讀後意見過不去」！

沒有人生來就該讀你的劇本。

「如果我讀了一個爛劇本，它占用了我四十五分鐘，我沒辦法要回我的錢或時間，只能滿懷憤怒。」

——洛杉磯製片人

沒有人欠你。你花了時間寫你傳說中美好的劇本，並不意味著好萊塢的人在道義上就有責任讀。它也許是地球上最偉大的劇本，但是有太多劇本在好萊塢流傳，如果他們錯過讀你劇本的機會，也不會為此徹夜失眠。

請某人看你的劇本，你首先必須進入他的大腦，從他的角度想問題。請記住影視行業裡的人都需要承受巨大的壓力，也要投入大量的時間。當你接近某個「實權」人物，要搞清楚他們的時間表，還有你想要他們做什麼。你請某人讀你的劇本，其實是在懇求他挪出他生命中的幾小時，而你沒辦法再把他的時間還給他。你可以送給他一個禮物，一本好書，或者一張星巴克禮品卡，或者聽從、採納他們的建議，這主意也不賴。

你必須無比親切，不能過分強求，還要極度善解人意。如果某人同意讀你的劇本，你必須待之如珍寶，永遠不要想當然地認為他們這個週末就會讀，儘管他們嘴上可能這麼承諾——不必太認真。

不要週一就打電話給他們，詢問他們的想法。你必須牢記，他們可是大忙人，他們的時間被N個人瓜分殆盡。不要每隔一週就打電話。最多發一封言辭溫和的提醒郵件給他們，而且必須等到一個月或兩個月之後。然後，忘掉這件事吧。

要和藹。要耐心。要寬容。而且不要表現得像個傻子。

你千萬不要衝向某人憤怒開火，斥責他們為什麼沒有盡快看你偉大非凡的劇本。他們能接你的電話你就已經夠幸運了，所以要表現得體，不要

得寸進尺。

　　你有可能會遇到一些體貼周到的好人，他們會給你讀後意見，你得欣然接受、如獲至寶！

　　「沒有人像新手一樣傲慢自大。」

——伊莉莎白·艾希莉[122]

　　如果某人讀了你的劇本，卻沒像你想的那樣立刻對你豎起大拇指，但是他們提供了自己的意見，一定要忠實地記下來，要表現得很感興趣。我手頭有一堆讀後意見，來自那些他們的劇本從沒拍成電影的作者之手。新手通常很難以開放的態度接受批評，也許他們給你的建議價值連城。

　　別跟給你意見的人鬥嘴，不要說：「但是這個幕結點在這裡，你只是沒有看到。」別搞得跟奧馬哈海灘[123]登陸似的，死抓住每一碼，寸土必爭。把他說的抄下來，輕聲低語、虛心接受，最後要說一聲「謝謝」。不要表現得好像你比他們更了解劇本。不要因為他們居然讀不懂你花了這麼多時間和精力寫的東西，就覺得他們是傻瓜。

　　唸電影學校的時候，我們都要放映自己蹩腳、青澀的處女短片，有個傢伙的作品確實很糟。這種事經常發生。我們一個接一個發言，極盡傷人、惡毒之能事。他真的被激怒了，忍無可忍：「這是一部個人化的電影！你們根本不可能了解！」說完他就拂袖而去。

　　如果你找到某位實權人物讀了你的劇本，通往好萊塢的門就打開

---

122 伊莉莎白·艾希莉（Elizabeth Ashley, 1939- ），美國女演員，以飾演百老匯戲劇《*Take Her*》中的純真少女角色而知名，之後憑另一齣百老匯戲劇《*She's Mine*》贏得東尼獎。五十年前她參與演過許多電影，如1964年《江湖男女》（*The Carpetbaggers*）、1965年《愚人船》（*Ship of Fools*）、1978年《八號房禁地》（*Coma*）、1987年《警網》（*Dragnet*）。上世紀八〇—九〇年代後，艾希莉逐漸轉向電視。——譯注

123 奧馬哈海灘（Omaha Beach）是第二次世界大戰諾曼第戰役中盟軍四個主要登陸地點之一的代號。此海灘對盟軍有重要的意義，如果盟軍能夠控制這片海灘，那麼海灘東部的英國登陸部隊與海灘西部的美國登陸部隊就能夠會師，這樣的話，可將整個諾曼第前線從零散的灘頭陣地整合成一個大型的戰線。——譯注

了——一條縫。

如果某人讀了你的劇本，還很好心地給你意見，但是你因為荒唐的自尊心作祟，因閱讀意見而跟他們發生了爭執，那麼那扇壯麗恢弘的金色大門也就要關上了。你可能都覺察不到它關上了，因為這些傢伙會表現得很圓滑。就像大學社團裡的清道夫——這個集魅力、優雅和善解人意的開心果總是忙碌地把失敗者引到後門。他溫柔地向笨蛋解釋說，也許他該到街那頭的聯誼會會堂碰碰運氣，這個傢伙面帶微笑離開，還完全不知道自己已經出局了。好萊塢大門關上時的情景也是這個樣子，你根本感覺不到自己已經被判了死刑。

這些人一週要讀二十到三十個劇本，他們沒有時間或耐心來對付狂妄自大的人。記住，你的劇本從審稿人腦海掠過的時間只是審稿人讀它所花的時間，而不是你寫它所花的時間。

如果你反駁他們的意見，他或者她肯定就會想：「老弟，我週末抽出一個小時看了你的劇本，來讀你他媽的爛劇本。你只是個還沒有任何作品的新手，我肯定比你懂這一行——至少你該聽著！」

之後，那扇金光閃閃的大門就會鎖上。製片人趕著去製片會、挑選演員、免費午餐和按摩或者影片開機拍攝的第一天，而你孤零零地被扔在陰冷蕭瑟的人行道上，手中死死抓著你的劇本，仰望著高高的圍牆和緊閉的鐵門，百思不解到底發生了什麼事。

91 · 你不知道怎樣才算一封得體的詢問函！

那個打開你詢問函的人會問：「為什麼我應該注意你？」即使是在美國編劇工會協會的經紀公司黃冊上標明「恕不接受主動投遞的劇本」的最小的經紀公司，每天都會收到五封詢問函。

匠心獨具是好事，但「別出心裁」則不是。不要煞費苦心，和顯得煞費苦心。不要寄瓶中信給五十家經紀公司。不要把仿造的斷指附在你的恐

怖片劇本裡寄給執行經理們，一棟大型辦公樓會因為收到這樣的恐怖郵件而緊急疏散。猜猜哪個作者會永遠被列入黑名單？

你的詢問函應該直接點到主題：告訴他們你的劇情簡介，列出你的所有寫作履歷：記者、劇作家、小說家，旨在說明寫作就是你的人生。也許可以讓一個住在洛杉磯的朋友幫你寄信，因為不住在洛杉磯的作家會讓經紀人的生活更加艱難。一看你不住在洛杉磯，對方也許就會扔掉你的信。讓你的信和劇本看起來都符合規範。如果劇本用了不正確的格式，或者重量不對的曲頭釘，他們就會扔掉它，哪怕它也許值一百萬美元。

「我喜歡透過詢問函來看這個人是否上道。如果劇情簡介或者梗概看起來有意思，我就會繼續看下去。我在三年裡藉由這種方法只發現了兩個作者，他們真的很棒，他們對好萊塢一無所知，一個人也不認識，就憑一封詢問函來到了好萊塢。」

——前任創意執行長[124]

不要忘了，製片人很忙，而且根本不在乎，你必須有點什麼特別的，必須已經為他準備好賣點——讓他能夠毫不費力地賣出去。這樣的東西可能會得到回電，我舉個例子，比如：「我有我外公邱吉爾的生平改編權[125]。」

關於詢問函，有個發展部執行長如是說：

「近來詢問函大多數是電子郵件的形式，我們也有接到一些書信和傳真。因為數量過於龐大，技術上無法做到不接受主動提交的材料，所以大多數我們都會直接處理掉。最好的策略恐怕就是某人打電話給我，然後我

---

124 創意執行長（creative executive），在電影製片公司創意執行長常常被簡稱為CE，是初級的開發部執行長，他的任務是讀劇本，發現能夠拍成電影（電視劇、電視電影）的素材。——譯注
125 生平改編權（Life Rights），給予作者或製片人根據真實的人生故事製作成電影的權利。——譯注

要他們寄給我一些材料，因為我們談過話，我可能會讀信而不是扔掉。」

　　念頭一閃：如果大多數都是透過電子郵件，為什麼你不寄一封老式平信？話又說回來，也許不行。

　　「即使你發的是電子郵件，仍然要以傳統信件的格式來寫。我收到很多郵件是這樣開頭的：『愛琳，妳該看一眼。』明明是我不認識的人卻裝熟，只會讓我討厭，因為我覺得寫信人有故意迷惑或欺騙的嫌疑。」

　　說正經的，他們知道你是不是在撒謊。

　　「一個拼錯的單詞或者語法錯誤都會讓我停止讀下去。如果這封信的文筆不怎麼樣，我就只能想像劇本寫得也不會好到哪去。」

　　還記得關於拼寫檢查我說的那些話吧？我多有先見之明，嗯？

　　避免《終極警探》遇上《情比姊妹深》（Beaches）的比喻，可以說一部電影類似某些東西（比如某個高中喜劇類似《美國派》），但是什麼遇見什麼的比喻總讓人覺得很老套。

　　避免戲劇化的措辭，比如「他意何如」？

　　「當人們提起我們出品過的一些影片，或者說他們的東西多麼適合我們的常規計畫時，我會覺得很貼心。（比如，「很像你們的電影《沉默游泳》（Silent Swim），我很喜歡那部電影，這個劇本也是將個人故事和政治事件融合在一起。」）

　　「如果你參加過比賽並一路殺入決賽，詢問函的第一句：我進入了XX決賽，第一行就告訴他們。」

　　「如果你寫的是喜劇，你的詢問函最好也寫得有趣一些。」

　　以下有一些詢問函，嗯，不太……高明。

　　除了讓人震驚的語法，缺乏真正意義上的故事，列出美國編劇工會編號，多次使用「非常」一詞，這個作者犯的最嚴重錯誤就是不斷寫信給開發部執行長，這種猴急的心態還反映在：主旨早早就寫好「回覆」。儘管人家從未回覆，卻在他的信件一開始便寫上：「感謝您的回覆」。千萬千萬別這麼做。

寄件人：年輕的作者（年輕作者@網域.com）
收件人：劇本發展部主管@製片公司出品.com
主旨：投稿

卡洛琳，下附劇情簡介和劇本梗概。希望妳會喜歡，若有任何問題請聯繫我。

劇情片劇本：「夥伴，夥伴，夥伴」，喜劇
美國編劇工會編號1234567號

　　我相信「夥伴，夥伴，夥伴」應該是電影製片公司的好選擇。主角是兩男兩女，預定年紀是30歲出頭。漂亮、精明、理性而脆弱。從開場字幕開始，電影就擁有很多驚喜，漸漸令人捧腹不止。電影第一幕發生在酒吧的場景，確立了電影的節奏和喜劇氛圍，從那時開始，事情變得越來越有趣，越來越有娛樂性。這是一齣充滿睿智幽默、浪漫愛情、有趣驚喜的輕快可愛的浪漫喜劇。
　　希望妳會喜歡！

劇情簡介
　　她在學校裡既膚淺又刻薄，高中畢業舞會之夜上痛斥他的長相，特別針對「他的大鼻子」。十三年後當他再見到她，在鼻子整形手術和他的三個有趣朋友的幫助下，報復時刻來臨。

　　謝謝妳。
　　祝你有個愉快的一天。

年輕的作者
（212）555-1212

　　看到以下這篇美文的開發部執行長不會看到第二段。注意這個作者是怎樣讓自己顯得非同一般，正因為一開頭列出的一大串電子郵件位址，潛台詞就是「我們將這個劇本發給每一個人」！其實大多數都是無法寄達的無用郵址，甚至不是一個人的名字！好好學著點。

寄件人：年輕的電影製作者
收件人：reader@bigfilms.com;edwinag@bigmovies.com;contact@literaryhat.com;mail@fabulousfilms.com;contact@giantmovies.net;timsmith@immensemovies.com;info@bigmoviesentertainment.com;madisonpewitt@bigmovies.org.uk;films@bigmovies.ca;josephing@bigmovies.tv;ipfreeley@hugeproductions.com;prq@thebigmoviecompany.com
主旨：為我們名為《追溯》的電影計畫尋找製片人

親愛的製片人和電影製作人同行：
頂呱呱製片公司有志尋找其他製片人與我們一道共襄盛舉，使我們名為《追溯》的電影（具有全球化的巨大吸引力）得以製作完成、登陸大銀幕。以下是這個兼具真實性和吸引力的故事梗概。如果您感興趣，請與我們聯繫。
《追溯》講述了一個關於夢想、歷險、勇氣、愛情和失落的故事，劇情高潮迭起，真實的故事將會以最深邃的人類情感深深打動你。
故事講述了兩個年輕人不尋常的歷險，為生存而奮鬥，麥克在自由之地挪威發現了人生和愛情的真諦。但自由總是要付出代價。
《追溯》向我們展示了一個人追尋自由的漫漫長路（有些事直到今天依然在發生！）、想在世上找到自我定位的欲望，以及與家人分離而衍生的罪惡感。

誠摯的祝福，
年輕的電影人

以下這封信來自一位從未與製片人謀面的作者，可是看他的措辭就像他們是哥們兒。他拼對了「確定地」這個詞，但死在「主旨」糟糕的校對上。注意劇情簡介中的句子，和最後那句陳詞濫調又誇張造作的話。

寄件人：年輕的導演
收件人：製片人先生
主旨：質得一看的計畫

嗨，大衛，希望你一切都好。
我這裡有點東西，我敢肯定你絕對想要看看。這是一個馬上可投入拍攝的標準長度劇情片劇本，出自一個有過作品的編劇兼獲獎的劇作家之手，他還入圍過年度劇本選拔獎[126]決選。

---

126 年度劇本選拔獎／尼科爾劇本獎勵基金（Nicholl Fellowship）是美國電影藝學院發起的劇本比賽，獲獎者將贏得獎金，並在之後的劇本創作中獲得專業指導。——譯注

如果你喜歡，我可以寄給你……只要你開口。

「搶劫藍色大海（劇情長片）……

一位父親婚姻岌岌可危，朋友們都認為覺得他無聊透頂，而且他還可能失去他正值青春期的兒子。孩子跟他越來越疏離，似乎無法阻止這一切發生，除非這位父親肯面對自己以往和父親同樣的疏離關係……可是他的父親已經在越戰中失蹤三十八年了。

於是他去旅行，途中遇上一位幽默的老兵，這個老兵曾經和他父親並肩作戰過。戰時他是一名伙夫，後來變成了神祕的水泥匠。他最終得知關於他父親的可怕祕密，而這祕密永遠改變了他。他回到家試圖與家人和解，但是否已經為時已晚？

祝好
年輕的導演

我聽說過一封精采無比的詢問函，遺憾的是一直無緣親眼得見。據說作者是一對連體雙胞胎中的一個，他寫了一個關於連體雙胞胎的劇本。信中規中矩而愚蠢，還充斥著不怎麼好笑的冷笑話，但信的背面手寫著：「我的哥哥是個怪胎、爛人，如果你想要讀我的劇本，打電話給我。但是如果你打電話時是他接的話，告訴他是乾洗店打來的。」

整件事當然是個惡作劇，這傢伙現在得到一份寫喜劇的工作。

92 · 你在詢問函裡提出了愚蠢的要求！

讓我再次引用艾希莉女士的話：「沒有人像新手一樣傲慢自大。」

讓你的信被扔進垃圾桶最簡單的方法是：「我想要執導這部電影，雖然我之前沒有任何導演作品，但是我很早就想當導演。」

你必須了解，威爾·法賴爾喜歡的劇本都很難被拍出來，更別提沒有明星喜歡的劇本要拍成電影有多難了，而要把一個不值一提的人喜歡的劇本拍成電影簡直就比登天還難。而你，身為導演，就是不值一提。

我討厭說這些刺耳的話，但是你之前做過什麼？看了很多很多電影？記住，他們在尋找一個不看你劇本的理由，一個不知天高地厚的傻瓜無疑

是他們求之不得的上選理由。

他們不會讓新手拍電影。如果我沒記錯的話，女演員麥德琳·史道威（Madeline Stowe）的地位顯然高出你好幾階，她最近寫了一部西部片。顯然，劇本相當搶眼，她想要自己執導。他們大概支付了她五百萬美元買她的劇本，而她執意想要執導這部影片。哈！童話故事的結尾，上 IMBD 網站搜搜麥德琳·史道威的資料，裡頭從未出現導演這個頭銜，這就是結果。連麥德琳·史道威都搞不定的事，你就別再癡心妄想了。拜託！

只取你應得的，別得寸進尺。

—— 李察·席伯特

一個人的職業生涯只能容忍少量的重大錯誤。如果你一犯再犯，到年過半百之時，你就會茫然不知何以自己的事業會一敗塗地。

聽聽我的建議吧，我盡量用溫和、善意、安撫、慰問的語氣說：

只要讓他們把你的劇本拍成電影就行了。

讓他們花錢買你的劇本。讓他們把你的作品呈現給觀眾。至於成為有線電視節目或直接發行 DVD，你幹嘛管這麼多？不要成為一個傲慢自大的傻瓜。傲慢自大的傻瓜在西弗韋公司的裝貨碼頭幹活，而讓別人買走劇本的聰明人則拿到現金支票，和心滿意足的妻子甜蜜親熱！

93 · 你不想簽他們的授權許可！

如果你的詢問函打動了他們，對方會寄給你一份授權許可讓你簽署，以便他們可以讀你的劇本而免於被你起訴。如果你不讓他們讀你的劇本，他們自然也就沒辦法把它拍成電影。

這類許可書多半都是很基本的條例：「創意有限，偶有雷同，純屬巧合，我們可能會基於一些與之相似的素材發展成電影。很高興讀到你的劇本，但是你必須明白我們可能正著手拍攝與之相似的題材。」諸如此類的東西。是的，這些許可書顯然傾向製片人，但誰叫他們是買家，而你不是。

「買家和賣家的區別在哪裡？區別就在於《發條橘子》的前半部和後半部[127]。」

——布蘭登·塔奇科夫[128]

如果你夠幸運，找到某人願意讀你的劇本，不要因為拒絕簽署這種許可書而白白浪費寶貴的機會。他們擁有源源奔湧、永不斷流的劇本之流，少一本根本無關緊要。他們不在乎你的劇本會不會成為第二個《鐵達尼號》，他們很樂意把它扔掉，因為他們一心只願這個星期別有人起訴他。

這授權書你就簽了吧，抱持著最好的希望。畢竟，這個行業就是建立在這一基礎之上：希望。

127《發條橘子》的前半部分是施虐的過程，後半部分則是受虐的過程，作者以此比喻好萊塢買家與賣家的關係。——譯注

128 布蘭登·塔奇科夫（Brandon Tartikoff, 1949-1997），美國國家廣播公司（NBC）知名經理，以一系列成功的劇集扭轉了 NBC 在黃金時段的頹勢：如《五個一夜情》（*Hill Street Blues*）、《洛城法網》（*L.A. Law*）、《ALF》、《成長的煩惱》、《天才老爹》、《歡樂酒店》（*Cheers*）、《邁阿密風雲》、《黃金女郎》（*The Golden Girls*）、《霹靂遊俠》、《天龍特攻隊》、《波城杏話》（*St. Elsewhere*）、《夜間法庭》（*Night Court*）、《神探亨特》、《天堂之路》、《馬特洛克》（*Matlock*）、《斯蒂爾傳奇》（*Remington Steele*）、《不同的世界》（*A Different World*）、《227》和《空巢》（*Empty Nest*）。

第三場
杞人憂天

94 · 你認為好萊塢會偷走你的創意！

多疑的妄想狂。

「不要擔心人們會偷走你的想法。如果你的想法確實有過人之處，你應該把它們強塞進人們的喉嚨裡才對。」

——霍華德‧艾肯[129]

這種毛病我還真的沒有，但是很大一部分編劇新手會擔心某人偷走他們的創意。好萊塢的人沒閒功夫偷你的故事好嗎！首先，付錢給你買你的創意，再雇一個人改寫要便宜得多。其次，你死抱著你的點子又能有什麼作為呢？你什麼也做不了。記住，他們擁有整座律師樓，別生活在妄想之地，那裡對你的健康不利。第三，如果他們哪怕只在一瞬間感覺到一點點

---

129 霍華德‧艾肯（Howard Aiken, 1900-1973），電腦史上著名的 Mark I 之父，世界上第一台實現順序控制的自動數位計算 Mark I 於 1944 年 5 月完工並為人使用，是計算技術史上的重大突破。另外，身為哈佛教授的霍華德桃李滿天下，「IBM／360 之父」布魯克斯（Frederick Phillips Brooks，Jr‧）和「APL 之父」艾佛森（Kenneth Eugene Iverson）都是他的學生，對世界電腦史產生了深遠的影響。——譯注

你有這種疑心，那麼一道加強、加厚的不鏽鋼安全門就會從天而降，將你隔絕在外，從此以後你再也不會接到他們的電話了。他們逃避妄想症，就像羅德逃離罪惡的索多瑪城[130]一樣。

如果他們確實偷了你的想法呢？那就再想別的點子。如果你只能想出一個好創意，你幹嘛還選這一行？

如果他們想要知道你的其他故事創意，告訴他們。

如果他們想要讀你的劇本，給他們。

放輕鬆，讓他們喜歡你。

放輕鬆，讓他們幫助你。

如果你怪誕焦躁、隱藏閃躲，他也許會再為你斟上一杯酒，接著就禮貌地走開，像《刺激驚爆點》（*The Usual Suspects*）裡的凱澤·索茲[131]那樣消失得無影無蹤。

別提到你的律師。

別說你的劇本已經在編劇工會登記在案。

別在你授予他們讀你劇本的權利之前，要求他們簽署什麼保證書。他們會微笑著說不，飛往阿斯本，將你無限期地拋在腦後。

別為了防止對方複印，就用深黃色的紙影印你的劇本。

別跟他們說有個製片廠偷了你的上一個專案，而你正在告他們。

誰願意和一個正在跟製片廠打官司的疑神疑鬼妄想狂共事呢？誰都不願意。

不要浪費時間想方設法避免他們偷走你的劇本，還是把時間用在改寫

130《聖經·創世記》記載，因索多瑪城罪惡深重，耶和華派兩位天使去毀滅這座城。最後，天使將亞伯拉罕的姪兒羅德和他的妻子、兩個女兒救了出來，讓他們逃到瑣珥去。而罪惡之城索多瑪及城裡所有的居民則被耶和華毀滅。——譯注

131凱澤·索茲（Kaiser Soze）是1995年由克里斯多弗·麥奎里（Christopher McQuarrie）編劇、布萊恩·辛格（Bryan Singer）導演的《刺激驚爆點》中的虛構角色。索茲是地下世界的首腦，他的殘忍和影響力成了傳奇，甚至成為了神話。影片結束時，觀眾被引導認為迪恩·基頓就是索茲，但是影片最後的驚人轉折揭示了其實羅傑·肯特才是凱澤·索茲，最終智力超群的壞蛋逃之夭夭。——譯注

劇本吧。

　　不要表現得疑神疑鬼。你當然可以心存疑慮，但是至少別讓人覺察！在工會登記你的劇本，上www.wga.org，或者，如果你住在密西西比的東邊，那麼登錄www.wgaeast.org。我十分推薦為你的劇本註冊版權（www.copyright.gov），如果你兩樣都做，需要破費五十美元。

　　你可能覺得有人會偷你的想法，但其實這不大可能。我寫過一個電視試播節目，說的是福爾摩斯的外孫和華生醫生的外孫女結為搭檔，在華盛頓當起了偵探。一年後，我在廣播裡聽到這個故事。我認為某人偷了我的創意嗎？沒有。因為第一，我不是妄想狂；第二，我沒給任何人看過我的劇本。

　　電影業的運行具有週期性。一位劇本開發部人員曾經告訴我：「我在五年或十年內沒看過一部關於馬戲團的電影，一部也沒有。但是突然一下子，上個星期，三部關於馬戲團的劇本擺上了我的辦公桌。」

　　有時創意確實會被偷。用Google搜索「阿特‧布奇沃德」和《來去美國》[132]。但是這樣的情況不會經常發生，你不必聞之色變，因噎廢食。讀你劇本的人想要偷你劇本的可能性，遠遠低於他想轉身逃走的可能性──只要你表現出一丁點懷疑他們會偷走它的跡象。

　　不相信？下次你和製片人或製片廠主管談話時，他們想要讀你的劇本（迄今為止這種談話你有過幾次？），拿出崔維斯[133]那懷疑的勁頭，突然抽出一份檔案要他們簽署，看看會發生什麼事。

---

132 阿特‧布奇沃德（Art Buchwald, 1925-2007），以長年在《華盛頓郵報》撰寫幽默專欄而聞名的美國幽默作家，他的專欄聚焦於政治諷刺和評論。1982年他獲得普立茲獎，1986年成為美國藝文學會（the American Academy and Institute of Arts and Letters）成員。布奇沃德也以與派拉蒙公司的訴訟案聞名，他與搭檔阿蘭‧伯罕（Alain Bernheim）指控派拉蒙公司1988年製作由艾迪‧墨菲主演的電影《來去美國》（Coming to America）涉嫌盜取了他的劇本陳述，最終他贏得訴訟，判決給他損失賠償費，他接受了派拉蒙公司的和解協議。──譯注

133 崔維斯（Travis Bickle），馬丁‧史科西斯的著名影片《計程車司機》中由勞勃‧狄尼洛飾演的男主角。──譯注

95 · 你居然不知道「漢隆的剃刀」的意義！

為什麼你應該要知道漢隆的剃刀（Hanlon's Razor）？你還是第一次聽說呢。

「永遠不要將愚蠢所造成的問題，歸咎於惡意。」

——漢隆的剃刀[134]

這跟娛樂行業有什麼關係？如果你正努力想進入這個行業的話，這就非常重要。

你準備要發電子郵件、寫信、打電話給那些不認識你的人，希望對方能回你電話或讀你的劇本，再和你聯繫。這個過程花的時間可能比你預期的要長一點。長幾個世紀。你會懷疑他們不喜歡你，或者已經打定主意永遠不再和你聯繫，或者其他各式各樣的猜想，總之你會極度缺乏自信。你主觀臆斷他人對你懷有敵意，想當然耳就認為他們討厭你，或者討厭你的劇本，再或者忙著剽竊你的創意。

有44%到99%的機率，你錯了。

也許你從沒考慮到這些可能：他們可能腦子有毛病（我朋友的經紀人就是如此），或者不知道把你的電話號碼放到哪裡去了，或者他們的飛機失事了，劇本在飛機裡燒掉了（這可是我的親身遭遇！）。或者，亂七八糟的一天中的無數理由中的任何一個——如果你怒氣衝天地寫信或打電話質問他們：「笨蛋，你們為什麼不看我的劇本？」之後他們就會把你從名單裡永遠刪除。

你會變成一個活死人，永遠也別想重新獲得他們的歡心。所以對那些日理萬機的重要人士要耐心一點，靜心期待他們的消息吧。總有一些很好

134「漢隆的剃刀」是一句古訓，典出羅伯特‧J‧漢隆（Robert J. Hanlon），因科幻小說作家羅伯特‧海因萊（Robert A. Heinlein）而為人所知。——譯注

的理由，促使某人不再跟你聯繫，愚蠢就是常見的一個。

　　和藹。耐心。永遠別破釜沉舟，不留後路。

　　他們也許壓根兒就沒收到你的電子郵件。要是這樣，你死得有多冤枉啊（打冷顫）！

96・你不知道娜坦莉・莫森特和佩蒂・史密斯[135]的區別！

　　隨便你到哪去下載或者花錢去買，反正找到那首《Because the Night》，「10000 Maniacs」樂團演唱和佩蒂・史密斯演唱的兩個版本都要找到。10000 Maniacs 樂團要不插電MTV版的，佩蒂・史密斯樂團要復活節演出的那個。

　　首先聽娜坦莉・莫森特版，非常棒。一首好歌，精采的音樂，還有莫森特小姐震撼的表演。把她對這首歌的演繹想像成你的劇本。你去年寫的所有劇本裡最優秀的那5%！也許是最優秀的那2%！對白、故事、人物塑造都很棒，所有一切自始至終都是上乘水準。

　　現在，再換成佩蒂・史密斯的CD。把音響聲音開大，按下「播放」鍵，稍等片刻，默默祈禱。一旦開始演唱，她的演出既自然原始又刺耳尖銳，跟她相比，娜坦莉・莫森特就成了差一大截的庸才。真正讓人覺得恐怖的是這種差異如此之小，兩張CD聽起來幾乎是一樣的，但區別又是如此之大。娜坦莉・莫森特的聲音仿若削金斷玉的利劍，而佩蒂・史密斯的聲音則像溫熱的自來水。

　　回到劇本：娜坦莉・莫森特和佩蒂・史密斯演繹的兩版《Because the

---

135 娜坦莉・莫森特（Natalie Merchant）美國流行樂壇歌手，擔任「10000 Maniacs」樂團主唱十年。紐約才女娜坦莉・莫森特為質樸動人的民謠添加學院派氣質，代表曲目有〈Trouble Me〉、〈These Are Days〉、〈Because The Night〉等。佩蒂・史密斯（Patti Smith），美國詩人、歌手，以龐克之火和詩人式的自我放縱，迅速成為紐約地下音樂圈中引人注目的人物。作為龐克女歌手的代表人物，她的音樂將搖滾樂的民粹主義與她充滿詭異色彩的詩歌結合在一起，並不太注重音樂的平衡性，聲嘶力竭的演唱與重金屬般的節奏是她的註冊商標。

Night》微小但巨大的差別，就像一個寫得確實不錯的劇本和真正被拍出來的劇本之間的差別。

「似乎無能為力的時候，我就去看鑿石匠不斷捶擊石塊，也許敲擊一百次都看不見石頭出現裂縫，但可能第一百零一下就會裂成兩半，我知道讓石塊碎裂的不是這最後一擊，還包括之前所有的努力。」

——雅各·里斯[136]

把劇本遞出去之前，你的劇本必須達到佩蒂·史密斯那個水準。可悲的是，如果你只停留在娜坦莉·莫森特的水準，那麼你連第一壘都跑不到，更別提得分了。

97·你不知道能寫出一條血路擺脫困境！

不管你的劇本有多麼不柴里安式，你都能挽救！

「如果我有一個優點，那可能就是冷酷無情。」

——布魯斯·史賓斯汀[137]

身為編劇新手，當你的劇本陷入麻煩時，你也許不知道自己還能補救及改善。這就像被你的初戀男友甩掉，你的心碎成一片片，意識完全潰散，

---

136 雅各·里斯（Jacob A. Riis），紐約記者，運用攝影補充文字報導。

137 布魯斯·史賓斯汀（Bruce Springsteen, 1949-），美國鄉村與搖滾歌手、吉他手。史賓斯汀的音樂也被稱作「heartland rock」，帶著流行的風味，詩人般的歌詞與美國愛國主義情結，環繞著他的家鄉新澤西為主軸。他的歌曲中描述了一般中下階層民眾的生活，不僅是發自內心的誠懇，更有著悅耳動聽的旋律及辛辣直接的批判，讓他得到數座葛萊美獎、一座奧斯卡小金人，並進入搖滾名人堂。——譯注

覺得未來只剩下一片黑暗、死亡、絕望和無窮無盡的痛苦，最後你會知道你能熬過大腦短路期。同理，作為一個編劇，你也會漸漸了解你可以藉由改寫一個劇本解決其中的問題。

我賣出的第一個劇本就是很好的例子，那還要追溯回像我這樣的笨蛋居然都能憑三頁紙就幾乎賣出劇本的年代。如果你給他們真正精采的三頁，好萊塢會給你足夠多的錢生活一整年。不幸的是，那樣的好日子早已一去不復返了。

總之，我寫了超級迷人的三頁。我的經紀人把它寄了出去，一個赫赫有名的好萊塢製片人愛上了它，我去小鎮和他一起工作，然後去製片廠推銷這個故事。飛機週六上午著陸，我搭計程車到他的辦公室。他和他的助手加上我三個人工作了整整一個週末。基本上，是他痛揍了我的故事，一記重拳，再一記，再一記。對我來說非常不幸的是，他顯然不了解一個剛剛從事寫作、戰戰兢兢的編劇的心態，走進房間的頭五分鐘，他就讓我覺得我根本就不適合這個工作，他們找錯人了。

大綱寫得很痛苦，因為我覺得他認為我根本不會在人前表達自己的想法。週一我們去製片廠推銷故事，他開始講我們週末想出來的故事，讓我完全意想不到的是，他根本就不會講救命的好故事。他太差勁了！他說了五句話之後，我就意識到這件事肯定泡湯了，除非有人站出來挽救這一切。所以，我接過了話頭。講故事我還是有信心的，一部分是因為我是南方人，而大部分原因是因為我這一輩子都在講故事。我順利完成推銷任務，製片廠買了我的創意，我開始寫這個劇本。

發展的過程也不輕鬆，劇本變成了令人生厭、黏呼呼的垃圾。天啊，我絕望極了！結束時我陷入了創作瓶頸。每寫一個句子，看著它，我就想，「他不會喜歡的。」然後我就會刪掉這個句子。這真是太恐怖了──我經歷了寫作生涯中的最低潮。我推開電腦，兩天連一個字都沒寫，然後我回來坐下，咬緊牙關下定決心：「讓他見鬼去吧，我根本不在乎他怎麼想。」然後我向前推進。

一旦我下定決心再無旁顧，情況便改善了。我放鬆了下來。如果我把

什麼弄糟了，那我就繼續努力，直到我解決這個問題。

那個時候我不知道，而現在我知道了：身為編劇，不管你把自己置於多深的洞裡，只要你堅持不懈地推啊、戳啊、捅啊，最終你會寫出一條血路，把自己從洞裡解救出來，解決這個問題。

重要的是你不能棄船而逃，不要因為很困難就不寫了，不要因為你陷入第二幕的湍流之中就舉手投降，不要因為你把自己天才的創意搞砸了就輟筆放棄。如果你已經得到了報酬，你至少得保住那些錢。不管狀況有多糟，一定要堅持下去。知道每個編劇都有問題，每個劇本在某個時刻都會陷入困境，也許能讓你好過一點，但是你必須完成它。如果這是你的第一個劇本，你無法完成它，最終你會有一大堆寫了一半的劇本，到處都是。

腦子裡一直縈繞問題：跟朋友討論看看，看編劇的書，看跟你的電影類似的電影。想一切辦法、做任何嘗試，解決你的問題，在投入足夠多的時間和鉛筆芯之後，你終究會解決你的問題。但如果你放棄了，問題就永遠得不到解決，你只會得到一個寫到一半的劇本蹲在書架上瞅著你，對你做鬼臉、豎起中指。

沒什麼比一堆未完的劇本更糟的了，尤其是它們還對你豎起中指。

98 · 你不知道怎麼找經紀人！

其他人跟你一樣，也不知道怎麼找。

編劇研討班上談到「我要怎樣才能找到經紀人」這個問題時，講臺上的人士都只能舉手投降，嘆息一聲了。

這問題有點像「我要怎樣才能找到女朋友」，真是令人頭疼的難題。如果你還沒有女朋友，你會跟畢卡索一樣憂鬱，無精打采、四處閒蕩，滿心期待迎面能撞上一個。你真可憐。你需要女朋友，非常迫切。如果這時你終於碰上意中人，結果會如何？她聞到了你迫不及待的氣息，早就跑得連人影都不見了。是不是這樣？而當你真的有了女朋友，她挖掘出你的魅

力，你幸福得都飄飄然了。當然你還是一週前那個小子，只是現在有女人走到你面前，把電話號碼塞進你的口袋，眼角眉梢都寫滿了對你的愛意。前後變化雖大，但都是事實。

跟找到經紀人相比，拍成一部電影倒是小菜一碟。這就是為什麼我提議你拍出你自己的電影，而對經紀人說：「呸！」。一旦你的劇本拍成電影，好萊塢就會像拿破崙攻擊非洲那樣排著大隊向你進軍。

但是現在，還是得說一下怎麼找經紀人。

首先當然是寫幾個很棒的劇本，我這裡說的不是一般意義的「好」，我說的是那種讓人們看了以後會說：「哇，這劇本真是太棒了！我能給我的朋友看嗎？他認識一個人，就在聯合菁英經紀公司[138]對街的修車廠裡掃地？拜託，拜託，拜託！」

當然聯合菁英經紀公司對面那條街上沒有修車廠，但是你一定明白我的意思。

我本來不願對別人說起，但詢問函從來沒幫上我的忙——一次也沒有。而我究竟有過多少經紀人——肯定超過我願意承認的數目。我的每一個朋友或者朋友的朋友都拿著槍對著一個經紀人的腦袋：「讀這傢伙寫的劇本。你會因此感謝我，他日後一定會紅。」在我有兩個劇本拍成電影之後，我想找新的經紀人。我已經開過推銷會，賣出過劇本，而且那時正在當一個全國有線電視臺的電視劇集製片人的顧問。我還有超級棒的寫作樣稿。不是它管用，而是因為那時候我已經厭倦了想盡各種方法讓某人把劇本遞給經紀人。其實，說白了就是：我所有的朋友都覺得我煩死了。

所以我就試試看詢問函這個方法。我花了整整一個星期寫了一封信，挑了四十多個容易上當的笨蛋寄去。只有一個助理回了我電話。他說：「你

---

138 聯合菁英經紀公司（United Talent Agency, Inc，簡稱 UTA），UTA 創建於 1991 年，是好萊塢五大經紀公司中的後起之秀，由鮑爾‧班尼戴克和領先藝術家（Bauer Benedek and Leading Artists agencies）兩家中型經紀公司合併而成。創建之初，UTA 只有 26 個經紀人，客戶亦僅限於電影明星、電影導演和電視界的精英。而在 18 年後，不僅經紀人總數已經擴增至約 100 人，而且業務已擴展到娛樂業的所有領域，包括職業體育、音樂、視頻遊戲。很多好萊塢一線明星都是 UTA 的客戶，其中包括強尼‧戴普、哈里遜‧福特、米莉‧賽魯斯、科恩兄弟。——譯注

是她這個月準備回電話的三個人之一。」那個經紀人一年回覆十二封詢問函！但是我再也沒有得到她的回信。

我只能等待，直到我找到一些還沒有被我煩透的新朋友。之後我找到了新經紀人。

- 和那些認識經紀人的人做朋友。當然這事可不容易。
- 永遠不要付錢請人讀你的劇本（評論是另外一碼事）。
- 即使在大經紀公司，新經紀人也要讀新劇本。多打聽業內的人事升遷，看看誰剛剛晉升成經紀人。
- 在你寄出信之前，得先找到要寄給誰。
- 你的信必須介紹你自己，介紹你的劇本。它必須說清楚你是誰，你想賣的是什麼。對劇本做一點描述。
- 不要寫固定形式的公文。要能抓住他們的眼球，要有創意。
- 寄給大的經紀公司或小的經紀公司。當然大的經紀公司因為會打包信件，常常會把作者弄丟。
- 參加比賽。勝出或接近勝出，爭取個好成績。
- 打電話給這個國家每所大學裡教電影製作的教授，問問他們是否有學生擔任經紀人的助理。把你的東西寄給他們。
- 搬到洛杉磯，借助你的業餘愛好結識盡可能多的人。

給你一個建議，光是這個建議就賺回這本書的錢了！如果你真的有幸遇見經紀人、製片人或者其他實權人物，千萬不要跟他們說你劇本的事！

這聽起來有悖常理，但是耐心點聽我說。

要和他們之前碰到的五十個或一百個人有所不同！跟他們聊聊鐵路模型或者對法語的興趣。講一個會讓人笑破肚皮的好笑話給他們聽。問問他們撫養孩子遇到的問題。談談你最近讀的好書。問問他們為什麼約翰・休斯[139]後來不再拍電影了。總之說點別的，只要別提你偉大傑出的職業生

---

139 約翰・休斯（John Hughes, 1950-2009），好萊塢青春片知名導演兼編劇。1984年，他執導的處

涯，還有你舉世無雙的創意和你該死的劇本。

我有個朋友在洛杉磯，是個經紀人。很久之前，那時我還是個一無所知的白癡，我和他一起共進晚餐。我說：「嘿，昨晚，我碰見了史蒂夫．馬丁[140]的律師。」他瞪著我，一臉絕望摻雜著恐懼的神情。「你沒有讓他讀你的劇本吧？」我心裡奇怪：「難道我不該這麼做嗎？」我點點頭，我的朋友一下子洩了氣，緩緩用手捂住臉，長嘆了一口氣。

我再也沒有跟那個律師說過話。如果我不是拚命塞劇本給他，而是給這傢伙講個帶點顏色的笑話，也許他會跟我共進午餐。

他們不想讀你的劇本。所以如果你在研討班碰到某人，問問他：你有車，需不需要你幫他們跑個腿。載他們去藥局，或者古玩市場，或者主動提議幫他們買杯咖啡。我誠心祈禱你別向他們拚命推銷你的劇本，那樣你大概只能淪為笑料。先得讓他們喜歡你，然後才能讓他們自己開口要求讀你的劇本。

這也許需要花上一年的時間。

但是如果他們真的開了口，就一定會讀你的劇本。

99．他們說喜歡你的劇本，你就興奮了！

好萊塢是個好話唬死人的所在。沒人願意招惹你，萬一你變成下一個大人物呢？誰也不願冒這個險。所以，沒有人會告訴你的劇本真爛——除

女作《少女十五十六時》（*Sixteen Candles*）因對校園生活清新寫實的描述令人耳目一新，此後便開啟了《早餐俱樂部》（*The Breakfast Club*）、《粉紅佳人》（*PrettyinPink*）、《摩登褓姆》（*Weird Science*）等一系列叫好又叫座影片的輝煌歷程。休斯最成功的編劇作品當屬上世紀90年代期間熱映的經典喜劇片《小鬼當家》（*Home Alone*）系列。

140 史蒂夫．馬丁（Steve Martin, 1945-），美國著名演員、編劇、主持人，有「白頭笑星」之稱的他1977年曾因演出《荒唐侍者》（*The Absent-Minded Waiter*）入圍奧斯卡最佳男配角。進入80年代，他在喜劇片的表演上精益求精，是熱門電視節目「週六夜現場」的常客，也曾多次受邀主持奧斯卡電影獎與葛萊美音樂獎頒獎典禮。2000年獲得美國電影學院的奧斯卡終生成就獎（喜劇）。

了我。但也許也不是。

有兩種方法可以知道某人到底喜不喜歡你的作品。兩個，只有兩個。除此之外，都是他們在敷衍你。

（1）支票。嗯！
（2）如果他們把你的劇本呈給其他人。

他們可能會說他們很喜歡：
「我喜歡你的劇本。我不騙你。它真的很棒！」
「這是我今年讀的最好的劇本。」
「你是一個真正的編劇。」
「它真是精采絕倫。」
「我們正在發展一個類似它的故事，但是我非常希望看到你的下一個
　劇本。」
「完美的情節。出色的動作場景。你寫了一流的對白。」
「我的女朋友喜歡。」

……但是這些好聽的話沒有任何意義，他們也許喜歡，也許討厭，你永遠也沒辦法知道他們真實的想法。

這不是因為他們說謊成性。嗯，不一定是。他們只是不想傷害你的感情。他們希望這場對話不要有任何衝突，好聚好散。這不能怪他們，他們不是等在那裡專門給你意見的。你給他們看一個劇本，他們不喜歡，或者喜歡，但就是不想買。就是這樣。

這是一條漫長坎坷、一路顛簸的艱辛之路，不要因為一些最終可能化為烏有的東西而太過興奮。如果你得到好消息，就盡情享受。這個行業很少有高潮，所以你應該享受成功，並繼續前進。但是不要一開始就把這個好消息告訴每一個人，除非這個好消息已經落實確鑿、板上打釘。

大明星在讀你的劇本，並不意味著你就能得到一張支票。你可以等一

個人幾個月，然後明白這事已經過去了，他壓根兒就沒有讀你的劇本。

別一天到晚為這事胡思亂想。繼續你的日常工作。多想想家人，這才是真正重要的。如果某些好事真的要發生，它就會發生，但也許不會這麼快。你越是因為一丁點好消息就欣喜若狂，當這一點歡欣最後化為烏有時，你和你的家人要忍受的失望也就越多。因為很有可能，所有的快樂最終都會化為零，歡迎光臨失望之谷。

　　製片人：（興奮地）就差一個點頭，我們的電影就成了。
　　我：（對自己說）是的，就差一個點頭，我就能跟摩納哥的卡洛琳公主好好親熱一番呢。

這是一個讓人失望的行業，這個遊戲本性如此。擁抱這個事實吧，搞清楚這一點，起碼你就不會過於受困其中。如果某些奇妙的事情確實發生了，那就好好利用，牢牢抓住。但是不要整天想著有些美事就要發生了，而興奮地瑟瑟發抖，還是等真的發生時，你再欣喜若狂吧。

直到你真正得到一抹綠光，或者正式開始拍攝，或者艾美獎提名，之前的漫長時刻，你還是把興奮悄悄藏在心裡吧。有點悲觀沒錯，但是從長遠來看，對於你的身心健康更有好處，也是為了你身邊的人的心智健康著想。

保持冷靜。有時，確實不太容易。

100 · 你分不清哪個是期望，哪個是拒絕！

在某個時刻，你必須問自己一個問題：是否應該放棄。

最後，當你被拒絕、拒絕、再拒絕。你也許必須承認自己寫不了劇本。很多人都寫不了，這沒什麼好羞愧的。如果某人是個好編劇，那他很快就會找到門道。娛樂業是一頭殘忍的巨龍，如果你任其肆虐的話，它會把你

烤成洋芋片。排隊想進這行的人源源不絕，而入口小得可憐。如果你不能找到辦法來調整自己擠進這道門，你可能永遠都沒辦法進來。不幸的是，這裡沒有旅遊指南，也沒有《愛麗絲夢遊奇境》中那個讓你吃了就可以變身的餅乾。每天更早一點醒來，每週多寫幾天，也許都沒辦法幫你達成願望。最後，你不得不判定這條路恐怕不會有結果，永遠。

怎樣才能得出判斷？這問題我沒辦法回答。當你忍無可忍時，當你意識到來自好萊塢的鼓勵都是在浪費你一去不返的寶貴時間時？

這是一門手藝，你會越來越嫻熟，但是有一天你會問自己：「到底有戲沒戲？我遞劇本的那些人，是真的在幫我達成這件事，或者只是在裝裝樣子，拍著我的頭說：『很好，我很樂意看到你繼續努力。』」

要你考慮不寫劇本或不在好萊塢混出頭簡直不可思議，可是失敗、失敗、再失敗，或者鼓勵、鼓勵、再鼓勵，最後你還是一無所成。你真的應該坐下來冷靜仔細地思考一下人們對你劇本的意見和回饋——或者，還有他們沒有說出口的部分。

在某個時刻，你也許只能放手。

尾聲

太令人沮喪了，是嗎？

掏錢買了這本書，可是看到最後這傢伙居然要你放棄。

如果我能說服你放棄，而且只花了這本書的價錢，你應該感激涕零，你應該用我的名字為你的下一個孩子命名。

你不想放棄？那就不要放棄好了。但是當你周圍所有人都失去理智的時候，還是得保持冷靜。

「這裡有大把大把的鈔票等著你賺，你唯一的競爭者就是白癡。嚴守祕密，別讓其他人都知道了。」

——編劇赫爾曼·J·曼凱維茨[141] 1926 年從好萊塢發給紐約班·赫特[142]的電報

---

141 赫爾曼·J·曼凱維茨（Herman Jacob Mankiewicz, 1897-1953），德國裔美國著名編劇，曾與奧森·威爾斯（Orson Welles）共同創作了《大國民》（Citizen Kane）的劇本，並贏得奧斯卡獎。影評人常說的「曼凱維茨幽默」（Mankiewicz humor）是指一種圓滑、諷刺而智慧的幽默，幾乎就是通過對白來支撐故事。這種風格也漸漸成為那個時代美國電影的典型風格。——譯注

142 班·赫特（Ben Hecht, 1894-1964），美國電影編劇、導演、製片人、劇作家、小說家，被喻為「好萊塢的莎士比亞」。他因《黑社會》（Underworld, 1927）成為奧斯卡原創劇本獎的首任得獎者，代表作為《疤面》（Scarface）、《關山飛渡》（Stagecoach）、《熱情如火》、《亂世佳人》（Gone with the Wind），曾六次獲奧斯卡提名，兩次獲獎。——譯注

你看交易紀錄上說某個傢伙第一個劇本就賣出了五十萬美元，並不意味著你也能賣出你的第一個劇本，或者你的第二個，或者你的第九個。那可能就是他的第九個劇本，但是他第一個拿出來賣的劇本，他就跟所有人說這是他的第一個劇本。也許這確實就是他的第一個劇本。我的第一個劇本就拍成了電影。了不得啊！但是下一個呢，下五個呢？你的主要任務就是寫一個劇本，然後寫另一個劇本，然後下一個、下一個、再下一個……更多更多個，在這個過程中的某個時刻，你會找到這一行的門道。

在你趴在打字機前敲擊、或者伏在筆記本和便條紙上手寫，或者用電腦，或者口述讓漂亮女祕書記錄、整理，不管你採取哪種方式投入了幾千個小時之後，你漸漸開始知道該怎麼寫一個劇本了。有些人很快就摸到了門道，他們很幸運；另一些人得花一些時間，你也許就是後者中的一員。但重要的不是認為你的第一個劇本就是天才之作，好萊塢不買只是因為他們愚蠢。寫一個劇本，然後寫另一個，這是一個學習的過程。現在的我跟我開始寫的時候相比，肯定是進步了。讓我提醒你：

「競爭是醜陋的。」

—— 李察・席伯特

近年來在好萊塢求生存更加困難了。

製片人再也不會像以前那樣買劇本了，他們現在只想得到已成功題材的特許拍攝權，像是蜘蛛人、鋼鐵人……而以往的情況是，他們買了一個劇本，然後根據這個劇本拍攝一部電影。現在不一樣了。這種遊戲太冒險了，現在製片廠業務都由品牌認知和市場行銷驅動。

劇本曾經是迷你電影明星，但是現在大的劇本交易很少出現。這樣的情況當然也會出現，但是不像以前那樣每個週末都會出現。另外，製片人發現開發是個糟糕的經濟模式——既然作者不給報酬也會寫。現在製片廠就讓製片人和作者們做開發故事的工作，然後把成品拿給他們而不花一毛錢。

對於作者來說，好消息是：在製片廠體系之外還存在一個獨立製片的市場，在那裡你可以拍攝影片，然後行銷到很多地方。

對於作者來說，壞消息是：製片人會拍拍屁股就走人，而你的工作全都白做了。如果某人對你的創意有興趣，告訴你如果你把它寫出來，他們「可能」會把它拍成電影，你會怎麼辦？

這情形最讓人左右為難。

話又說回來，這一行什麼時候讓人好受過？現在只是比五年前再難上加難而已。「這比二十年前還要糟。」「真高興我不是現在想擠進這個行業。」「哇，感謝上帝，我老婆正在錢的海洋裡蕩漾。」每當酒過三巡，你就能聽到這樣的說辭。

因為過程太過殘酷，搞清楚你為什麼要從事這愚蠢的寫作遊戲，也許會有所幫助。當你看完《別讓你的劇本遜斃了！》中的 100 條、遞出你的劇本時，問問你自己：「為什麼我要幹這個？」你幹這個是因為不得不這樣做嗎？你心中是否有故事想噴發而出，想把它寫下來的欲望讓你難以自抑？或者你是想在好萊塢賺大錢、出大名？如果是後者，你的前途恐怕更加艱辛，因為，即使你有天賦、有好點子，想在好萊塢賺錢出名也很難。你必須還要有運氣，你必須在正確的時間、正確的停車場、碰上正確的人：

> 「就問自己一個問題。覺得自己運氣不錯？小子。」
>
> —— 緊急追捕令（*Dirty Harry*）[143]

軍隊裡有句話：「誓死也要堅守陣地。」寫作時，誓死也要時時刻刻想著審稿人。你必須記得是哪些人在讀你的劇本，無論如何要以他們的角度為優先。不過因為這終究是一項半藝術的工作，你還是必須為自己而

---

143 骯髒的哈里，是克林‧伊斯威特主演的同名影片主角，《緊急追捕令》系列是 70 年代「新警察電影」的代表作，為伊斯威特樹立了典型的硬漢新警員形象，該系列共分五集，從 1971 年的第一集到 1988 年最後一集，跨越將近二十年，分別由不同編導完成。片中哈里在處死殺手前總是會問：「你是不是覺得自己運氣不錯？」已成為經典台詞。

寫，你首先必須取悅你自己。這個行業很艱苦，你寫的東西能投入拍攝的可能性很小，所以你必須享受寫作的樂趣。

「39歲才迎來成功，感覺有點怪，更怪的是你認識到自己從失敗之中，慢慢地創造出你想要的生活。」

——艾莉絲·希柏德[144]

說來奇怪，但是真的：如果你一貧如洗時寫作仍然充滿樂趣，那麼兌現支票時它一樣充滿樂趣；如果無人喝彩時你不享受寫作，那麼即使萬人簇擁，一線大明星毛遂自薦要出現在你的電影裡，你的感覺一樣糟。

如果你寫作是因為不得不如此，如果你寫作是因為你是一位作家，那麼創造你的劇本這個行為本身便已足夠。可能你要寫四、五個劇本才真正知道寫劇本是怎麼一回事——也許得寫十個。但如果你享受過程，不因最後的結果——財富、名聲或者迎娶美女明星莎莉·塞隆（Charlize Theron）而煩惱困擾，那麼寫作對你來說可能就是件美事。

最後一次仔細想想這句話：

「寫一個劇本會改變你的人生。如果你不能賣掉它，最起碼你已經改變了自己的人生。」

——約翰·特魯比

你的所有寫作老師和寫作書裡所說的「關鍵是過程」，確實如此。罔顧良言，後果自負。寫作如此痛苦，如此讓人心碎，耗時良久，如果失敗時你沒能擁有一段美好時光，那麼成功時你也不會品嘗到任何樂趣。

你需要享受寫作，享受它的所有。抱怨寫作有多麼艱難對你毫無益

144 艾莉絲·希柏德（Alice Sebold, 1963-），美國女作家，出版了三本小說：《幸運》（Lucky，1999）、《可愛的骨頭》（The Lovely Bones，2002）、《近乎完美的月亮》（The Almost Moon，2007）。《可愛的骨頭》已於2009年由彼得·傑克森（Peter Robert Jackson）拍成同名影片。

處，只會阻撓那些可能會對你伸出的援手。沒有人願意圍繞在一個牢騷鬼身邊。想著每個人其實都和你一樣辛苦，咬牙堅持前進。

有這麼一條看不見的線：線這邊的所有人都不在電影業之內，其中可能就包括你。有時，我也在那裡；而線的另一邊，是所有拿著報酬寫劇本的人，他們和導演開會，劇本享受優先購買權，演員們都願意接演他們的劇本──其中的一部分人確實賺了錢。

但是別害怕，他們和你一樣不快樂，一樣悲慘得要死。越來到線的另一邊，和身處電影業之內的人在一起，也不會讓你更加快樂。毫無疑問，你的辛苦工作終於換來一張支票，確實很棒，但這張支票對你內心活動的影響卻小得多。

跨過這條線進入電影業，也不會改變你和自己作品之間的關係。得到報酬不會讓你成為一個好作家，也不會讓你變得更加快樂。有個名導演看上你的劇本，但其實這個劇本還跟一週前沒被名導演看中時一樣。雖然在其他人眼中它發生了質變，但是你自己心裡明白沒有。

「你怎麼知道一個劇本好？當湯姆·克魯斯把他遞給你說：這真是一個好劇本。」

——無名氏

如果湯姆·克魯斯從來沒有對你的劇本說過這種窩心的話，你得找到方法來讓自己滿意。

「全力以赴，堅持不懈。」

——丹·喬治酋長[145]

---

145 丹·喬治酋長（Chief Dan George, 1899-1981），是印第安一個部落的酋長，他也是作家、詩人和獲得奧斯卡提名演員。71歲時，喬治酋長因為在《小巨人》（*Little Big Man*）中的出色表現贏得了好幾個表演獎項提名，其中包括奧斯卡最佳男配角獎。

不管你有沒有拿到報酬，你在桌前、咖啡店的筆記型電腦前，或者在你的車前座上，寫你的劇本時都必須快樂。否則，這件事就毫無樂趣。有沒有報酬不應該影響你想要做的事情。

　　因為，如果這不是你想要做的，你為什麼要做呢？

淡出　完

※登入 www.yourscreenplaysucks.com 網站,那裡有很多有用的東西,但是我實在沒辦法裝進這本書裡!

※你可以寄建議給我,我會放在網路上或者本書的下一版裡──但願能有下一版。

※再次希望,事實證明本書能對你有所幫助。

誌謝

首先要感謝的是布萊克·史奈德，是他從一開始就肯定我這愚蠢的想法或許還不賴。

還有法蘭西斯哥·梅內德斯（Francisco Menendez），是他邀請我去拉斯維加斯內華達大學講課，那100頁的講義最後就變成了這本書。

還有我善解人意、寬容體諒的大家庭——凱特·麥克蔻米特（Kate McCormick）、斯考特·皮斯、凱西·佩爾蒂埃（Cathie Pelletier）、湯姆·舒曼、琳達·麥卡洛（Linda McCullough）、梅麗莎·斯克利芙娜（Melissa Scrivner）、尼克·莫頓（Nick Morton）、艾力克斯·比蒂（Alex Beattie）、潔西嘉·斯德曼（Jessica Stamen）、馬克·庫拉茲（Mark Kurasz）、理查·赫爾（Richard Hull）、凱萊·貝克（Kelley Baker）、蘭迪·費爾德曼（Randy Feldman）、威拉德·卡羅爾（Willard Carroll）、瑪格麗特·馬西森（Margaret Matheson）、寇克·薩姆斯（Coke Sams）、馬克·凱布斯（Mark Cabus）、貝思·奧尼爾（Beth O'Neil）、傑森·布盧姆（Jason Blum）、約翰·切瑞（John Cherry）、卡羅爾·考德威爾（Carol Caldwell）、大衛·布朗（Dave Brown）、凱瑞斯·哈丁（Kerith Harding）、史蒂夫·布魯姆（Steve Bloom）、萊恩·索羅（Ryan Saul）、詹妮·伍德（Jenny Wood）、帕姆·凱茜（Pam Casey）、克里斯·羅本塔（Chris Ruppenthal）、喬恩·埃米爾（Jon Amiel）、辛安·布瑞斯博伊斯（Shian Brisbois）、鮑勃·穆拉什金（Rob Muraskin）、蘇珊娜·金斯伯里（Suzanne Kingsbury）、東尼·凱恩（Tony Cane）、麥克斯·黃（Max Wong）、邁爾·戴維斯（Miles Davis）。

國家圖書館出版品預行編目資料

別讓你的劇本遜斃了！：搶救你的故事100法則 / 威廉‧M‧
艾克斯（William. M. Akers）著；周舟 譯. -- 二版. -- 臺北市：
原點出版：大雁文化發行, 2020.03；352面；17×23公分
譯自：Your screenplay sucks! : 100 ways to make it great
ISBN 978-957-9072-65-6（平裝）

1.劇本 2.寫作法

812.31 　　　　　　　　　　　　　　　　109002473

別讓你的劇本遜斃了！：搶救你的故事100法則
（原：你的劇本遜斃了）

YOUR SCREENPLAY SUCKS ! 100 Ways to Make It Great

作者　　　威廉‧M‧艾克斯（William. M. Akers）
譯者　　　周舟
封面設計　白日設計
內頁構成　黃雅藍
執行編輯　溫芳蘭
校對　　　溫芳蘭、黃永芳、邱怡慈
責任編輯　詹雅蘭
行銷企劃　郭其彬、王綬晨、邱紹溢、陳詩婷
總編輯　　葛雅茜
發行人　　蘇拾平

出版　　　原點出版Uni-Books
　　　　　地址：台北市105松山區復興北路333號11樓之4
　　　　　Facebook：Uni-Books原點出版
　　　　　Email：uni.books.now@gmail.com
　　　　　電話：02-2718-2001 傳真：02-2718-1258

發行　　　大雁文化事業股份有限公司
地址　　　台北市105松山區復興北路333號11樓之4
　　　　　24小時傳真服務：02-2718-1258
　　　　　讀者服務信箱：andbooks@andbooks.com.tw
　　　　　劃撥帳號：19983379 戶名：大雁文化事業股份有限公司

二版 2 刷　2022年1月
定價　　　450元

ISBN　　　978-957-9072-65-6